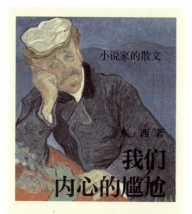

小说家的散文

东　西　著

我们
内心的尴尬

河南文艺出版社
·郑州·

作者简介

　　东西，原名田代琳。1966 年 3 月出生于广西天峨县。现供职于广西民族大学。主要作品有长篇小说《回响》《耳光响亮》《后悔录》《篡改的命》等。中篇小说《没有语言的生活》获首届鲁迅文学奖，《后悔录》获第四届华语文学传媒"2005 年度小说家"奖，《篡改的命》获第六届花城文学奖"杰出作家"奖，长篇小说《回响》获 2021 年"中国好书"奖、人民文学奖"长篇小说奖"。部分作品被翻译为英文、法文、瑞典文、俄文、韩文、越南文、德文、捷克文和丹麦文等出版。

目录

第二章　有一种生活被轻视

第三章　流言蜚语

第一章　经验,在最深处

写作小辞典

人物可不可爱

眼下，我和一些朋友或网上的读者谈论小说时，他们常常情不自禁地用"可爱"来要求作品中的人物。也就是说，人物可不可爱成为他们阅读的一项重要指标。这让我略感吃惊，并强烈地感受到时间对阅读的改变之强烈。就在五年前，同样是这些朋友，他们并不用"可爱"来要求人物，而是要求人物有没有典型性和普遍性，人物能不能引发思考或戳到痛处。却不想五年之后，他们的阅读要求和新一茬的网上读者不谋而合。是他们不想心烦或是他们的心理年龄突然变年轻了？我不敢肯定，但感觉到一股无形的力量在改变他们，也在改变文学。

要把人物塑造成可爱型首先就是不能有缺点，尤其是不能有令人讨厌的缺点,再加上善良、无私、不计较、大方、助人等等。这样的人物第一次出现,我们是喜欢的,但第二次第三次第 N 次作家总是把这样的人格特征放到主人公身上,那我们的审美会不会疲劳?不能要求读者警觉,但写作者起码要敲敲脑袋。纵观中外文学,无论是鲁迅笔下的阿 Q、孔乙己或祥林嫂,抑或司汤达、陀思妥耶夫斯基、福楼拜、托尔斯泰等文学大家笔下的人物,没几个可爱的,于连可爱吗?拉斯科尔尼科夫、包法利夫人或安娜·卡列尼娜可爱吗?不可爱,但正是他们的不可爱让我们看到了不一样的人性。为什么文学大师们不多写可爱的人物而偏偏要写不可爱的?难道他们不晓得讨好读者吗?当然知道,只是他们不想给读者提供简单的"傻白甜"式的人物,而是要写出人性之深,甚至故意冒犯读者,甚至带着偏见。故意冒犯是迫使读者思考,而偏见则是小说的本能之一,它想要的效果还是思考。

但今天的读者一点也不喜欢被冒犯,更不喜欢偏见,他们希望作家像打理生活那样井井有条,像为人处世那样没有瑕疵,不喜欢违和感,更不喜欢卡夫卡创作的"甲虫"(《变形记》里的主人公格里高尔·萨姆沙),而是需要读起来心里一片舒爽的人物。可是,人生不如意十有八九,我们不能把自己做不到的人生全部交给作品里的人物来完成,他们也应该和我们一样有成功有失败,有幸福有病痛,有快乐有抑郁,这才是真实的人生。假如我们总是以人物不可爱来否定作品或拒绝阅读,那我们就得小心了,因为这是一种被格式化的征候。

那么,老是写不可爱的人物难道不也是一种格式化吗?是的,但可爱的人物大致相似,不可爱的人物则各有各的不同。

反向塑造的人物

冉咚咚是我在长篇小说《回响》里塑造的一位女主人公,她在侦破一桩凶案的过程中发现丈夫慕达夫两次开房不报,于是对丈夫进行询问。丈夫含糊其辞,让冉咚咚的怀疑加深,她凭多年办案养成的直觉断定丈夫出轨了。侦破案件的冉咚咚是理性的,但侦破爱情的冉咚咚却是感性的,甚至是歇斯底里的。大多数读者喜欢理性的冉咚咚而不喜欢感性的冉咚咚。理性的冉咚咚敏锐、机警,有责任有担当,最终找到了真凶。感性的冉咚咚把办案的这套方法用于情感侦破,发现不仅找不到真相,反而把好好的家庭给拆散了。

这是我故意对人物进行的一次反向塑造,即用她不那么理性或者说不那么恰当的行为来塑造她确凿的美丽心灵。她询问丈夫,测试丈夫,甚至不惜用离婚来考验丈夫,都是为了一个答案:他还爱不爱我?如果我们肯定她的这种追问,那就说明我们的心里仍然渴望爱情,是爱情的理想主义者;如果我们反感她的这种追问,那就说明在我们的心里爱情早已死了或者说我们对爱情压根儿不再怀抱希望。因此,"追问"才是这个人物的主要性格特征,也是写作者塑造她的主要动力,无论是追问案件或是追问爱情。

那么,她身上的这个"追问"特征又是怎么形成的呢?首先,她经常面对刑事案件,每一次侦破都要拨开无数谎言才能抓到真凶,所以,她对人的信任信号很弱;其次,她侦破的案件恰恰是第三者插足引发的命案,而这桩命案以及牵涉的家庭和爱情都引发了她的联想;再次,丈夫的每一次辩解都显得那么可疑,以至于她根本停不下追问的脚步;此外,她在办案过程中积累了太多太多的垃圾情绪,她需要找一个人来分担,没有别人,只能是自己最爱的丈夫,所以,她对丈夫的心理折磨从本质上来讲就是变相撒娇。也许只有综合以上各点,我们才能理解这个非扁平人物,并喜欢她。

作家的三种温暖

第一种,生活的温暖。1991年秋天的深夜,我在梦中忽然闻到酒香。醒来,我回忆它的味道,那是苞谷酒的香,夹杂些许焦煳。脑海顿时出现父亲站在灶旁熬酒的画面,甑子、墙壁、水蒸气以及毕剥燃烧的木柴也都一一浮现,整个村庄都复活了。离乡多年,父亲熬酒的画面在我身上产生了奇妙的化学反应,我在暗夜里怀念他,想象他的一生,想象他的爱情,想象他的秘密,想象他喝醉后的想象……第二天,我便以他熬酒为题材,开始了短篇小说《幻想村庄》的创作。这是我第一次以亲人为题材创作小说,一边写一边重温童年时父亲给予的温暖。之前,我以散文的形式描写过母亲,她给予我的温暖更多。在我一到三岁的这段时光里,母亲既要照顾我又要参加集体劳动,锄地时她把我背在身后,用背篓运送粮食时她把我挂在胸前,我就像吊在她身上的一只小小的猴子,随她的劳动需要而前后移动。我外出求学后,是她千方百计养牲畜养家禽换钱,为我提供学费和生活费。她的精心呵护与无私奉献,在我的心灵种下了感动的种子,以至于我在县城读高中时就下定决心做一名作家,目的就是要写出我对父母以及亲人的所有感动。有作家说年少时恰当的困难是写作最好的老师,但我要补充:光有困难不一定能成为作家,成为作家必须在困难面前有感动,而产生感动的前提就是曾经获得过温暖。

第二种,阅读的温暖。除了生活的给予,我还在阅读中获得过温暖。现在溯源,发现最初的阅读感动是从鲁迅先生的文章里获得的,他对车夫产生的尊敬(散文《一件小事》)以及对儿时玩伴闰土产生隔膜后的自责(短篇小说《故乡》),曾深深地温暖过我这个来自底层的少年。那是一个作家给予一个读者的心理补偿,使我相信这才是文学最美的功能。渐渐地,我的阅读量越来越大,我从郁达夫的日记里读到了真诚,从沈从文的《边城》里读到了乡村少女细密的心思,从卡夫卡的《变形记》里读到了人变成甲虫后的绝望,从《红与黑》《包法利夫人》《安娜·卡列尼娜》《生命中不能承受之轻》《霍乱时期的爱情》等名著里读到了复杂的情感,这些复杂的情感无一例外地滋润了我的心灵,使我了解人性,并在了解人性的基础上渐渐变得强大。这是另一种温暖,它让我获得的同时学会了写作。

第三种,写作的温暖。1996年,我创作完成了中篇小说《没有语言的生活》。小说讲述一个特殊家庭的故事:父亲王老炳被马蜂蜇瞎了双眼,儿子王家宽是个聋人,娶了一位哑人蔡玉珍为妻。一天晚上,蔡玉珍被人欺负了,因为她是哑巴,即使被欺负了也说不出来,聋人王家宽看见蔡玉珍衣衫不整,就告诉他爹王老炳,说玉珍被人欺负了。王老炳问蔡玉珍你看见欺负你的人是谁了吗?蔡玉珍摇头。王家宽说,爹,她摇头。王老炳说,你没看清楚他是谁,那么你在他身上留下什么伤口了吗?蔡玉珍点头。王家宽说,爹,她又点头了。王老炳说,伤口留在什么地方?蔡玉珍用双手抓脸,然后又用手摸下巴。王家宽说,爹,她用手抓脸还用手摸下巴。王老炳说,你用手抓了他的脸还有下巴?蔡玉珍点头又摇头。王家宽说,现在她点了一下头又摇了一下头。王老炳说,你抓了他脸?蔡玉珍点头。王家宽说她点头。王老炳说,你抓了他下巴?蔡玉珍摇头。王家宽说她摇头。蔡玉珍想说那人有胡须,她嘴巴张了一下,但什么也没有说出来。她急得想哭。

她看到王老炳的嘴巴上下长满了浓密粗壮的胡须,她伸手在上面摸了一把。王家宽说她摸你的胡须。王老炳说玉珍,你是想说那人长有胡须吗?蔡玉珍点头。王家宽说她点头。就这样,他们利用对方的健康器官,艰难地达成了沟通。一些读者读到此处时眼眶湿润了,他们说从中读到了温暖。

写作,是为了沟通

有人问哥伦比亚作家、《百年孤独》的作者加西亚·马尔克斯:你为什么要写作? 他的答案是:为了让我的朋友更喜欢我。虽然后来他对这一说法做了进一步的解释,但这个貌似脱口而出的回答,想必也符合某些创作者的心意,比如我,此时此刻。

为什么要强调此时此刻? 那是因为现在我跟各位还不太熟悉,也就是说我在南洋理工大学驻校讲课及写作的前两个月,还没有机会跟更多的作家和同学交流,暂时处于潜伏期,所以特别愿意认同加西亚·马尔克斯的说法,渴望以写作的名义交朋友。一切有待发生。但之前,我的心情正如游以飘先生《约会》中的诗句:"凑份子,务必巨大于心灵/纤细于心眼/前去的路上,你是草鞋/也是玻璃鞋/有时更是跑步鞋……"

我就是一个到新加坡来凑份子的人,仿佛一双跑步鞋,在接到新加坡艺术理事会和南洋理工大学中文系的驻校邀请后,于今年8月17日午时，像一根秒针追赶时间那样跑步前来报到。

我出生在广西西北部一个名叫谷里的乡村，地处云贵高原边陲。那里山青青，雾茫茫，远远看去一浪又一浪的山形，在云雾里仿如大海的波浪，美极了。但是，在成长的少年时期，我的山村不通公路不通电，四面大山，信息不畅。宽远的高山和连绵的森林让我感到渺小和孤独。偶尔飘过行人的歌声，那就是文明的符号，像雨点打湿我的心灵。11岁那年，我和一位少年朋友为到乡政府看一场电影，竟然瞒着父母，在没吃晚饭的情况下来回走了12公里的山路。山高路远和饥饿不是问题，问题在于看完电影后出来，我们才发头上没有星光，回家的小路已被漆黑淹没，路两旁茅草深处不时传来野兽行走的声响，并伴随夜鸟吓人的怪叫。11岁，我竟敢冒着有可能被野兽伤害，有可能脚底打滑摔下山坡，有可能被父母暴揍的危险，去享受一场精神盛宴。这是什么精神？热爱艺术的精神。就像中国作家阿城在《棋王》里塑造的王一生，他插队到了农村后，一个村庄一个村庄地游走，其目的是找人下棋；也像《百年孤独》里的何塞·阿尔蒂奥·布恩迪亚，他试图从满是沼泽的马孔多开出一条与外界连接的道路；也像小说中那个一心想要复仇的鬼魂，当他千辛万苦找到仇人之后，竟然是想跟他说一句话。所以，那个晚上，与其说我是去看一场电影，不如说我是想下棋，想开辟一条道路，想跟外面的世界说话。

因为封闭，我常常站在山上瞭望，幻想自己的目光穿越山梁、

11

森林、河流、云层和天空，到达北京。后来，我把目光的这种特殊功能写进了小说，标题就叫《目光愈拉愈长》。这不是歌颂目光，而是在表达一颗因渴望而产生幻想的心灵。这颗心灵是孤独的，孤独到我在一篇名叫《没有语言的生活》的小说里，毫不留情地把盲人、聋人和哑人凑到一个家庭里。父亲看不见，儿子听不到，儿媳妇说不出，正常的沟通被活活切断。

　　沟通，一直是个难题，从我的母亲开始。1990年，我把母亲带到我工作的城市与我一起生活。常常有远方的朋友打电话到我家，他们基本上都操一口标准的普通话。我不在家的时候，母亲会提起话筒。她不识字，更听不懂普通话，经常是答非所问。有时她坐在我的身旁看电视，一个故事会被我们母子俩看出两个故事。因为她听不懂，所以只能靠猜，也可以说她一边看电视一边在根据她的思维虚构。电视里的故事和我母亲的关系，就像《没有语言的生活》里的一个细节：盲人王老炳叫他失聪的儿子王家宽去买一块肥皂，但王家宽却买回来一条毛巾，原因是肥皂和毛巾都是长方形的，都可以放到身上搓洗。起先我常常对母亲错误的理解进行纠正，但久而久之，我以繁忙为理由，一任她的理解错误下去。于是她便生活在想象之中，自得其乐，自以为是。这就是没有语言的生活。而国家与国家之间，作家与作家之间，作家与读者之间，老师与学生之间何尝不是这样？只要不沟通，难免会产生误解，甚至于漠不关心。

《圣经》里有这样一个故事:洪水大劫以后,挪亚子孙要在平地上建一座巴别塔,希望塔比天高。那塔节节升高直入云霄。上帝知道这事后,降临现场观看。他看见平地上,城头上,人们川流不息地传运着砖料和灰泥,从下往上层层传递,有条不紊,塔愈砌愈高。上帝担心起来,对天使说:"他们的动作如此协调,靠的是同一种语言。如今建塔,往后做别的事就没有不成的。看来我们得变乱他们的口音,使他们的语言彼此不通。"于是,上帝使建塔的人们说出各种各样的语言,他们因为无法沟通,缺乏统一,人心涣散,建塔的工作半途而废。人类最终屈服于语言,再也无法挑战上帝。上帝变乱了语言,使人类的沟通变得困难,且成为一种渴望。

1719年英国作家丹尼尔·笛福首次出版了他的长篇小说《鲁滨逊漂流记》,那个名叫鲁滨逊·克鲁索的主人公在海上航行时遇到风暴,只身漂流到荒岛,开始了长达28年2个月又19天的孤独生活。一次,他看见一艘船在不远处触礁,"心里产生了一种说不出的求伴求友的强烈欲望,有时竟会脱口而出地大声疾呼:'啊!哪怕有一两个人,就是只有一个人能从船上逃出性命也好啊!那样他能到我这儿来,与我做伴,能有人说说话也好啊!'我多年来过着孤寂的生活,可从来没有像今天这样强烈地渴望与人交往,也从来没有像今天这样深切地感到没有伴侣的痛苦。""我多么渴望能有一个人逃出性命啊!'啊,哪怕只有一个人也好啊!'这句话我重复了上千次。我的这种愿望是多么急切,因此,每当我嘀咕这句话时,不禁会咬紧牙关,半天也张不开来;同时会紧握双拳,如果手里有什么脆软的东西,一定会被捏得粉碎。"

只身漂流到荒岛上的鲁滨逊,首先面对的是生存问题,但当生存问题解决之后,他的最大渴望却是有人说说话。没有食物我们会死,但没人说话会出现什么情况?《鲁滨逊漂流记》是从亚历山大·赛尔柯克的真实故事获得的创作灵感。据当时的英国杂志报道,1704 年 4 月,赛尔柯克在海上叛变,被船长遗弃在距智利海岸 900 多公里的一个岛上,4 年零 4 个月,当他被航海家发现获救时,他竟然忘记了他的语言,变成了一个不会说话的野人。也就是说,没有交流就没有语言。日本作家远藤周作在他的长篇小说《沉默》中有这样一段描写:"终于听到远处有人声传出。纵使那是狱吏从现在起要审问自己,也胜过忍受这如刀刃般冰冷的黑暗。司祭急忙把耳朵贴到门口,想听清楚那声音。"为什么司祭渴望审问?因为很长一段时间他被关押在单独的囚室里,孤独,焦虑,害怕。这个名叫罗德里哥的葡萄牙传教士,在江户幕府禁教时代来到日本,当局要他弃教,但是他一直坚持,最终被单独关押。所以,他渴望有人说话,哪怕是伴着酷刑的审问,那也是说话,也是交流。我的长篇小说《后悔录》,主人公曾广贤为了倾诉自己的后悔,竟然用钱请"三陪女"听他讲述。可见,交流是人类本能的渴望,当这种渴望强烈之时,甚至可以花钱请人来做听众。

当然，今天的各位朋友不是用钱请来的。相信各位作家和我一样也有交流的渴望，也有被人阅读的渴望。法国作家阿贝尔·加缪在《谜语》一文中说："有一些人说自己不是为了让别人读才写文章的，但我们一定不能相信，因为在很大程度上，一个作家就是为了被人读才写作的。"新加坡是一块华语的飞地，我们一直在彼此阅读，从流行文学到严肃文学。当年，你们的祖先怀揣汉语，叮叮当当一路跋山涉水到南洋，他们像牵牛赶马那样把那些字词带到这里，落地生根。你们的祖先以现在的飞机速度，让汉语往南飞行了3个多小时，让汉语的半径往南扩展，一直扩展到马六甲海峡。在这里，产生了一大批优秀的华语作家。是你们的坚守，让我感受到了华语的坚韧。是华语的坚韧，使我们的交流变得没有障碍。因为语言的无障碍，新加坡的作家才可以拥有中国巨大的阅读市场，而中国作家才有机会延长自己作品的半径。因为语言的无障碍，我带着8本书来到这里，但愿那些文字能与新加坡读者的目光偶遇。因为语言的无障碍，我对与各位的交流充满信心，并期望获得崭新的创作灵感。

其实，两个月来，我以讲课和阅读的方式，已经在跟新加坡的学生和作家们进行交流。课堂上，我和同学们一起交流如何创作小说。从他们渴望的眼神里，我知道在他们中间未来一定会产生华语作家。课堂下，我阅读了几十篇参加新加坡金笔奖的小说。这些小说直观生动地呈现了新加坡华人的生活以及想象，其中不乏关于保护华语的故事。在我的家乡,山歌里有一句唱词:什么无脚走天涯?过去的答案是"大船"。但现在,我的答案是"语言"。语言无脚走天涯。许多新加坡的作家没有去过中国,但你们的作品已经去了。一些中国作家没有来过新加坡,但他们的作品已经来了。作家是通过作品与读者沟通的。但是我不放心,作品来了人还要跟着,以期达到沟通的双保险。作家以语言为生,靠交流维持信心。一旦沟通失效,写作也就失效。美国石油大王洛克菲勒先生曾发出如下感慨:"假如人际沟通能力也是同糖和咖啡一样的商品的话,我愿意付比太阳底下任何东西都珍贵的价格购买这种能力。"洛克菲勒先生不知道,在沟通方面作家们比他还着急。

请回到我的小说,回到那一家三口的生活中去。虽然他们一盲一聋一哑,但最终他们借助对方的健康器官,达到了有效的沟通,甚至还生养了一个健康的孩子。从他们的故事里可以得出一个结论,那就是在这个世界上没有完成不了的沟通,只不过他们借助的是对方的健康器官,而我们借助的是伟大的汉语。

"相知无远近,万里尚为邻。"这是所有写作者最最想达到的目标。

(本文是 2017 年 10 月 20 日在新加坡艺术理事会和南洋理工大学中文系举办的"驻校作家开幕茶会"上的演讲稿。)

寻找中国式的灵感

从上个世纪 80 年代至今，中国人的生活发生了巨变，我们有幸置身于这个巨变的时代，既看到了坚定不移的特色，也看到了灵活多变的市场经济，还看到了声色犬马和人心渐变。我们从关心政治到关心生活，从狂热到冷静，从集体到个体，从禁忌到放荡，从贫穷到富有，从平均到差别，从羞于谈钱到金钱万能……每一点滴的改变都曾让我们的身心紧缩，仿佛瞬间经历冰火。中国在短短的几十年时间里，经历了西方几百年的历程，那种仿如"龟步蟹行"的心灵变化在此忽然提速，人心的跨度和拉扯度几乎超出了力学的限度，现实像拨弄琵琶一样无时不在拨弄着我们的心弦，刺激着我们的神经。一个巨变的时代，给文学提供了足够的养分，我们理应写出更多的伟大的文学作品。然而，遗憾的是，我们分明坐在文学的富矿之上，却鲜有与优质材料对等的佳作，特别是直面现实的佳作。

不得不怀疑,我们已经丧失了直面现实的写作能力。下这个结论的时候,连我自己都有些不服气。但必须声明,本文所说的"直面现实的写作"不是指简单地照搬生活,不是不经过作家深思熟虑的流水账般的记录。这里所强调的"直面现实的写作",是指经过作家观察思考之后,有提炼有概括的写作。这种传统的现实主义写作方法,在上个世纪 90 年代被年轻的写作者们轻视。他们,包括我,急于恶补写作技术,在短短的几年时间里把西方的各种写作技法都演练了一遍。在练技法的过程中我们渐渐入迷,像相信科学救国那样相信技巧能够拯救文学。然而某天,当我们从技术课里猛地抬起头来,却发现我们已经变成了"哑巴"。面对一桌桌热辣滚烫的现实,我们不仅下不了嘴,还忽然失声,好像连发言都不会了。曾经,作家是重大事件、新鲜现象的第一发言人,他们曾经那么勇敢地亮出自己的观点,让读者及时明辨是非。但是,今天的作家们已经学会了沉默,他们或者说我们悄悄地背过身去,彻底地丧失了对现实发言的兴趣。

慢慢地,我们躲进小楼,闭上眼睛,对热气腾腾的生活视而不见,甘愿做个"盲人"。又渐渐地,我们干脆关上听觉器官,两耳不闻,情愿做个"聋人"。我们埋头于书本或者网络,勤奋地描写二手生活。我们有限度地与人交往,像"塞在瓶子里的蚯蚓,想从互相接触当中,从瓶子里汲取知识和养分"(海明威语)。我们从大量的外国名著那里学会了立意、结构和叙述,写出来的作品就像名著的胞弟，看上去都很美，但遗憾的是作品里没有中国气味，洒的都是进口香水。我们得到了技术，却没把技术用于本土，就连写作的素材也仿佛取自名著们的故乡。当我们沉迷于技术，却忽略了技术主义者——法国新小说派作家罗布·格里耶清醒地提示："所有的作家都希望成为现实主义者，从来没有一个作家自诩为抽象主义者、幻术师、虚幻主义者、幻想迷、臆造者……"

为什么我们羞于对现实发言？原因不是一般的复杂，所谓的"迷恋技术"也许是"冒名顶替"，也许是因为现实太令人眼花缭乱了，它所发生的一切比做梦还快。我们从前不敢想象的事情，现在每天都在发生。美国有关机构做过一个关于当代人接受信息量的调查，结论是100年前的一个人一辈子接受的信息量，只相当于现在《纽约时报》一天所发布的信息量。面对如此纷繁复杂的信息，我们的大脑内存还来不及升级，难免会经常死机。我们对现象无力概括，对是非懒于判断，对读者怯于引导，从思考一个故事，降格为解释一个故事，再从解释一个故事降格到讲述一个故事。我们只是讲述者，我们只是故事的搬运工，却拿不出一个"正确的道德的态度"，因而渐渐地失去了读者的信任。所以，当务之急是升级我们的大脑硬盘，删除那些不必要的垃圾信息，腾出空间思考，以便处理一切有利于写作的素材，更重要的是，敢于亮出自己正确的态度，敢于直面现实，写作现实。

托尔斯泰的《复活》取材于一个真实事件，素材是检察官柯尼提供的一件真人真事。福楼拜的作品《包法利夫人》，其中女主角的人物原型来自法国的德拉马尔，她是农民的女儿，1839年嫁给法国鲁昂医院的一名丧妻外科医生，福楼拜父亲就是这家医院的院长。海明威的《老人与海》也是根据真人真事改编。第一次世界大战结束后，海明威移居古巴，认识了老渔民富恩特斯。1930年，海明威的乘船在暴风雨中沉没，富恩特斯搭救了他，从此两人结下了深厚的友谊，并经常一起出海捕鱼。1936年，富恩特斯出海很远捕到了一条大鱼，但由于这条鱼太大，在海上拖了很长时间，结果在归程中被鲨鱼袭击，回来时只剩下一副骨架。在我们过分依赖想象的今天，看看这几位大师写作素材的来源，也许会对我们的取材有所提醒。别看见作家一用新闻素材就嗤之以鼻，往往新闻结束的地方文学才刚刚开始。

当然，只有一堆新闻还是不够的，我们还需深入现实的细部，像今年诺贝尔文学奖获得者阿历克谢耶维奇那样，用脚步，用倾听获得一手生活，或者像杜鲁门·卡波特写《冷血》那样，无数次与被访者交谈，彻底地挖掘出人物的内心。我们不缺技术，缺的是对现实的提炼和概括，缺的是直面现实的勇气，缺的是舍不得放下自己的身段。当我们感叹现实已经远远超出我们的想象时，我们没有理由不去现实中要素材，偷灵感。但所谓灵感，正如加西亚·马尔克斯所说："灵感既不是一种才能，也不是一种天赋，而是作家坚忍不拔的精神和精湛的技巧同他们所要表达的主题达成的一种和解。当一个人想写点东西的时候,这个人和他要表达的主题之间就会产生一种互相制约的紧张关系,因为写作的人要设法探究主题,而主题则力图设置种种障碍。"因此,现实虽然丰富,却绝对没有一个灵感等着我们去捡拾。

我有一个错觉,或者说一种焦虑,好像作家、评论家和读者都在等待一部伟大的中国作品,这部作品最好有点像《红楼梦》,又有点像《战争与和平》,还有点像《百年孤独》。在中国作家还没获得诺贝尔文学奖之前,好多人都认为中国作家之所以没获得这个奖,是因为他们还没有写出像前面三部那样伟大的作品。当莫言先生获得这个奖之后,大家似乎还觉得不过瘾,还在继续期待,总觉得在如此丰富的现实面前,没有理由不产生一部内容扎实、思想深刻、人物栩栩如生的伟大作品。

数年前,美籍华人作家哈金受"伟大的美国小说"定义启发,给伟大的中国小说下了一个定义。他说伟大的中国小说应该是这样的:"一部关于中国人经验的长篇小说,其中对人物和生活的描述如此深刻、丰富、正确并富有同情心,使得每一个有感情、有文化的中国人都能在故事中找到认同感。"他承认按照这个定义,"伟大的中国小说从未写成,也不会写成,就是《红楼梦》也不可能得到每一个有感情、有文化的中国人的认同,至多只是那个时代的小说的最高成就。也就是说,作家们必须放弃历史的完结感,必须建立起伟大的小说仍待写成的信念。"

在这个世界，其实并不存在一部与我们每个人的内心要求完全吻合的作品。一个作家想写出一部人人满意的作品，那是绝对的空想，而读者也别指望会有这么一部作品从天而降。这部所谓的伟大作品，需要众多的作家去共同完成，他们将从不同的角度来丰富它，慢慢形成高原，最后再形成高峰。所以，每个作家去完成他该完成的任务，这就是他为这个时代做出的写作贡献。

先锋小说的变异

我是来讲故事的,这句话是戏仿先锋小说的叙述。我真是来讲故事的,这句不是戏仿。我讲三个故事。

第一个故事。有一位导演跟我说,技术很重要,比如我在北京的咖啡馆拍一个某某某喝咖啡的镜头,然后我再在广西拍一场大火,喝咖啡和大火本不相干,但只要我把这两个镜头剪到一起,你会觉得有故事。如果在大火和喝咖啡之间跳接一次,你会奇怪面对一场大火这个人怎么如此冷漠;但跳接三次以上,你可能怀疑这场大火与这个喝咖啡的人有关⋯⋯当年我正是带着对技术的迷恋,开始阅读先锋小说。我阅读先锋小说是为自己推开了一扇窗口,而先锋小说作家们又为我推开了另一扇窗口,我从他们那里开始,去寻找他们的来路,因而阅读了大量的西方现代派小说。今天我们谈论先锋小说的时候,不能撇开当时的环境来谈。先锋小说兴起于上个世纪 80 年代中期,那时刚刚改革开放,每个人都有求变求新的渴望，别的变不了，但小说还是可以变一变的。很感谢小说的变化，安慰了读者们求变的心情。在先锋小说之前，有伤痕文学、改革文学、寻根文学。但先锋小说出现之后，很多寻根文学的作家也在求变，他们与先锋小说相互激荡，形成文学创新的局面。先锋小说是对中国传统写作的一次变异。

第二个故事。上个世纪90年代中期，我在一个报社工作，那时候的通信还没今天这么发达，打电话只有座机，而长途电话只有主任的座机开通，因为长途电话费很贵，下班的时候主任会把座机锁起来。座机上有一个锁，只要一扭，就只能打市话不能打长途。但有人告诉我，只要在座机上同时按＊键和一个数字键，就可以解码打长途。我们试了几次，偶尔能打通，但按这两个键时手指必须配合得恰好，否则怎么也解不了码，即使你的手指在座机的键盘上像弹钢琴，十有八九打不通。一位编辑灵机一动，直接把主任座机的电话线拔出来，接到我们没上锁的座机上，终于通行无阻。先锋小说其实也面临过与读者无法打通的问题，他们敲击电脑的手指也像弹钢琴一样好看，却没法解码，于是，他们像那位编辑一样直接拔掉上锁的座机电话线，接到没上锁的座机上。这样一来，他们跟读者的长途电话终于打通了。莫言说过他要在写作上"大踏步地后退"，就是回到民间立场上。余华写了《活着》《许三观卖血记》，苏童写了《妻妾成群》《红粉》等一系列好读的小说。格非写了"江南三部曲"，他说写到第三部的时候，明显感到原来的叙述不适于叙述现实生活，所以要改变。他们自己改变了，或者也可以称为先锋小说的自我变异。他们这些小说，如果不打上先锋小说的标签，我们也许不会注意它们是先锋小说。这些小说已经回到了故事，回到现实，成为新的经典。像余华的《活着》前年卖了80万册，这是相当惊人的一个数字，这个数字证明有人在勤奋地阅读他们。他们的写作就像治疗胃病，吃多少药都没用，而是靠自我修复。许多原来学习先锋小说写作的作家一直不变，师傅都跑了，他们还在原地做俯卧撑。

第三个故事。一个外出打工的青年回到家乡，他得了一种病，这种病能通过身体接触传染。结果，他媳妇被传染了，他媳妇被传染后他父亲被传染了，他父亲被传染后他母亲被传染了，他母亲被传染后村长被传染了，村长被传染后全村人都被传染了。先锋小说也有传染性，它传给了像我这样的"新生代"作家。我们继承了先锋小说的创新精神。我们一直是先锋小说的旁观者，曾经跟着先锋小说的作家们跑过步，但我们先天地注意故事和现实，然后再加入他们的创新精神。不可否认，我们是被先锋小说传的一代作家。同时，先锋小说传染了网络作家，比如先锋小说对历史与现实的悬置，这个方法网络作家正在大量使用，他们悬置历史与现实，虚化背景。也许这种写作方法是中国作家的宿命，只有虚写历史与现实，才可能写出历史与现实的真相。先锋小说把先锋精神传染给了各种写作流派，但我们也必须承认，先锋精神是有原生性的，也就是说从来没有阅读过先锋小说的作家也同样有可能具备先锋写作精神，这是创作者的本能。有时候我想，先锋写作是不是把它的荒诞性传染给了现实？因为我觉得现实越来越荒诞，然而我反过去想，难道从前的现实不荒诞吗？它比今天也许还荒诞一百倍，只是那时候我们没感觉到荒诞而已，也就是说我们今天对荒诞的感受比从前更敏感了。这种对荒诞性的敏感，是西方现代派小说传染的，先锋小说也有传染之功劳。因此，传染是先锋小说的第三次变异。

"先锋小说"的写作在今天貌似终结了，但先锋精神并没有终结。我多次说过，我的写作就是要跟人家有点儿不同，这其实就是当年的先锋精神。我曾经受惠于先锋小说，曾经得到过先锋小说作家们的切实帮助，比如苏童在离开《钟山》杂志的时候，曾经把我的小说推荐给《作家》杂志的宗仁发发表。我的新长篇《篡改的命》得到余华兄不遗余力的推荐。因此，每当我遇到这些作家，就有一种找到组织的感觉，天然地有亲近感。

虚构的故乡

    凡是有故乡的作家,往往都会被贴上故乡的标签,比如绍兴之于鲁迅,凤凰之于沈从文,美国密西西比州拉斐特县之于威廉·福克纳,哥伦比亚北部小镇阿拉卡塔卡之于加西亚·马尔克斯,山东高密大栏乡之于莫言。因为出产著名作家,这些故乡被美丽的词句包围,尽情地享受着世人的赞美。故乡因作家而自豪,作家因故乡而生动。每一个功成名就的作家,都不会否定故乡对自己的贡献。于是乎,故乡变得优点突出,其正面功能被无限放大,而缺点却被忽略。

    但我认为,恰恰是故乡的缺点成就了作家。尽管沈从文后来写了那么多关于湘西的美文,可还没成为作家之前,他是那么渴望逃离湘西。在他年少时,湘西还是一块封闭之地,教育不发达,经常打仗,饿殍遍野。他以为当兵或许是一条出路,然而,当他看见杀人如麻,大病一场之后,终于明白:好坏总有一天得死去,多见见新天地，在危险中咽气，也比病死好些。1922 年，年仅 20 岁的沈从文离开故乡到了北京。因为饥饿和贫穷，他写信向郁达夫倾诉。为此，郁达夫写了一封《给一位文学青年的公开状》。信中，郁达夫劝沈从文回到家乡去挖草根树根，"若说草根树根，也被你们的督军省长师长议员知事掘完，你无论走往何处再也找不出一块一截来的时候，那么你且咽着自家的口水，同唱戏似的把北京的豪富人家的蔬菜，有色有香的说给你的老母亲小妹妹听听，至少在未死前的一刻半刻中间，你们三个昏乱的脑子里，总可以大事铺张的享乐一回。但是我听你说，你的故乡连年兵灾，房屋田产都已毁尽，老母弱妹也不知是生是死……"。这虽是郁达夫的激愤之语，却或多或少地道出了沈从文故乡的实情。所以，即便在北京忍饥挨饿，沈从文也不愿回去。

那么，鲁迅呢，他跟故乡的关系又怎样？1922 年，鲁迅在《〈呐喊〉自序》中说："有谁从小康人家而坠入困顿的么，我以为在这路途中，大概可以看见世人的真面目。"13 岁那年，他那在京城做官的祖父因故入狱；16 岁时，他长期患病的父亲病逝，家境迅速败落。家境好的时候，他看到羡慕的眼光，听到亲切的话语。家境一旦败落，周围的态度立刻生变：话语是凉凉的，眼光是冷冷的，脸上带着鄙夷的神情。这一变化，使他感到在当时的中国，人与人之间缺少真诚的同情和爱心。带着对故乡的失望和对新知识的渴望，18 岁那年，鲁迅离开家乡到南京水师学堂学习。20 岁那年,他母亲给他订了一门他并不满意的婚事;21岁时,他赴日本求学。1910年9月,29岁的他回到绍兴担任中学堂教员兼监学,其状态是:因发蓝衫,喝酒抽烟,意志消沉,荒落殆尽。其内心的痛苦压抑可想而知。果然,1912年2月,他31岁,应中华民国临时政府教育总长蔡元培之邀到教育部任职,第二次离开故乡。他对绍兴的感情极为复杂,有一种与家乡漠然隔绝的态度。证明就是他1919年底最后一次离开绍兴后,再也没有回去,直到1936年逝世,17年不回故乡。

和鲁迅、沈从文比起来,当代作家莫言跟故乡的关系明显更为密切。早在1984年,当他阅读川端康城的《雪国》和福克纳的《喧哗与骚动》时,就明白“一个作家必须要有一块属于自己的地方”。因此,他以故乡为圆心,打造了“高密东北乡”这个文学王国。他赞扬过家乡的红高粱,描写过故乡的血性。每年他都会回乡写作,即便获得了诺贝尔文学奖之后,他也常常回去。他认为故乡能够给他提供源源不断的创作资源。但是,他也曾经说过,“高密东北乡无疑是地球上最美丽最丑陋、最超脱最世俗、最圣洁最龌龊、最英雄好汉最王八蛋、最能喝酒最能爱的地方”。也就是说,他对故乡同样爱恨交加,特别是少年时期,恨多于爱。因为家里孩子多,他曾经被大人们忽略,自认为是最不讨人喜欢的孩子。3岁时,他掉进粪坑差点淹死。饥饿时,他曾烧老鼠来吃,也曾偷吃过生产队地里的萝卜,甚至吃过煤块。小学五年级,他因为乱喊口号被学校劝退,成为生产队里年龄最小的社员。他想被推荐上大学,到处写信求助,却引来了贫农代表的嘲笑:"你这样的能上得了大学,连圈里的猪也能上。"此路不通,他便报名参军。从17岁开始,他年年报名年年体检,不是体检出问题,就是政审出问题。有一次,竟在集中报到的前一天,他忽然被人替换下来。直到21岁那年,他终于获得当兵的机会。当他坐上运兵的卡车,一同入伍的伙伴们泪别故乡时,他连头也不回,"我有鸟飞出了笼子的感觉",希望汽车开得越远越好。他曾经说过故乡耗干了祖先的血汗,也正在消耗着他的生命。"假如有一天我能离开这块土地,我绝不会再回来。"

所以故乡,并非今天我们坐在咖啡馆里想象的那么单纯。她温暖过作家,也伤害过作家。似乎,她伤害得越深,作家们的成绩就越突出。真应验了海明威的那句:"作家最好的早期训练是什么? 一个不愉快的童年。"以此类推,我也可以这么说:故乡对作家最大的帮助是什么? 伤害他,用力地伤害他! 就像哥伦比亚对加西亚·马尔克斯的伤害那样伤害。1947年,20岁的马尔克斯进入波哥大大学攻读法律,但仅仅读了一年,就因哥伦比亚内战而辍学。1955年,他因揭露"政府美化海难"而被迫离开祖国,任《观察家报》驻欧洲记者。不久,这家报纸被哥伦比亚政府查封,他被困欧洲,欠下房租,以捡啤酒瓶换钱过日子。在写《百年孤独》的那一年时间里,他的夫人靠借债维持全家生活。《百年孤独》完稿之后,他们连把这份手稿寄往墨西哥出版社的邮资都凑不够,结果只好先寄出半份。这就是作家们热爱的故乡。正如美国作家威廉·福克纳所说,"我爱南方,也憎恨它。这里有些东西,我根本就不喜欢,但是我生在这里,这是我的家。因此我愿意继续维护它,即使是怀着憎恨"。

不可否认,故乡一直在塑造作家,但请注意,作家也反过来塑造故乡。如果没有加西亚·马尔克斯,我们怎么会留意阿拉卡塔卡小镇;如果没有鲁迅和沈从文,那绍兴和凤凰也没有这么风光。毫不夸张地说,是莫言带火了高密大栏乡。然而,我们必须清楚,作家在塑造故乡时进行了虚构。马尔克斯把阿拉卡塔卡变成了"马孔多",福克纳把拉斐特县变成了"约克纳帕塔法县",鲁迅把绍兴变成了"鲁镇"和"未庄",沈从文把湖南省花垣县的茶峒镇变成了"边城",莫言把高密大栏乡变成了"高密东北乡"。不知道是幸或是不幸?凡是出产作家的故乡,再也不是现实中的那个故乡,她被作家们添油加醋,撒上食盐和胡椒粉,成为一个民族乃至人类背景的缩影。故乡因此从真实的变成虚构的,从简单的变成复杂的,从封闭的变成开放的……读者们甚至更愿意接受那个虚构的故乡。常有读者按照小说中的描写寻找作家的故乡,但现实与虚构的落差往往惊破他们的眼镜片。虚构很丰满,现实很骨感。虚构变得越来越强势,而现实乐见其成,心甘情愿地配合。2008年茶峒镇已更名为"边城镇","鲁镇"和"未庄"也已经在绍兴变成了实体建筑群,据说哥伦比亚有关方也正在努力把阿拉卡塔卡更名为"马孔多"。这样一来,作家们的故乡又由虚构变成了"真实"。

那个真实的故乡被商业裹挟。作家们的故乡越来越像美国电影《楚门的世界》里的背景。在主人公还没有推开天空上的那扇门之前,谁都不知道原来整个天空,包括楚门生活的环境以及人际关系全都是假的。为了利于表达,作家先虚构了一个故乡,然后读者和消费者对作家的虚构进行再虚构。一个有痛感有灵感有感动的"三感"故乡终于离我们远去。故乡的喧嚣代替了孤独,宠爱代替了伤害,虚假代替了真实……我们很难看到一个故乡能够孕育出两名以上的文学大师,原因是故乡被二度虚构了,飘飘然了,她的文学营养已被前一位作家掏空了。

每天都有新词句

近期,中国网民为南海争端焦躁不安。一位女士在微信里说:"我愿用前男友的生命去换南海的和平。"看罢,我"呵呵"(网络语,包含所有的笑以及打哈哈)。她貌似说南海,其实是在表达对前男友的刻骨仇恨。她诅咒前男友去死,但又不想让他白白地断气,也许还可以用他的生命去干一件有意义的事情。当然,也还有搞笑,也还有调侃严肃问题之嫌疑,典型的"骂人不带脏字",暧昧又富于联想,是作家们做梦都想抓住的句子。可惜,这种犀利的新句在当今的文学作品中较为稀缺,而网上却频频出现。例如:"女大十八变,越变越随便。""谁对我的感情能像对人民币那样坚定?"

好作家都有语言过敏症,他们会在写作中创造新词新句,以求与内心的感受达到百分之百的匹配。所谓"词不达意",就是现有词句无法表达我们的意思和感情,特别是在社会环境和我们的内心变得越来越复杂之后。所以，较真的写作者为表达准确，一定会创造适应环境的新词句。霸道地下个结论：创造新词越多的作家很可能就是越优秀的作家。鲁迅先生便是一例。他的作品中有许多自造的词：美艳、媚态、劣根性、孤寂、欣幸、庸鄙、奔避……真是掰着指头都数不过来。《现代汉语词典》收录了许多"鲁迅词汇"，我们今天司空见惯的一些词语，都出自鲁迅先生的造词作坊。比如"纸老虎"一词，大都被认为是毛泽东先生最先使用，但鲁迅早在1933年就使用了，他用于《为了忘却的记念》一文。再比如"妒羡"，也是鲁迅先生的产品，用于1925年所写的《孤独者》："全山村中，只有连殳是出外游学的学生，所以从村人看来，他确是一个异类；但也很妒羡，说他挣得许多钱。"

　　"妒羡"一词的使用，表明鲁迅先生敏感地发现了"嫉妒中包含羡慕"。我想这种复杂的感情肯定不是鲁迅先生最早觉察，但他却是找到表达这种感情词语的第一人。在这个词诞生79年之后的2004年，北京作家赵赵写了一部电视连续剧剧本《动什么别动感情》。她在这部剧里首次使用"羡慕嫉妒恨"。该剧播出之后，此词被广泛接受和使用。她敏感地发现"羡慕嫉妒中其实还包含了恨"。一词叠加三种情感，足见人心是多么富有。只要作家愿意开挖，就可源源不断地掘出新语。当年，若不是胡适先生最早使用"讲坛"一词，也许今天我们都还不知道"讲坛"是个什么玩意儿；若不是翻译家傅雷先生初次使用"健美"，也许后来者会把"美健"当作"健美"运用。你知道吗,"家政"一词是作家冰心于1919年在《两个家庭》一文中率先写出。

今天,中国的新词句除了来自作家们的创造,更多的则来自网民。过去网民注册大都不用真姓实名,交流、骂人或者恶搞都有一块遮羞布挡住,敲起字来无所顾忌,想象力超强,身心放松,蔑视规矩,敢于冒犯,拒绝格式化。他们造字,比如"囧"。这个几乎被忘记了的生僻字于2008年开始在中文地区的网络社群异变为一种表情符号,成为网络聊天、论坛、博客中使用最频繁的字之一。它被赋予郁闷、悲伤、无奈之意,并由此衍生出:"囧吧"(交流囧文化的场所、论坛或贴吧等),"囧倒"(表示被震惊以至达到无语的地步),"囧剧"(指带有轻松喜剧色彩、缺乏深度的电视剧),等等。他们造词,比如"脑洞大开"(意为想象天马行空,联想极其丰富、奇特,甚至到了匪夷所思的地步),"脑残"(指大脑残废,蠢到无可救药),"刷脸"(指一个人靠脸面找关系办事),"霸气侧漏"(意为一个人的霸气产生量过多,引起别人反感,进而调侃他的霸气连卫生巾都挡不住),等等。他们造句,比如"求心理阴影面积"(指心里不高兴或郁闷的程度),"吓死宝宝了"(意为吓死我了),等等。他们改变词性,比如"萌",本来是指"草木初生之芽",但现在这个字却被用来形容极端喜好的人或物。由于"萌"文化的广泛流行,什么"萌哒哒"、"卖萌"和"萌神"等新词应运而生。甚至有网友把"萌"字拆成"十月十日",提议把每年的"双十"日定为"卖萌日"。

中国网民数量惊人,新词新句层出不穷地出产。有的词句刚一上传随即溺毙;有的大红大紫,却因"纯属恶搞",在抽搐痉挛伸缩一段时间后被无情淘汰。比如曾经创造过网络点击量与回复奇迹的"贾君鹏你妈喊你回家吃饭"一句,就经历了从美艳变成黄脸婆的过程,今天再也无人宠幸。网络词句快生快灭,传统作家几乎不屑于使用,生怕这些新词新句拉低作品质量,抑或降低自己身份。然而细思,我们必须明白,躺在词典里的某些贵族级别词语,当年也是出自贩夫走卒、引车卖浆者之口。鲜活的语言往往生长于民间,而今天的网络平台其实就是过去的民间社会。任何优秀的语词都建立在海量的不优秀之上,也就是说尽管网络上垃圾语言过剩,但总有一些可爱的精辟的词句脱颖而出。任何一个作家都不好意思拒绝使用优秀的民间语言,因而,也就没理由鄙视优秀的网络词句。即便你鄙视,"一言不合"(最近网上流行的句式,意思是一不高兴就干别的去了)它们就会悄悄地发芽、生长,甚至茂盛。比如"屌丝"一词,多少人恨得咬碎牙齿,但它就是顽强地被很多人使用着。就像当年作家王朔发明"知道分子"(是中国当代知识分子的贬称,意为知识分子应该是从事创造性的精神活动的人,而当代的知识分子没有这种能力,他们充其量只是比常人多知道了一些事情而已),一开始也有人"水土不服",但久而久之你又不得不服。好的词句,它会自行生长,不管你待不待见。如果你充耳不闻，也许若干年之后你会看不懂年轻人写的文章，甚至听不懂他们在说什么。

我是网络新词句的拥趸，在去年出版的长篇小说《篡改的命》里使用了如下新词句：死磕、我的小心脏、抓狂、走两步、型男、碰瓷、雷翻、高大上、我也是醉了、点了一个赞、装 B、duang、弱爆和拼爹……有人提醒这过于冒险，甚至被一些专家当创作缺点指认。但这些词句过于强大，它们在我的写作过程中几乎是自动弹出，而我也无意回避。它们散发今天的鲜活气息，对我们的社会现象和心理状态重新命名，准确生动且陌生。我相信，这些新词句是社会环境、情感生态和思维方式发生改变后的产物，它们沾满了这个时代与这个国家的特殊味道。所以，我不相信不在现场的作家能够写好中国小说。假如他离开了这里的空气、雨水、气温、阳光、风和泥土，又怎能感受到身处其中的况味？更不可能体会因某一点点改变就孕育出来的新词新句。

这也是国外汉语翻译者所面临的翻译难题。

（本文参考、引用了《新词新语词典》及孙绍琪《〈现代汉语词典〉对"鲁迅词汇"的收录过程》的部分内容，并使用了"百度搜索"，引用了"百度百科"中的部分词条，特此说明并致谢意。）

梦启

春天我想好笔名,夏天父亲就过世了。这两件事似乎没有关联,却似乎又有关联。

那是1991年,先锋小说横行。我被那些文字迷惑,顿觉自己写的豆腐块不够先锋,便发誓脱胎换骨。于是,坐在书桌前想了两个多小时,决定使用笔名"东西"。当这两个字从脑海里蹦出时,我全身战栗。为何因这两个字激动?现在认真回忆,原因如下:一是叛逆,渴望标新立异;二是受王朔小说标题《千万别把我当人》的影响。既然不把自己当人,那就当个东西。这一私念与法国作家勒·克莱齐奥在《诉讼笔记》中塑造的反现代文明角色吻合。那个角色叫亚当·皮洛,他下定决心物化自己,企图变成青苔、地衣,或者细菌、化石。自我物化的巧合纯属偶然,因为我阅读《诉讼笔记》是在2008年勒·克莱齐奥获得诺贝尔文学奖之后。

从 17 岁开始我热爱写作,但大多时间都在阅读,以恶补文学营养的不足。19 岁,我开始工作,越往后越要挣工资养家糊口,业余时间不多,只有晚上家人休息之后,才能坐在书桌前写些短文,以安抚心灵。然而,短文只是练笔,虽曾给了我无数次的小小激动,却无法给我大喜悦。我在寻找素材,希望能写出像笔名那么操蛋的作品,以混出名声。

这年秋天的深夜,我在梦中忽然闻到酒香。醒来,一动不动,生怕跳跳眼皮状况就会消失。可不管多么小心,酒香也只在我鼻尖前保留了不到一秒钟。我继续一动不动,回忆它的味道。那是粮食的香,准确地说是苞谷酒的香,夹杂些许焦煳味儿。脑海顿时出现父亲站在土灶旁熬酒的画面,甑子、墙壁、水蒸气以及毕剥燃烧的木柴也都一一浮现,包括整个村庄都复活了。

父亲喜欢喝两盅,特别是在劳累了一天之后或者来了客人的时候,喝得满脸通红,话声连绵。由于财力有限,父亲喝的酒大都是私人定制,也就是用自家的苞谷自酿自熬。熬酒那天,他穿得干净利索,像过节日。只要有人从门前经过,他定会把他拉进屋去,接一盅刚出锅的热酒让他品尝,并期待他的夸奖。夸奖的话我记得,被夸后父亲的表情我也记得,那笑容就像石头裂开。我第一次对父亲的酒产生怀疑,真有那么好吗? 也许别人只是一句外交辞令,但父亲全部当真。亲人或邻居闻香而来,父亲把酒一碗一碗地舀出,与他们边聊边喝。往往一锅酒熬完,他已经喝得走路打飘。这样的情形多次出现于我的生活中，我不以为怪，甚至都不愿回忆。

但这个深夜，父亲熬酒的画面却在我身上产生了化学反应。为何这些曾遭我鄙视的举动忽然有了价值？恐怕是因为怀念。我在暗夜里想象他的一生，想象他的爱情，想象他的秘密，想象他喝醉后的想象……如果我不曾阅读，那这些想象也就一滑而过。但我偏偏读了大量的小说，觉得父亲熬酒的地点既与"寻根文学"作品所描写的山野相似，又跟先锋小说所喜欢的故事背景接近，更兴奋的是一个酒醉者的幻想完全可以跟拉丁美洲的魔幻现实主义接轨。这么反复琢磨，天还没亮，我就决定以父亲为原型，写一篇他熬酒的小说。

和现在不同，那时的我是个"程序控"，必须先想出一个好标题，才会用心专一地往下写，否则精力不集中，思绪会从稿纸上腾挪。所以，我用了一个星期的时间来想标题，首先想到"幻想"，然后想到"村庄"。有了这个标题，我的信心大增，仿佛一个不抽烟的人捡到打火机后抽烟上瘾。每天晚上，当亲人们休息之后，我便伏在书桌上开写。写的时候，脑海满满的都是老家。老家的大树，老家的屋檐，老家的卧室和邻居们的谈话声，甚至还看到我在老家伏案写作的模样……我穿越了，一会儿老家一会儿城市，一会儿过去一会儿现在，写着写着，就用上了当时流行的"元叙述"。当写完那句"瓷碗叭的破碎声成为我这篇小说的句号"时，我也是醉了。

　　投给谁？这是一个问题。之前，我从未在名刊上发过作品。把那些著名和非著名的杂志都想了一遍，最后决定投给《花城》。因为这本杂志当时发表了大量的先锋小说，估计有渺茫的希望。但我怀疑编辑不看自由来稿，便在稿件里塞了一封信。信是写给田瑛的，说我如何如何喜欢《花城》杂志，如何如何敬佩像他那样的编辑，反正就是套近乎，希望他看看这个小说。稿件投出去了，说真的，不抱希望，因为我有过多次稿件被退的经历。

　　20多天后的午休时刻，我怎么也睡不着，脑子莫名其妙地兴奋，便提前到报社上班。办公桌上堆着一沓新来的信件，我翻了翻，发现一封写着我名字的来自《花城》的薄信。我仿佛被电击，预感小说可能已被采用，否则会是厚厚的一封。撕开，果然。信上说：你的小说由田瑛转来，我们将在近期发表。你的写作很有潜质，如有小中篇请寄来，我们会尽快安排发表。落款林宋瑜。把信看了两遍，我急着找人分享。但走廊又长又空，其他编辑都还没上班。拿着信站在走廊上等了约10分钟，终于看见某记者从楼梯口冒出。我像父亲拉人品酒那样，把他拉进办公室，让他看《花城》编辑的来信。他满脸笑容地祝贺，仿佛刚刚喝过我父亲熬出来的苞谷酒。因为他第一个分享我的喜悦，所以至今我还记得他，并对他一直抱有好感。

　　在等待小说发表的四五个月里，我又写了几个小说，分别投

41

给《收获》《作家》等杂志。有人建议我别用这个笔名，否则会让叫我的人为难。我犹豫了，写信给田瑛，要求把名字改回来。田瑛来信说，你到底想不想一辈子写作？如果想那就毫不犹豫地用这个笔名。我只想了几秒钟，便决定一辈子为写作卖命。《幻想村庄》于1992年第3期发出，是我首次使用笔名发表的短篇小说。这一年，《收获》《作家》也相继推出我的作品。我竟然断断续续地收到了约稿信。

现在回头重看，这个小说并不完美。比如"父亲"两字的大量使用，是在帮他刷存在感抑或是受先锋小说叙述的影响？某些地方可以写得更精细更合理。以上缺憾，除了自己尚是初学之外，恐怕还有写作工具的原因。那时，我用300格稿纸写作，为了避免抄写之累，都是一稿过，每字下去铁板钉钉，几乎都没改正机会。而现在写作，因为有了电脑，可以反复修改，以至于修改到没法前进的地步。一个句子产生了，下一句该怎么接？可以有上百种接法，但哪一句才是最好？这种犹豫，在成熟作家身上或多或少都有，有时严重到好像患了"文字不信任症"。正因如此，最初的写作勇气以及单纯才值得肯定。

好像是1994年，我的母校给我和凡一平召开作品研讨会。有人善意提醒，别写得那么先锋，会影响读者的阅读。可我不谙世事，在最后发言时说，如果今天的中国作家90%都在使用现实主义创作方法，那么我会选择只有10%的作家正在进行的先锋写作。我认为凡是少数使用的,都是稀缺的珍贵的。这个发言有点不礼貌,也引起了部分与会人员的反感。但是,没办法,我就那么心直口快。

有人相信名字决定命运。我相信笔名决定小说风格,更何况这个笔名还是自己取的。我想它不仅仅是个笔名,而是思维方法,就像小说的标题决定内容。

文学的远与近

　　1976年9月9日，我长篇小说《耳光响亮》中的人物原型牛振国失踪了。亲人们均不知他的去向，只发现一张他留下的字条，上面写着"南方之南，北水之滨"。这八个字耗尽了子女们的精力，大儿子牛青松在寻找他的过程中沉尸北仑河。这具尸体把牛家人吸引到了中越边界。他们的目光向南，越过河流，终于明白牛振国去了越南。果然，他们在芒街找到了他，但他已经失忆，从前的生活一笔勾销。评论家张清华先生说，由于越南和中国体制相似，牛振国把在中国过过的生活又在越南过了一遍。这部小说写于1996年，是我第一次在作品中呈现越南背景。

　　因为文化的隔阂，我总是把越南想象得很遥远，仿佛比北京还远，比欧洲还远。1994年冬天，两国边境开放后，我去了一趟越南，才发现在地理上他离我是那么近，近到仿佛只隔着一条河流。我和几位作家坐着一张竹筏，从东兴码头离岸，十几分钟就到了越南海关。过去之后，才发现他们的森林大海跟我们的一样，他们的肤色和头发跟我们的也一样，甚至连方言都有相通之处。顿时，出国不像出国，倒像是走亲戚，或者到邻居家串门，亲切感扑面而来。原来他们和我们一样种植水稻，爱吃米粉。阳光一样炽热，雨水一样充沛，树叶一样腐烂，脑袋一样发烫。我是一个南方的写作者，因为热，所以容易产生幻觉，逻辑混乱，想象力异常活跃。按此标准，处于南方之南的越南，必然也有类似的头脑发热的作家，等待我们去认识和了解。

然而，地理的相近未必获得文化交流的优先权。那时，我们都急着向西方文学靠拢，忙于跟卡夫卡、加缪、萨特或者福克纳、海明威套近乎，兴奋于现代派、后现代派和魔幻现实主义的写作方法。亚洲的作家们都在谦虚地向西方的作家们学习，因为我们还没有创造出影响全世界的文学流派。我们，包括越南的读者都不太相信两国能产生一流的当代作家，这种念头至今恐怕还余音绕梁。亚洲国家对当代文学向来不太自信，每个国家的年轻人一谈小说必先谈欧美，好像哪里的人均收入高，哪里才有值得模仿和学习的文学。某些亚洲地区的文学课，也是先从欧美俄讲起，而对于邻国的文学不仅不知，甚至没兴趣阅读。这种"远香近臭"的毛病，倒是符合人性。而人性，又恰恰是文学的必须。我们往往忽略亲人和朋友，却对陌生人充满好奇。我们嫌弃自己的家乡，却对远方充满了美好的想象。文学，天生就在远处，在地平线那边,在太阳升起或落下的地方。

和西方文学一比,我们亚洲过分谦虚,但一说到邻国文学,每个人都满怀自信,或者自傲。自卑与自信,严重地阻碍了亚洲文学的交流。有时,我们对邻国文学的兴趣,竟然要拐一个大大的弯。比如,许多邻国的读者,是因为赛珍珠的《大地》而开始关注中国文学。而我们对越南文学的兴趣,也往往是从杜拉斯的《情人》开始。赛珍珠虽然出生于美国,但她出生四个月后就随传教士父母来到中国,在中国生活和工作了近40年。由于她对中国农民生活史诗般的描述,真切而且取材丰富,以及她传记方面的杰作,1938年荣获诺贝尔文学奖。而法籍作家玛格丽特·杜拉斯出生于越南西贡,18岁离开越南回到祖国。1984年,她70岁时发表了小说《情人》。在这部富有异国情调的作品里,她以惊人的坦率回忆了自己16岁时在越南与一个中国情人的初恋。小说荣获当年龚古尔文学奖,被译成40多种文字,至今已销售几百万册,使她成为当今世界上最负盛名的法语作家之一。两位西方女性作家,分别以中国和越南为写作素材,作品均获得巨大成功。这说明,我们亚洲的写作素材没有问题,其实全世界任何一个地方的素材都不是问题,问题是我们必须确立写作的自信。

中国作家莫言在获得诺贝尔文学奖之前,曾宣称他的写作要大踏步地后退。所谓大踏步地"后退",就是要退到中国的文学营养之中,退到他老家山东的民间文学里去。哥伦比亚的作家加西亚·马尔克斯虽然也受过卡夫卡、福克纳等作家影响,但当他写《百年孤独》的时候,得以救命的是运用了他外祖母讲故事的腔调。他说他外祖母在讲故事时从来不质疑故事的真实性,正是继承这种自信,他才创作出魔幻现实主义的巅峰之作。如果我们亚洲敢于放下偏见,就会发现中国、越南、日本和韩国等国家,都创作出了毫不次于欧美的当代文学作品。只是我们还需要正视这种情形的勇气,和阅读它们的耐心。

我在中篇小说《没有语言的生活》中写了这样一个故事:父亲是个盲人,儿子是个聋人,儿媳妇是个哑人,他们组成了一个看不见、听不到和说不出的家庭。没有比他们之间的交流更困难的了,但他们每个人都借用对方的健康器官,完成了不可能的沟通。中国作家跟越南或者韩国读者的交流障碍,远没有他们三人之间的交流障碍那么巨大。所以,我相信,我期待,亚洲作家们笔下的故事会率先得到近邻各国的重视,并优先于欧美读者产生良好的化学反应。

真正的经典都曾九死一生

　　1954 年,作家纳博科夫在小说《洛丽塔》快要收尾的时候,借主人公亨伯特之口说:"此书正式出版让各位一饱眼福时,我猜,已经到了二十一世纪初叶……"这个预测虽然是虚构中的虚构,但不难看出纳博科夫对该书前途所持的悲观情绪。事实正如他所料,当小说脱稿之时,也就是该书开始漫长旅行之时。它先后被美国五家大出版社退稿,就连和纳博科夫签有首发协议的《纽约客》也不愿刊登。这些有权有势的出版社和杂志社对《洛丽塔》都发出了"死刑判决"书,仿佛当时的美国出版界集体眼瞎。传说,也曾经有火眼金睛看到这个小说的价值,只是迫于当时美国阅读环境的压力,所以不敢言好。然而,我更愿意相信,当时真的没有人喜欢它,除了纳博科夫的妻子薇拉。这个"老男人乱伦"的故事,即便是放在标榜自由和开放的美国也过于惊世骇俗,它严重地挑战了人类的道德底线。

不能出版,也许不是对作家最沉重的打击。纳博科夫完全可以说这是一部写给未来读者的小说,也可以说这是写给 50 个知音阅读的伟大作品。全世界所有倒霉的作家,无不这样自我安慰,并以此作为创作的动力。但是,就连这样的安慰纳博科夫也不能得到。曾经帮他推荐稿件到《纽约客》发表的评论家威尔逊,是纳博科夫值得信赖的朋友,也是纳博科夫的文学知己。可是,当威尔逊在看完《洛丽塔》之后,回信给纳博科夫:"我所读过的你的作品中,最不喜欢这部。"甚至把《洛丽塔》指责为"可憎""不现实""太讨厌",并将这些意见转告给出版商,使《洛丽塔》未曾出版先有臭名。而另一位评论家玛丽·麦卡锡在根本没有读完该书的情况下,竟然写文章批评其"拖泥带水,粗心草率"。

朋友的打击才是对纳博科夫最大的打击。他一度失去信心,对自己的才华产生了真实的怀疑。当时,炒作和策划还没有今天这么汹涌澎湃,纳博科夫也绝不是想故意制造一本禁书,以便获得另一渠道的畅销和公认。他的写作态度可以为此证明,能把主人公亨伯特的心理写得如此准确、复杂,肯定不是为了弄一个事件来吓人,而是全身心投入创作的结果。另一个证明就是纳博科夫要把《洛丽塔》的手稿烧掉,让这本书彻底地消失。关键时刻,他的妻子薇拉抢救了手稿。她说这是纳博科夫写得最好的小说。纳博科夫当时获得的唯一正面评价不是来自文学界,而是来自患难与共的妻子。如果多疑,纳博科夫可以认为这是一种鼓励,是

"赏识教育"，甚至也有可能是为了家庭收入。假如纳博科夫真这么想过，那他当时的孤独和绝望是可想而知的。

为什么经典总是要面临被烧掉的危险？难道仅仅是巧合吗？或许，这恰好证明了江湖险恶，证明了经典在成长中注定要遭遇偏见与傲慢。卡夫卡临终的时候，也曾经吩咐朋友布洛德把手稿全部付之一炬。幸好布洛德没有执行，否则这个世界上将永远没有一个名叫卡夫卡的作家，文学菜地里也许会因此而缺少一个品种。纳博科夫和卡夫卡是幸运的，他们的幸运在于有人及时地保护和抢救了手稿。但抢救并不是百分之百的，他们的幸运可以反证：在这个世界上有许多经典作品可能已经被烧掉。谁又敢保证果戈理烧掉的《死魂灵》第二部就不是经典小说？

到了1955年，《洛丽塔》终于以色情小说的面目在法国奥林匹亚出版社出版，首印5000册。该出版社虽然出版过亨利·米勒和让·热内的小说，但大多数出版物都是像《直到她销魂尖叫》这样的色情作品。由于对色情标签的反感，开始，纳博科夫还想拒绝，甚至想挂一个假名。但奥林匹亚出版人坚持要用纳博科夫的真名，纳博科夫只好妥协。被美国宣布"此路不通"的《洛丽塔》，终于在异国获得了准生证。英国作家格雷厄姆·格林读到该小说之后，把它评为1955年最佳的三部小说之一，并在伦敦《泰晤士报》上撰文大加赞扬。从此，《洛丽塔》才真正获得了生长的土壤、阳光和空气。1958年，美国普特南书局出版了《洛丽塔》，该书立即成为畅销书。纳博科夫55岁写这部小说，在美国畅销并家喻户晓的时候，他已经近60岁了。在西方读者的眼里，他是一位60岁的新作家。

尽管这部小说没有像亨伯特预言的那样，要到21世纪才能出版，但是，在被退稿和评论家们打击的那些年里，纳博科夫所受的煎熬也许比等待50年还难受。煎熬使时间缓慢，一年长于50年。后来，《洛丽塔》在慢慢成长的过程中，仍然给灭它的人提供了如下理由：一、它是色情小说，是下半身写作；二、它太畅销，是炒作出来的经典；三、作家的腔调过于轻佻、油滑，其反省之态度值得怀疑；四、它没有获得过诺贝尔文学奖；五、它堕落到被改编成电影了（1962年电影怪才库布里克以150万美金买下其电影改编权）。以上的任何一条理由，都足以让高高在上的庙堂排斥它、打击它、羞辱它。但是由于它的畅销，它的渐渐强壮，谣言和伤害最终没有得逞。

好作品不是僵死的，它可以像人一样不断地成长，不断地获得对诽谤的免疫力。在禁欲的年代里，我会把《洛丽塔》当成一本淫书。在放荡的年代，我终于明白《洛丽塔》是一个辛辣的讽刺。产生这样的阅读效果，不是小说传达得不够准确，而是因为社会环境的改变推动了作品意义的改变。如果男人们都敢于放下架子，和亨伯特的内心来一次比较，那我们就会发现纳博科夫远在50年前，就已经撕开了人类的伪装。当亨伯特杀死抢走洛丽塔的奎尔蒂之后,他有这样一段独白:"忠于你的迪克,别让其他任何人碰你。别理陌生人。但愿你爱你的孩子,但愿是个男孩。但愿你丈夫永远对你好,不然的话,我的幽灵就会像一缕黑烟,像一个发狂的巨人降临他身上,将他一片一片撕得粉碎。"这不是色情,这是父爱与情爱的复杂结合,是对人类复杂心灵的准确勘探。也许就凭惊世骇俗这一条,《洛丽塔》就应该成为名著。它所制造的震惊效果,是所有艺术家做梦都想达到的效果。

《洛丽塔》是经典作品成长的一个极端例子,它对急于呼唤经典的我们有警示作用。看看今天的报刊,对大师和经典的期盼是如此热切。有的作品还在写作中,吹捧的礼炮早已鸣响;有的作品油墨未干,已经被捧为经典;有的作家只在练习打字,却屡屡被专业人士齐声歌唱……这样的局面,让读者不止一千次一万次地反思:是不是自己已经弱智?轻松得来的所谓经典,必将轻松地失去。真正的经典,也许会被当时的某些因素埋葬,但即便埋葬了,它也像那些土地深处的木柴,多少年之后再变成煤,重新燃烧。乔伊斯的《尤利西斯》是这样,卡夫卡的小说是这样,凡·高的画作也是这样……

从"马航失联"扯到中国编剧

正当"马航失联"事件在国际上被吵得沸腾之时,中国的某编剧与某演员也因为剧本能不能修改而争论不休。一个关乎生命,一个关乎职业道德。两者似不相干,却可以联想。

开始,我渴望"马航失联"的新消息,期望能尽快找到飞机,希望看到生还奇迹。但是,大约三四天之后,期望渐渐落空。因为马方每天都在发布相互矛盾的信息,媒体捕风捉影,写手编造故事,真相越来越模糊。先前单纯的期望变成好奇。好奇心一旦滋生就会上瘾,以至于到了猎奇地步。为了博眼球,当然也是为了推理真相,有人开始把这个事件跟美国阴谋、恐怖分子、马军方等联系在一起,编出了一个个触目惊心的故事。它已经不是新闻了,而是剧本。马方新闻发布人、媒体、记者和写手均是编剧。

就这么产生了,一部电视连续剧或者一部电影都是从故事开始的。再大牌的制片、导演和演员恐怕都无法否认:剧本是一剧之本。目前,一部定购剧本的产生,大都是由制片方和编剧先讨论好主题、人物和故事方向,再由编剧写出提纲,提纲获得制片方认可后,编剧再进行剧本创作。剧本获得认可后,制片方再进行拍摄。有的导演会在讨论提纲时进入。只有无制作经验或胆大的制片方,才敢在剧本没成熟的情况下贸然拍摄。这是特例,虽然这种特例特别多,但不属于本文讨论范围。本文只说成熟的剧本。

在中国,剧本被演员和导演临时修改是家常便饭。因为,演员在演的时候或者导演在导的时候可能遇到了难题,他们觉得台词不准确,故事不合理,因此要修改。这种修改并不是都不准确,碰到好导演好演员还能给剧本加分。但是,给剧本减分的也屡见不鲜。原因是一些导演和演员是临阵磨枪,他们在来剧组的路上刚刚看完剧本,有的演员甚至只看自己演的那部分。于是,每一个演员只为自己的角色考虑,而忽略了整个剧本的结构。因此,他们在修改剧本的时候,可能给本角色加分了,却给整个剧带来伤害。如果在好莱坞,临时修改剧本几乎不可能。他们的拍摄精细到每个字,修改须经制片方和编剧同意。但是,中国的这个行业还属于粗放型,修改者肆无忌惮,被修改者麻木不仁,只有少数大牌编剧或视剧本为生命的人才会提出抗议。

除了原创剧本外,好多影视剧都是改编自作家的作品。多年前,一位著名作家说她的小说被改编后,她基本不关心改得怎样，甚至根据她的作品改编成的电视剧在电视台播出时她都不看。她觉得那已经不是她的作品了，或许惨不忍睹。余华说刚看电影《活着》时，他不适应，觉得不是自己的作品，后来看多了，才慢慢接受。现在很多编剧写剧本就是为了赚稿费，只要稿酬到手，不管制片方拍成什么样子。其实，在现行的规则下，一个中国编剧想要维护剧本尊严，想要拍摄者和演出者原封不动，几乎属于天方夜谭。这个行业还没精细到这种地步，也鲜有达到一字不改的剧本。没有拍摄的详细立法，也无准确的行规。所以，编剧们抱着"既然管不了何必费心思"的态度，基本甩手不管。少有编剧把剧本当作品。既然编剧都不把剧本当文学作品，那演员和导演刀砍斧凿就在所难免。而在夏衍先生那个时代，他们是把剧本当成文学作品来看的。

　　似乎编剧们大都是见利忘义之辈。其实非也。他们何尝不想把剧本写成名著？何尝不想让自己的剧本完美地呈现？我相信所有的编剧刚开始的时候，都心怀这样的梦想。但是慢慢地，他们就失望了。一些制片方不尊重他们，常常以收视率和商业因素为由，无视艺术规律，强行修改剧本。在多头制片的剧组，各种意见相互矛盾，编剧们把剧本改来改去，最后又改回原样。某些制片方还恶意拖欠尾款，让编剧对这个行业充满失望。此外，某些导演也不尊重他们。碰到特别自恋的，常常会在片头挂上"某某人作品"。只要导演这么一挂，编剧的劳动、演员的劳动、作曲的劳动基本都被抹杀。香港的导演较守规矩,他们即便在片头挂名,也是挂"某某人导演作品"。内地部分导演这些年也陆续地在"作品"前加上了"导演"二字,这才属于良性。

再看看某些影视节,竟然没有编剧奖。中国大学生电影节就没编剧奖。不是说编剧们想要这个奖,其实也没奖金,而是想说明这个节对剧本忽视到什么程度。奥斯卡电影金像奖分设改编剧本和创作剧本两个单项奖,可以看出他们对剧本有多重视。影视节无剧本奖应该算个笑话,而我们却习以为常。再看看我们的媒体吧,介绍影片的时候,只有主演和导演,无编剧。报道影视奖的新闻有时只有主角奖、导演奖、配角奖,却掐掉了编剧奖。某媒体在复播奥斯卡颁奖典礼时竟然剪掉了编剧奖环节。是编剧们斤斤计较吗?恐怕不是。这种集体的漠视,让编剧们的自豪感没了。而自豪感恰恰是一个行业发展的动力,在解决温饱之后它的重要性甚至超过稿酬。

有人感叹,在中国做编剧,除非你做成大牌,否则就是弱势。而大牌都是从不是大牌开始的。只有尊重非大牌,才会出更多的大牌。编剧们为作品取标题,为人物取名字、写台词,为剧情画图纸,算得上是一部剧的设计师了。如果我们对设计师不尊重而只尊重施工队,那必然造成这个行业的恶性循环。不可否认,尊重编剧的制片、导演、演员和媒体越来越多,以上列举的偏见不含这些有良人士。至于某编剧与某演员的争执,因本人不了解具体情况，保持中立。写完最后一句，我又要刷屏关注"马航失联"了。我已经被故事牵引，深深地不能自拔。

经验,在最深处

每天早晨起床,我第一件事是刷牙、洗脸,第二件事是吃早餐,第三件事就是上网浏览新闻。如果电脑摆在床头,那第三件事很容易就变成第一件。开车的时候,我会第一时间打开收音机;周末,我会看看纸媒的深度报道。尽管我还没"织围脖"(开微博),但手机报每天必看。我关心利比亚动荡的局势,关心日本福岛的核辐射,为美国国会差一点儿没通过政府的财政预算案捏一把汗……坐在家里,搜索天下,我像海绵吸水那样吸收信息,生怕自己变成瞎子和聋子。必须承认,我已经被媒体绑架,并且被绑架了还快乐着。

为什么我对消息如此着迷?是老爸的基因遗传,抑或是害怕自己被这个世界抛弃?身心的反应可以证明,当我获得有价值的消息时,会本能地产生愉悦感。这种"愉悦"解释了我为什么会有好奇心,为什么会有求知欲和窥视癖。也就是说,打探消息是人类的本性。媒体高度发达和网络海量储存，正好满足了我对信息的需求。我不用经历枪林弹雨，却可以看到真实的战争；我不用顶烈日流臭汗，却可以近距离地观察动物；我不用办签证，却能欣赏外国风光。那些昔日必须亲临现场才能看见或知道的，现在都由别人的摄像机免费供应。记者在冲锋陷阵，探险者和旅游者在边走边拍，上帝和政治家在导演。突发事件、自然灾害令人目不暇接，新消息源源不断地到来。

基于以上的媒体环境，一个美国作家和一个中国作家很有可能同时关注一个事件，比如"9·11"恐怖袭击，比如2008年北京奥运会开幕式。除非你对这个世界不闻不问，否则很难逃脱消息对心灵的影响。利比亚动荡的局势刺激我对权力的反思；日本的核泄漏影响我的生死观；法国戴高乐机场屋顶忽然坍塌砸死两个中国人引发我对偶然的感叹……只要我们连线，全球资讯都可以共享。遥远的事情变得很近，愤怒和同情延伸得很远。这就是中国唐代诗人张九龄描写的状况："海上生明月，天涯共此时。"也正如毛泽东的诗句："太平世界，环球同此凉热。"同样的信息当然会喂养出相似的思想。为了所谓的世界视野，我们可能已经牺牲掉了自己独特的经验。就像移栽到城市里的树木，虽然它们各有故乡，但移栽到城市之后，它们享受同样的阳光，吸收相同的养分，经历类似的风雨，于是也就呈现出相似的表情。过去在写作上竭力强调"不重复自己"，但在信息共享的今天，我们却尤其需要警惕"重复别人"。

清醒的写作者早就呼吁作家们走出象牙塔,直接面对太阳、风雨,贴近大地,直接与人交流和恋爱,回避媒体提供的二手生活。这当然是获得独特经验的一种方法,也是避免"同质化"的有效手段。在中国,在西方,一些作家坚持不看电视,不上网,不拿手机。他们用眼睛观察,用耳朵倾听,用皮肤感受,只写自己的体验。2008年获得诺贝尔文学奖的法国作家勒克莱齐奥就是一个极端的例子。他生在法国,长在非洲,求学英国,在泰国服兵役,在美国执教,游历了世界上许多国家和地区,尤其热爱墨西哥和巴拿马的印第安部落,拥有毛里求斯和法国双重国籍,是一个旅行者、流浪汉。他在小说《诉讼笔录》中塑造了一个反现代文明的角色亚当·皮洛。此人独自待在一所荒废的空屋里,整天无所事事,不是光着身子晒太阳就是到处闲逛,除了关心吃喝拉撒,对现代人的政治、经济、交往、文化、娱乐、信息、知识等均不"感冒"。他腾空脑子,过着近乎原始人的生活,把自己降为非人,模仿狗的动作,渴望像狗那样自由地撒尿和交欢,甚至力图物化自己,恨不得变成青苔、地衣,差不多就要成了细菌和化石。勒克莱齐奥认为人们的生活都千篇一律,好似千万册书叠放在一起,每个人都丧失了个性,只有亚当·皮洛才是世界上唯一的活人。

这是勒克莱齐奥绝对的个人经验,也是他天真的梦想。人类已经回不去了。让一个"被文明"的人接受亚当·皮洛那样的原始生活,和让亚当接受现代文明的难度几乎是一样的。对于亚当来说,文明的过程就是吸毒的过程。他拒绝吸毒,把持着自然人的特性。而我,或者说我们,已经一头扎进了现代文明丰满的胸怀,正美滋滋地享受文明带来的诸多便利,当然包括享受信息便利。由于媒体高度发达,信息爆炸,判断难免会被干扰。在我的脑海,有一个媒体塑造的美国;在你的脑海,有一个媒体塑造的中国。但是,当我们脱离媒体,去亲历去体验的时候,突然发现对方原来不是媒体上描写的那个对方,媒体的塑造和真实的经验发生了偏差。日本"3·11"大地震之后,各大媒体对这一事件做了详细的报道。日本政府和东京电力公司多次向媒体保证:没有隐瞒核辐射事故的任何事实。但是,4月3日,距离核辐射24公里远的南相马市市长樱井胜延通过视频向外界求助时却说:"由于我们从政府和东京电力公司获得的信息非常少,我们被孤立了。"以上三方,我不知道哪一方的信息诚实准确。就像日本导演黑泽明执导的电影《罗生门》那样,每一个人都在为了自己的利益编造谎言,令真相更加扑朔迷离。日本是地震多发国家,他们在报道地震的时候,为了不传播消极情绪,镜头和文字尽量回避残忍的死亡、失态的呼号和过度的泪水。而这一切正是文学不可或缺的部分,正是作家们最愿意描写的段落。为了不使国民心理产生太大波动,媒体有意或无意会过滤掉一些细节,遮蔽掉部分经验。如果作家只从媒体上照搬生活经验,那他的写作内容很可能在源头处就已经弯曲变形。

警惕媒体，又离不开媒体。这是全媒体时代作家们的宿命。作家在需要个人经验的同时，还需要宽阔的视野、丰富的知识、新鲜的材料。一个人的经历是有限的，如果完全抛弃媒体，那他的视野也许就受到限制。所以，我离不开媒体提供的经验，甚至在写作时需要二手经验对一手经验进行补充。一些更为年轻的作家，基本都生活在网上，从网上获取经验已是他们的常态。我不能否定这种生活，也不敢妄言来自网上的经验就一定写不出优秀的作品。有时候，媒体视频播放的画面，比自己的亲历更靠近目标，更接近本质。我就在慢镜头里，看到过眼镜蛇毒液喷出时的形状和曲线，这是肉眼根本没法看清的事实。二手经验并不是问题，问题是我们有没有意识到眼睛的前方尚有一个镜头的存在，新闻报道的后面还有记者的大脑、媒体的企图？不管是直接或间接的经验，对于作家来说，每一次写作都是一次拨开迷雾的过程。拨开得越深，也许就越能看到有价值的经验，就像珍珠在蚌壳里，就像思想在大脑深处。

面对媒体海量的信息，作家必须学会用减法。比如用人体临死前的重量减去死掉一分钟后的重量，你就可能算出人的灵魂的重量，有人说答案是 21 克。如果我们能算出镜头过滤掉的温度，能算出记者大脑的用意、媒体的企图，那一部伟大的作品也许就产生了。作家的作为就在这轻轻的 21 克里，他们在信息与作品之间设立了一道复杂的工序,那就是作家心灵的化学反应。这个反应过程就是写作过程,真的被保留,假的被抛弃,正好与食品造假的工序逆行。有了作家的心灵检测,我们就能从小说中读到真正的中国经验或美国经验。这也是作家存在的理由。他们可以从假的信息里提炼出真的信息。他们一次次证明虚构比现实更可信。

所以,经验在媒体的里面、在生活的深处、在心灵的底层。如果我们没有灵魂引导,没有追问需求,没有开采能力,那就有可能永远触摸不到真实,那一本本砖头似的作品所呈现的,也许就是经验的表皮,也许就是货真价实的伪经验。

要人物,亲爱的

如果向作家们发一次问卷:"什么是你写作中最兴奋的?"那答案肯定不止一个。有的人为结构熬白头发,有的人为字词捻断胡须,有的人为命运彻夜不眠,甚至有的人为写得更长、更像史诗得了肺结核……法国作家彼埃蕾特·弗勒蒂奥坚信她母亲的教诲:"要让人看懂,就要写短句。"于是句式成了她写作的鸦片。海明威为了不写废话,主张站着写,要是用他这种方式去写福克纳的小说,不患关节炎那才叫怪。但是我们并不能因此否认,由于福克纳的句子过长他就不是好作家,只不过是作家们的兴奋点不重合。

那么,写人物会不会是作家们一致的兴奋呢? 一点儿也不敢肯定。有的作家为了表现物对人的占领,通篇没有一个人物。韩少功先生的近期短篇《八○一室故事》,也始终没让主人公出场,而只写主人公住房里的用具。这种反人物的写法,令人耳目一新。而一些以塑造人物为己任的作家,洋洋几万言甚至几十万言,尽管把人物的资料凑得比人事档案的记录还齐,但读过作品之后,你就是记不住那个人物,既看不到心理动机,也不知道台词的来由,更别想在读者的心里留下擦痕。所以,写不写人物并不是评判一个作家优劣的唯一标准,但是作家只要把人物写好,那就准如给自己挂了一块金牌。

看看我们所推崇的文学大师,哪一个的笔下不站着一排人物?那是一些不朽的人物,他们比作家的寿命还长,影响更为深远。一般的读者甚至可以不知道鲁迅,却知道阿Q;不知道托尔斯泰,却知道安娜·卡列尼娜……我就曾在一篇文章里发现"约翰·克利斯朵夫"变成了作家,这个笔误可以说是对罗曼·罗兰最高的奖赏。前些年,有几个在文学教科书里被封为大师的作家去世了,我们在缅怀他们的同时,掰起指头数他们塑造的人物,凡是塑造了人物的我们就称之为真大师,凡是没有塑造人物的就被称为伪大师。只要把作家放到人物这杆秤上一称,你就知道有多少作家被淘汰。可见,作家写人物是一笔很划算的交易,至少有被流传和不朽的可能。但是,回望二十多年来的中国小说,却没有几个人物能让人记住。难道这些智力过人的作家连写人物的常识都没有了吗?

好像不是。因为作家们有更紧迫的任务,比如要揭露,要控诉,要反思,要对中国文学进行形式上的启蒙;要宣泄、要反腐、要小资、要玩酷等,使塑造人物这一常识性问题被多数作家忽略。不可否认,其中的部分作品曾给读者带来过巨大的惊喜和感动,许多评论家也为此欢呼。但是,当小说代替新闻的时代结束之后,当各种创作技巧都演示了一遍之后,作家们再向哪里去要好作品?写好人物无疑是一个最可行的办法,这就像终点又回到了起点,奢华之后回到朴素。

对塑造人物的忽视,不光是作家们的罪过,其中也有市场和文学杂志过剩的功劳。那么多的文学刊物,每天都需要填充版面的文字,写不写好人物绝不是当务之急,关键是能够打字。王朔当年说,凡是女作家只要能写出字来就是作品,而一写出稍微像样的作品就是名著,这话现在完全可以延伸到男作家们的身上。我们的文学创作一直都是广种薄收,低成本运作,现在好不容易有了版税,作家们难免以次充好,急着编故事,哪还有闲工夫琢磨人物。另外,这么些年来,也很少有评论家敢浪费笔墨,详细地分析某篇作品中的人物,他们宁可鼓励作品里的概念,鼓励作家的为人,宁可给作家们分门别类,也不愿意去鼓励作家塑造人物。但是,以上的原因绝不能成为作家们不塑造人物的理由,主要还在内因,如果作家们写不出好的人物,评论家为什么不节约纸张?

事实上,每一个作家在写作的时候,都不会不写到人物,就是写故事也离不开人物去实现。问题是,作家们是以人物来构思故事呢,还是为了讲故事才涉及人物?如果把写好人物放在首位,那就不是讲一个完整的故事,而是在说一个人物的是非、短长,有时甚至可以忽略时间和空间,这就是卡夫卡笔下的甲虫、加缪笔下的局外人能够打动读者的原因。哪怕像阿Q拿着偷来的萝卜跟尼姑狡辩:"这是你的?你能叫得它答应你么?"这么短短的一句,也是作家深思熟虑之后的下笔,它足以塑造阿Q耍赖的性格。而今天,造成文学人物大面积缺失的原因,作家欠功力是一个方面,另一方面就是作家们根本不以塑造人物为己任,而是以堆砌字数换稿费为目的,写出来的人物要么太符号、太扁平,要么就是太苍白,故事讲完了,人物却没立起来,只留下一个平庸的姓名。

但是,要写好一个人物多么不易。简单地写写忠、奸、善、恶,那不过是在重复古典或武侠小说里的伎俩。那些人物代表人类的基本情感,仿佛矿石的表层,每一个作家都有可能在上面捞到好处,却没有创新的喜悦,要靠这种类型化的人物去打动见多识广的读者,难度不小。我们缺乏的不应该是这样的大路货,而是那些躲在心灵深处的,需要我们不断勘探和挖掘的人物,他们和今天的每一个人都有关系,却生活在心灵的"秘密地带",也许是心灵的一闪念,也许是神经末梢的震颤,就像鲁迅的阿Q和孔乙己,纳博科夫的亨伯特,陀思妥耶夫斯基的拉斯科尔尼科夫,托尔斯泰的聂赫留朵夫,卡夫卡的约瑟夫·K,加缪的默而索,凯尔泰斯的柯韦什……。这些人物不是挂在墙上的画,供我们欣赏;不是窗口外面行走的某某,供我们观察;而是一面镜子,只要我们一看,自己就在里面。我的身上,既有阿Q和孔乙己的秉性,也有拉斯科尔尼科夫寻找借口的能力;有聂赫留朵夫似的忏悔,也有约瑟夫·K的原罪。在极其艰难的环境里,我会有柯韦什的快乐;在悲伤的时刻,我也有默而索的走神。他们就像人的各个侧面,被放大了,让敏感的读者面红耳赤。

所以,文学作品中缺的不是人物,而是缺那些解剖我们生活和心灵的标本,缺我们还没有意识到的那一部分,如果达不到这一水准,那我们充其量也就是在对人物进行素描。许多作家以为自己塑造人物了,其实他只不过是在素描,津津乐道于主人公的服装、别墅、轿车,详尽人物出入的场所,喝的什么饮品,与什么似乎都有关系,就是跟我们的心灵没半点儿重合,这是塑造人物的天敌,必须引起足够的警觉。

而作家们真要写出几个好人物,拼的是眼功、脑功加坐功,拼的是时间和毅力,需要细心体会,感同身受,愿意把自己当一部生活的接收机、情感的试验器,这才是真正的身体写作!福克纳写一个人进入大宅不知道往哪儿走的时候,他这样写道:"好像他在跟踪自己。"而我们的写作其实就是跟踪人物,那个人物不是别人,是我们自己,是我们的心灵。

起码近几年,我会像彼埃蕾特·弗勒蒂奥把"要短句,亲爱的"挂在嘴边那样,不时提醒自己:要人物,亲爱的。

好像不是虚构，而是现实

　　《篡改的命》是我的第三部长篇小说，上一部是 2005 年出版的《后悔录》，更上一部是 1996 年出版的《耳光响亮》。每部之间，相隔约十年。十年出一部长篇，在这个一切皆快的时代，确实有懒惰的嫌疑。但是，我喜欢十年一部长篇小说的节奏，原因是我需要这么一个时段，让上一部长篇小说得以生长，而不想在它出生后不久，就用自己的新长篇把它淹没。本人认为，写长篇就像种树，它需要"养护"，需要足够多的肥料、阳光、雨露以及风霜的滋润和折磨。必须申明，我不是在故意模仿曹雪芹写《红楼梦》的时长，真要模仿也得先模仿他每天吃着隔夜稀饭写作。时长不能证明作品的质量，大把天才作家几十天就能写出传世之作。然而，在人人趋"快"的时候，总得有那么一两个懒汉站出来，拉低大家的速度，以求一个合理的平均值。往贬义上说这是为偷懒寻找借口，往褒义上说这是在"等等灵魂"。

2013年5月，我开始了这部小说的写作。就像写《没有语言的生活》时那样，我在写下第一行之后，便开始在书房里徘徊。这是一种写作习惯，也是不自信的表现。我总觉得马上下笔，肯定会把这部作品写砸，总觉得构思还不够精妙，主题还不够深刻，故事还不够震撼。这么犹豫着，犹豫着，一星期过去了。这是我徘徊的时间极限。如果一周时间还没徘徊出新的灵感，还没徘徊出新的想法，那就必须硬着头皮往下写了。好在这一周没有白费，许多新主意"咕咚咕咚"地冒出来，它们坚定了我写作的决心。尽管有的想法在后来的写作中根本用不上，但它们就像充足的弹药，一度给了我胜利的信心。

20多年前，我的写作姿势是埋着头往前冲，可以称得上"不顾一切"。那时候，不在乎词语的重复，不在乎逻辑的混乱，也不管人物的行为是否前后统一，有的是一股猛劲，靠的是激情和灵感，也可以说是元气。但是现在，我的写作变得越来越犹豫，变得越来越难，就像加西亚·马尔克斯所言，"每一本书都比前一本难写，文学进程越来越复杂了"。过去我写完一个段落最多看两三遍，便接着往下，直到小说完成再回头看一遍。现在，我写完一个段落，至少看10遍，有的甚至20遍，才敢往下写。原因是我想找更准确的词语，想找更牛的细节，甚至我还有写作禁忌，那就是尽量不让下一行的标点符号对住上一行的标点符号。若是两行的标点符号对上了，看上去就像写诗歌，也破坏版面的美感。这个禁忌带来的好处,就是每当两行的标点符号一对上,我就得调整句子的长短,这种调整往往能让我找到更恰当的字词。有时调来调去,就觉得自己"神经过敏"。但我相信每个写作者都需要这种气质,越神经过敏越有可能写出好小说。

我依然坚持"跟着人物走"的写法,让自己与作品中的人物同呼吸共命运,写到汪长尺我就是汪长尺,写到贺小文我就是贺小文。以前,我只跟着主要人物走,但这一次连过路人物我也紧跟,争取让每一个出场的人物都准确,尽量设法让读者能够把他们记住。一路跟下来,跟到最后,我竟失声痛哭。我把自己写哭了,因为我和汪长尺一样,都是从农村出来的,每一步都像走钢索。我们站在那根细小的钢丝上,手里还捧着一碗不能泼洒的热汤。这好像不是虚构,而是现实。"我对自己作为一位作家的命运渐渐漠然,而对自己作为人的命运却愈发明确了。"(引自作家亨利·米勒《关于创作的反思》)

当然,"哭"不是文学的最高奖赏,特别是"自哭"。多年前,我参加过一场舞台剧的脚本讨论会,20多个相关工作人员包括主演静听导演阐述,讲不到5分钟,导演已用去两包纸巾,他感动得一把鼻涕一把泪,但其余20多人全都木然。为什么会出现如此大的反差?因为导演太投入,他已经进到戏里了,而别的人还在门口徘徊。作者的自我反应不一定百分之百的准确,但他无疑是第一个入戏的人。我曾经把"挽留即将消逝的情感"当作写作的任务,也曾把写作定义为"软化心灵"。我喜欢有情有义的朋友,也喜欢有情有义的写作,固执地认为感动就是人类写作的起点。

汪长尺不想重复他的父亲汪槐,就连讨薪的方式方法他也不想重复,结果他不仅方法重复,命运也重复了。但我在写作的时候,力争不重复,不重复情节和信息。比如,汪长尺把汪大志送走的那一段,我只写小文夜里回来,看见楼下站着一个人。她的腿当即软了,原地蹲下。她知道汪长尺已经把大志送走了,但送走的过程我没有写。到了下一章,当小文想寻找大志的时候,我再让汪长尺一遍遍回忆:自己是怎样把大志送走的。在这次写作中,我留下了一些这样的空白。比如最后一章的最后一节,如果从破案开始写,几万字都不一定下得来,然而我放弃了,还是留空。我想在过去用力的地方省力,在过去省力的地方用力。此外,还用了一些电影的技巧,比如蒙太奇的运用。"小文去打胎"那一段,她跟汪长尺在工地上摔伤同时进行,似乎有奇异的效果。大量的前置叙述,制造了一些悬念。人物的对话,比没写剧本之前有所进步,比如:"难道这是一个圈套?""绝对不是一根棍子。"像这样的对话,在没写剧本之前,我是写不出来的。我承认,在中国写影视剧本绝对破坏写小说的感觉,但不得不承认写剧本对写小说也有帮助。

断断续续地写,关掉手机来写。到了 2015 年 5 月下旬,南方酷热难耐的时刻,我终于诚惶诚恐小心翼翼地把这个小说写完了。我捧着它，就像捧着一枚生鸡蛋，生怕它"啪"的一声摔坏了。为了尽快得到该小说的基本评语，我把它发给对我创作一直关照有加的文友们试读，他们的评价蛮高，也许是鼓励吧。感谢余华兄在试读后，为该小说写短评。感谢《花城》临时撤稿，让小说尽快发表，使单行本得以在 8 月份参加上海书市。感谢上海文艺出版社陈征社长、丁元昌先生和郑理兄对这部书稿的紧盯不放。感谢一直提携我的评论家们为这个小说写评论。感谢我没有一一点名的亲人和文友。是你们共同的帮助，才有了本书现在的模样。我会牢记你们慷慨伸出的双手，甚至会记住你们手上的指纹。

灵感是逼出来的

《篡改的命》已经出版了三个月,这时候来写创作谈,和刚刚完成小说时的感受肯定会有一些出入,甚至还有不诚实的嫌疑。但是,深呼吸,穿越,我尽量复原写作时的情景。

三年前,我想我应该写一部长篇了。前二十年我只写了两部长篇小说,它们是《耳光响亮》和《后悔录》。第三部写什么呢?我开始在书房徘徊。有一个现成的题材,推理的,但我犹豫了很久没下笔,原因是我想写一部更现实的、更有力量的。

首先想到了"拼爹",这是我久久不能释怀的现象,也是天天必须面对的现实,我注意它很久了。读书,看病,找工作,处处都在拼。有好爹的一路顺风,没好爹的自认倒霉或赶紧认个"干爹"。现实中"爹"声连连。我想起了遥远的少年时期,那时物质匮乏,我连买一双白球袜的钱都没有,经常站在县城体育用品商店的玻璃柜前,像现在写不出小说那样徘徊彷徨。后来读了鲁迅的文章,才知道欲做一个作家必先学会"徘徊"。

可是,在我饥饿和绝望时,徘徊彷徨解决不了问题,脑海里曾一度炸裂:"为什么我就没有一个当干部的爹?"虽然这只是一闪而过的台词,但它在我的脑细胞上留下了划痕。这个念头没有第二次出现,它被深埋了,特别是在我通过自身努力获得成绩之后。但在构思小说的深夜,它冷不丁地冒出来了,吓我一身冷汗。原来"拼爹"不是今天的产物,而是人性的基因。

有了这个确认,我便下了写这个小说的决心。我需要一个人物,这个人物就像我那些没有离乡的同学,他们经常站在自家屋前伸长脖子瞭望。他们曾经雄心勃勃,充满幻想,可是现在只能伸长脖子瞭望。瞭望谁呢? 瞭望他们进城打工的孩子,瞭望他们曾经的梦想。每次回村看到这样的人物造型,我的心里就酸酸的,就想他们这辈子是没法改变了,但是他们的下一代能改变吗? 少数能改变,但大多数还得重复父辈的生活。很不幸,他们的爹只懂得伸长脖子瞭望,却帮不了他们升学、找工作。他们若要改变,一部分靠个人奋斗,另一部分靠出现奇迹。我像他们的家长一样,琢磨如何才能出现奇迹,想来想去,就有了后来汪长尺的办法,那就是把孩子变成有钱人的孩子,自己做个影子父亲。

这个灵感是逼出来的,正如加西亚·马尔克斯所说,"灵感既不是一种才能,也不是一种天赋,而是作家坚忍不拔的精神和精湛的技巧同他们所要表达的主题达成的一种和解"。

我给这个人物取了一个名字，叫"汪长尺"，后来有读者问这个名字是不是取"命有八尺，不求一丈"的意思？我没有回答。这个人开始也有尊严，甚至还有傲骨，但慢慢地尊严和傲骨都被削掉了，是现实把它们削掉的。为了让他"最后一送"合情合理，我冒着巧合的危险，把千千万万个"草根"遇到的困难都加在了他身上。面对重重叠叠的困难，他曾经坚持，宁可自己一身"黑"，也要让父母、妻子和孩子干干净净，可是他做不到，慢慢地妥协了。他填高考志愿时曾经想"幽他们一默"，结果他反被现实幽了一默。然而，不可否认，他是一个曾经幽默过的人，是一个想用自身的努力来改变命运的人。

　　小说发表之后十天，我在网上看到一则新闻，说 1988 年，有两对同卵双胞胎在哥伦比亚波哥大的一家医院同时出生，因为医院的一个失误，把他们四个搞混了，两个家庭以为是异卵双胞胎，就这样各领了一个自己的和一个别人的孩子回家抚养。在城里长大的两个孩子一个成了工程师，一个成了会计师，而在乡下长大的两个孩子都成了屠夫。今年 7 月这四人见面了，被错抱到乡下的那个有钱家庭的孩子成了屠夫，而乡下被错抱到城里的那一个则成了会计师。这不就是"篡改的命"吗？这个新闻恰恰发生在《百年孤独》的作者加西亚·马尔克斯的家乡，难怪他要用魔幻的手法来描写现实。

三年一觉后悔梦

2001 年 7 月,我开始构思我的第二个长篇小说《后悔录》,这离我发表第一个长篇小说《耳光响亮》的时间差不多四年。按最初的预期,我打算在一年之内把这个小说完成,但由于构思占去了半年时间,再加上不停地自我否定,小说的进展比较缓慢。光开头我就写了六次,最多的一次有两万多字,但是这六次开头我都放弃了,直到第七次,才觉得找对了路子,那就是找到了后悔的关键词——如果。所以小说一开头便是:"如果你没意见,那我就开始讲了。"这个句式到了第七章,被我泛滥地使用,主人公曾广贤不停地"如果","如果我不这样,如果我那样,那我就会……"有了这样的句式,不得不迫使我对他的来路进行回望,仿佛他的每一步选择都是错的,而没选择的爱情或者生活则有可能是对的。看上去他有点儿耍赖,但对错误的全部承担以及从不在客观上找原因,使他的耍赖变得令人同情,而且还有些可爱和可贵。

每一个写作者都有自己痴迷的时代背景。《耳光响亮》从1976年写到80年代中期，主要想表达精神父亲消失后，我们如何成长。而《后悔录》则把时间往两头延伸了，起跑点在20世纪60年代中期，终点站在90年代后期，跨度为30年。这30年，除了我身在其中，还因为它的变化特别巨大。我们碗里的肉越来越多，衣服越来越没有皱纹，住房宽敞了，交通方便了，哑巴变话痨了……然而，这些内容已有人在我的前面写过，要是把他们写这方面的册子聚集起来，差不多抵得上一个小型图书馆的藏书。但是，我发现这变化那变化，不如我们的心理变化大，单就情感生活来说，只要我们一比较就会把自己吓一大跳。20世纪60年代，人们谈恋爱的时候除了要跟组织汇报，还得把门敞开，最安全的办法就是在门上支一截棍子。可是今天，举目看看，摸着胸口问问，我们的情感生活发展到了什么地步？都已经丰富得超出了我们的想象，就连"爱情"的内涵和外延都发生了改变。我的小说试图去描述这种"情感变迁"，从禁忌到友谊、冲动、忠贞、身体、放浪、如果，一共七章。

就这样，我把人物和时间一并装在仓库里，不是记忆的仓库，而是铁马东路三十七号一间具体的仓库。对于20世纪60年代出生的人来说，仓库具有特别的意义，那里曾经储藏过我们需要的食物和布匹，曾经平均分发过我们最需要的物品，像肥皂、牙膏、棉胎什么的，也曾经拿来做过临时的会场，个别特殊的地方还用来吃过"大锅饭",概括地说仓库就是集体时代的象征。慢慢地,仓库退出了我们的视线:有的变成了商业场所;有的成为艺术家的寄居地;有的干脆荒废,被人彻底遗忘……而在我的小说中,仓库开始是曾家的住房,后来变成了会场、办公室,最终成为娱乐场所。

这个小说耗去我最多的时间是构思。我越来越舍得花时间在构思上,那是因为我见过或体会过太多的失败,就像某个城市的一座高楼,刚刚建成就要拆除,就像我们只用一天的时间来设计人生,却要为此付出一生的代价,这都是没有构思的惨痛。所以我宁可慢,也要对小说进行各项评估,试着更准确、更细腻地表达我的感受。而写作的过程占去了我一年半的时间,大部分是在家里写的,有的章节拿到了北海和天峨县去写。这么换来换去的,其实是想逃避自己的浮躁,用行为提醒自己保持安静的创作心态。

2005年3月6日,我在家乡天峨县完成了小说的初稿,给《收获》杂志的编辑钟红明发了电子邮件。5天之后,她告诉我李小林主编已经看完小说,决定发表在《收获》2005年第三期上。这个小说从构思到成型,花去了我3年时间,而离我第一个长篇小说的发表中间隔着整整8年。我如此强调时间,是因为对白发渐多的恐惧,是想说明我是一个笨人,不具备几个月写出一个长篇的才能;同时,我还想表达一下"慢工出细活"的观点。写了20年的小说和剧本,我深感创作最终拼的都是毅力和耐性。

相信身体的写作

今天,凡是和文学沾边的人都感觉到了读者的严重流失,曾经亢奋的文学不得不接受市场疲软的现状。有人说这是文学回到正常,有人说这是读者不思进取,也有人说不读《红楼梦》难道会影响生活质量吗?文学留给文学工作者一片哀叹和反思。但是,我分明又看见广告在寻找诗意,新闻在讲故事,短信在优化语言,网络在展开想象,影视在吸收思想。文学似乎又无处不在,它的寄生能力好像从来没这么强大过,人们对它的需求也从来不曾熄灭,只不过是把整车皮、集装箱似的进货变成了各取所需的零星采购,在过去"来单照收"的流程上增设了验货关卡,读者对文学的衡量不再是一把尺子,写作的标准因此越来越多。

过去作者们只为文学杂志写作,以能登上名刊为荣,也只有发行量大、影响广泛的刊物才有能力把陌生作者变成名作家。文学杂志几乎是作者们成功的必经之地,想要出名就得先在这里接受考验,所以,大部分作者都在文学杂志的标准下构思。但是现在,写作的道路纵横交错,作者们完全可以绕道而行,不想上杂志的直接在出版社出书,不想出书的直接把作品挂到网上,也可以先写影视剧本再改成小说,或者让作品参加各种大大小小的文学评奖……每一种模式都有其标准:杂志有文学的基本标杆,出版社有市场判断,网络有点击率,影视看票房和收视,评奖看主题。写作有了更多的去处,获得了更大的自由,再也不用担心吊死在一棵树上。

虽然多种标准让写作有了繁荣的可能,作者们曾经千呼万唤的创作环境也终于出现,问题是宽松的环境常常伴随降低标杆的危险,作者们完全有理由在各个标准之间游弋。获不了奖可以用发行量来安慰,上不了杂志能在网上赢得点击率,出版不了的小说有影视公司改编,卖不动的书或许能被评论家叫好。写作者们照搬阿Q的"精神胜利法",在这里受伤到那里抓药,很少有失败感。写作变成了一件最容易的事,它受宠于过度的自由,最终把多种标准变成了没有标准。只有对此足够警惕的作者,才有可能维护文学的尊严。"因为对于我来说,每一本书都比前一本书难写;文学的进程越来越复杂了。"加西亚·马尔克斯就曾经有感而发。

但是,对于我来说,写作绝对有一种不变的标准,那就是"身上响了一下"。这是爱因斯坦的理论。当他看到他的计算和未经

81

解释的天文观测一致时,他就感到身上有什么东西响了一下。借用到写作上,"响了一下"可能是发现,也可能是感动,甚至是愤怒。没有人敢怀疑写作是脑力劳动,"思考"曾经是写作的最高追求,不少作家都有以小说达到哲学高度的企图。但是,格言不利于情感表达,说理不等于小说。于是有觉悟的写作者呼唤心灵,主张用心灵写作,忠实于自己的内心,批评过分的智力游戏,抛弃对脑子的过度依赖。这样的写作要求似乎已无可挑剔,然而纳博科夫却不满足,他说他的作品主要是为那些具有创造性的读者——那些不是仅靠心也不是靠脑,而是靠心灵和大脑和敏感的脊背一同阅读的艺术家而准备的,这样的读者能从脊背的震颤中感受到作者想传达给他的微妙的情思。纳博科夫"脊背的震颤"就是爱因斯坦的"响了一下",他们都强调身体的反应。由此可见,写作不仅是脑力劳动,还是心的事业,更是身的体验。所以,米沃什说:"诗人面对天天都显得崭新、神奇、错综复杂、难以穷尽的世界,并力图用词语尽可能地将它圈住。这一经由五官核实的基本接触,比任何精神建构都更为重要。"

这才是真正的"身体写作",它不是"脱"也不是"下半身",而是强调身体的体验和反应,每一个词语都经由五官核实,每一个细节都有切肤之感,所谓"热泪盈眶""心头一暖"都在这个范围。如果写作者的身体不先"响了一下",那读者的脊背就绝对不会震颤。所以,每一次写作之前,我都得找到让自己身体响起来的人物或者故事,我愿意花更多的时间来寻找和发现。不管写作的标准有千条万条,我相信只有发现秘密、温暖人心、触动神经的文学,才会在低门槛前高高地跃起,才有可能拉住转身而去的读者。

把虚构的权力交给人物

　　进入写作后的权力是写作者的快乐之一,也算是写作者为什么写作的一个答案。现实生活中,作家往往是弱者,但在小说里,作家就相当于"苍天""上帝",他想让谁死谁就得死,想让谁爱谁就得爱,就连空气质量、时空交替,全都由作家说了算。

　　作家在写作过程中不断地自我任命,难怪莫言先生会说"写作时,我是个皇帝"。怪不得有人把全知全能的叙述命名为"上帝视角"。当作家们进入"上帝视角"时,那是叙述的自由时刻,也是无法无天的时刻,更可能是走火入魔的时刻。据我的经验,当写作者的权力越来越大,越来越没有限制的时候,有可能就是写作出问题的时候。叙述的无法无天或者说专制,必定会对小说中的人物造成压迫和伤害。人物会闹别扭,会争取自己的性格权、形象权,甚至台词权,如果他们被作家歪曲了,那他们就会让这部小说失败。所以,好作家会倾听人物的心跳,会"跟着人物走",而不是让人物跟着他走。

到了现代主义和后现代主义写作，一些作家开始放弃至高无上的写作权，他们的写作视角有限，分析有限，描写有限，感情有限……有的被称为"零度写作"。这种被限制的写作充满魅力，原因就在于它的"有限性"，也就是作家只等于或小于人物本身，相当于我们从门孔窥视别人的生活，好奇心油然而生，真实感从天而降。作家再次获得尊重，不是因为自大，而是因为谦卑。"有限"写作是写作者主动把有可能泛滥的写作权关进笼子，是自己给自己成立一个监督机构。作家们终于懂得放权了，他们把权力交给作品中的人物，并承认作家并非万能，他们不是天才，不是思想家、心理学家、哲学家。他们所知并未超过作品中人物的所知。

我的短篇小说《私了》，算是一次放权的写作。事故之后，李三层在外面跟别人进行了一次"私了"。但回到家，他还得跟身患心脏病的老婆彩菊来一次"私了"，这是最难的"私了"，弄不好老婆就心脏病发作。没办法，李三层只好把存款亮出来，让他老婆猜这钱是怎么来的。老婆开始拒绝，但慢慢猜上了瘾，甚至不让李三层打断她的虚构。虚构了一次又一次，最后，她猜到了故事的结局。在过去的写作中，我曾多次举起双手向作品中的人物投降，曾经向他们上交过视角权、腔调权、思想权和描写权等等。而这次，缴械得似乎更彻底，我把虚构权交给了作品中的人物。也许只有这样，才能减轻一点点（也仅仅是一点点）他们的悲伤。

关于小说的几种解释

倾诉与聆听

我出生在中国南方的一个小山村,村庄里发生的事就像一部部小说,甚至像今天报纸上的"连载",张家、李家的事,包括偷情,一天一变,大都公开透明,连黄毛小儿都拥有知情权。而村民的吵架,仿佛电视剧的台词,只要你稍微竖起耳朵,不用天线就能收听或者观赏。这种高度透明,让我过早地知道为人的艰难,人情的险恶……星期天,我常扯着母亲的裤脚赶集。她一边走一边倾诉,把不敢示人的委屈和怨言一并倒出来。长长的山路上只有我一个听众,有时听着走着我竟然睡着了,稀里糊涂地走了十几步,在即将跌倒时一激灵醒来,发现母亲还在滔滔不绝,顿时觉得对不起她,于是,又竖起耳朵听,争取不漏掉一个字。

这种倾诉与聆听的关系，深刻影响我对小说的理解。我以为小说就是释放自己的懊悔和积怨，倾吐自己的秘密，以博取别人的同情。我的长篇小说《后悔录》，就写了一个倾诉者曾广贤，他在没有听众的情况下，花钱请按摩女听他讲自己的"后悔"。他讲得投入动情，而按摩女的心思却在"计时收费"，好像曾广贤只是为了倾诉而倾诉，并不在乎听者的态度。后来，他又把自己的讲述转移到父亲床前，没想到他的"后悔"竟然让13年来没有知觉的父亲流出了眼泪。潜意识里，我把读者当成了按摩女和植物人，自信我的小说就是木头看了也会感动。早在写中篇小说《没有语言的生活》时，我就开始处理倾诉与聆听的关系，瞎父王老炳叫聋儿王家宽买长方形的、能在身上摩擦的肥皂，结果王家宽却买回了一条毛巾。看上去，这像是读者对小说的误读，也像是儿子挑战父亲，再追问下去，恐怕就是我在调侃母亲了，因为她当年的讲述也曾被我误解和歪曲。然而，再仔细一想，我又何止是在调侃母亲？今天有太多的讲述被误读和被忽略，比如成堆的小说有多少读者？会场里又有多少人在认真聆听领导的发言？有人说MP3(一种播放数字音频文件的袖珍型电子产品)的热卖和短信的狂增，原因就是我们说空话的会议太多，听者不得不用听音乐和发短信打发时间。尽管倾诉与聆听的关系如此紧张，但我还是怀抱幻想，就像哑巴蔡玉珍被人欺负之后用动作告诉聋子王家宽，王家宽再转告瞎子父亲那样，他们毕竟沟通了，尽管艰难。如果说聋、哑、瞎三人的沟通是对现实的隐喻，那我还不如说是隐喻写作与阅读。即使读者闭上了眼睛、关闭了耳朵，但作家也不能把自己变成哑巴，他要滔滔不绝地写，让读者的眼睛和耳朵重新打开。

现实比小说荒谬

钱锺书在一篇文章里说，最好不要让孩子看太多的童话，因为童话里"善有善报，恶有恶报"，正义一定战胜邪恶，但是，等孩子们长大了，他们就会发现社会根本不是童话，恶意有时候会收获善良，而善心却难免会遭遇恶报。这种错位，仿佛电脑搭错了线，鸡蛋里长出了骨头，美女偏偏嫁了个丑男。现实是没有逻辑的。当童话的逻辑碰上了现实的没有逻辑，那我们就会感到措手不及。

美国商家在"9·11"事件之后推出"钢板地下室"，只要装上这种钢制的地下室，如果再遇到恐怖袭击，购买者就可以躲在里面生活两到三天，等待救援。这则新闻让我想起奥地利作家卡夫卡的小说《地洞》。八十多年前，卡夫卡写了一只小动物，因为害怕更大动物的袭击挖了一个地洞，用尽心机在里面设置岔道和逃生之路，以为这是世界上最安全的地方。挖好之后，这只小动物还是不敢住在里面，而是躲到洞口对面的草丛，偷偷观察什么样的动物会来袭击自己。那只小动物的恐惧,与今天遭遇了恐怖袭击之后人们的恐惧是何其相似!现实证明了作家的预言,也不断地超越作家的想象。与其说作家在现实中发现了荒谬,还不如说是越来越荒谬的现实让小说不得不荒谬起来。美国作家马克·吐温早就发现了生活的荒谬性,他说:"人人都生活在可笑的状态中,可是人人都不知道这一事实。"

当报纸和电视大规模地展示全世界穷人们的痛苦时,我写了中篇小说《痛苦比赛》,说一美女征婚,希望嫁给有痛苦的人,于是几个小伙开始编造、合并痛苦,让其中一人去应征,仿佛谁拥有痛苦谁就拥有资本。在应征过程中,他们所编造的痛苦被生活一一验证,最终尝到了痛苦的滋味。古希腊的悲剧中,俄狄浦斯的女儿说,"我不愿忍受两次苦:经历了艰苦,又来叙述一次"。而传媒为了自己的收视率和销售量,每天都在上演假惺惺的同情,丝毫不考虑痛者的感受。1999 年,我发现了身份跟身体分离的荒谬,写了中篇小说《不要问我》。大学副教授卫国因酒后失态,被学校处分,提着皮箱南下。火车上,他的皮箱被盗,证件、金钱和物品全部丢失,于是他要在另一个城市不停地证明自己是谁,生活中最需要的东西他都说连同皮箱一起丢了,以至于他的皮箱根本装不下那么多东西。没有人相信他,他不得不背诵自己的简历,生怕自己把自己忘记。我以为这是一个了不起的思考,它至少描述了人类的"自我丢失"。但是小说发表后不久,有位读者给我寄来了一则新闻，我才惊讶地发现类似的事情早已在生活中发生。

这则新闻说1988年，一位流亡国外的伊朗人纳塞里打算途经法国到英国，再从英国去比利时。当他抵达巴黎戴高乐机场时，发现能证明自己难民身份的文件和护照丢失了。他不得不滞留在候机厅，等待自己的身份被确认。比利时有关部门表示他们的文件足以证明纳塞里的难民身份，但纳塞里必须亲自到比利时领取文件。而法国边检却因为纳塞里没有护照和身份证明无法让他入境。纳塞里出不来、回不去，不得不待在戴高乐机场，一待就是七年。想象的荒谬竟然被生活证实！可惜小说无力，不能制止荒谬的事件发生。难怪纳博科夫要说："文学创作的目的只是自娱和娱人，是为了展示人类想象和创作的魔力，而并非为了自以为是地改造社会。"

想象比道路还长

13年前，我在一家报社上班，只有主任的电话机可以打长途。编辑们都想占小便宜，可主任的电话机是锁着的，尽管我们用两个手指同时按免提键和"＊"字键，能打长途的成功率也只有百分之零点几。一天，有位编辑把她桌上的电话机拿过来，拔掉主任电话机的入线，直接插到她的电话机上打了起来。我顿时惊得目瞪口呆。一个没有想象力的人只会在电话机的键盘上打主意，而一个有想象力的人竟然把锁住的电话机换掉。这正如中国古代思想家庄子所说:"窃钩者诛,窃国者诸侯。"意思是偷钩子的人被杀了,篡夺政权的人却得以封侯。好的作家必须有把整个电话机换掉的想象力,而不仅仅是偷窃一个钩子。

美国"9·11"事件像一盆冷水迎面泼来,让我们这些自以为聪明的人看到了恐怖分子的想象力,因为他们在没有炮弹的时候,竟然把飞机当成了炮弹。而在第二次"伊拉克战争"中,我们又看到了美军的想象力,他们把通缉犯印到扑克上,让士兵们的休闲娱乐也变成了工作。小说家们经常抱怨读者越来越少,但是不是也应该反省一下我们的想象力?当生活不断地超出想象,而小说却总是没有惊奇的时候,谁还愿意浪费时间阅读小说?作家卡夫卡在小说《变形记》里有想象力把人变成甲虫;中国 16 世纪的小说家吴承恩在长篇小说《西游记》里,有想象力让孙悟空一个筋斗飞越十万八千里,他可以上天可以入地,还可以钻入妖魔的肠胃。我必须真实地承认,想象力曾经是小说吸引我的原因之一。

1951 年法国作家让·萨特写出了戏剧《魔鬼与上帝》,主人公格茨为了证明自己的存在,先做恶人,再做善人,最后发现"不再有天国,不再有地狱,只有人间"。格茨摒弃了世俗的善恶观念,转而加入人的行列中来。这个戏剧公演之后的第二年,意大利作家卡尔维诺发表了小说《分成两半的子爵》。小说写了一个叫梅达尔多的中尉在战场上被炮弹击中,分成了两半,先是恶的那半回到家乡,尽做恶事,乡亲们怨声载道;后来,善的那一半也回来了,尽做善事,却同样遭到了乡亲们的诅咒。一天,善与恶两半持剑决斗,鲜血把分开的两半重新黏合成一个完整的梅达尔多。这个在恶与善之间徘徊的主题,被两个作家在相差不到一年的时间里描写,却丝毫没给我雷同、抄袭的感觉。原因就是后来者卡尔维诺有巨大的想象才能,他用变异、夸张的手法完成了萨特完成的主题。

我的中篇小说《没有语言的生活》写了聋、哑、瞎三人,组成一个"看不见、听不到、说不出"的家庭故事。能把这三个人放到一个家庭里,是需要想象力的。因此,这个小说在中国获得了好评。但是有一天,我看到了日本作家川端康成的传记,说他小时候为了跟瞎了的祖父共同读完一封信,要不停地在祖父手心写下认不得的字。我为这样的细节没出现在小说里而自责,终于明白想象比任何道路都长。乡村成长的背景,年少时对远方的强烈渴望,使我的想象力变得贪婪。我的中篇小说《目光愈拉愈长》写儿子失踪之后,母亲刘井的目光竟然可以穿越山梁、天空,到达城市,看见儿子穿着一件洁白的衬衣,坐在一张餐桌前吃着雪白的米饭。法国作家米兰·昆德拉在《雅克和他的主人》中写道,当雅克和主人不知走向何方时,雅克说朝前走。主人说朝前走是往何处走? 雅克说前面就是任何地方! 我以为,这就是小说的想象力。

创作三问

18岁的时候,我在地市级的报纸副刊发表诗歌,又过了两年,我的小说开始在文学刊物发表。一直,我都是个悲观主义者,即使发表了几十万的文字,我也没敢把自己当成作家;即使已经拿到能证明自己是作家的本本,我也还在质疑自己的身份。当一张报纸在我的名字旁挂上"作家自白"的栏目时,我想他们是不是把我的写作能力像做报表那样浮夸了。

这种过度的不自信,是因为我给作家设计了太高的标准,以为作家必须思想深刻、技术精湛,既有对生活的挖掘,也有对心灵的提醒……但是,随着阅读和写作的深入,才发现以上的标准简直就是我的单相思,仿佛贪官的奖状,婚外恋者的结婚证。现在,只要你随便翻开一本文学杂志,就能证明上面的比喻。写作变得越来越自由,越来越容易,甚至连基本的指标都不讲了。一堆字可以称为史诗,过剩的脂肪被叫作才华,议论等于主题,装神弄鬼替代想象……面对这些陷阱,我生怕掉进去,被自己从作家的花名册上删除。所以,每一次写作我都要自问:这个作品还能证明你是一个作家吗?

那么,什么样的作品才能证明自己还是作家呢?首先,它是内心的秘密。正如福克纳所说:"必须发自肺腑,方能真正唤起共鸣。"我们的内心就像一个复杂的文件柜,上层放的是大众读物,中层放的是内部参考,下层放的是绝密文件。假若我是一个懒汉,就会停留在顶层,照搬生活,贩卖常识,用文字把读者知道的记录一遍。但是,一个真正的写作者就会不断地向下钻探,直到把底层的秘密翻出来为止。这好像不是才华,而是勇气,就像卡夫卡敢把人变成甲虫,纳博科夫挑战道德禁令。

很早的时候我就阅读了《洛丽塔》,以我这样的教育背景,肯定会对这个老男人痴迷小女孩的故事撇嘴、翘鼻子、吐唾沫,甚至可以用"不怎么样"轻易否定。35 岁之后的某个下午,我站在一所校园的走廊,看见一群可爱的女孩从面前走过,内心忽地掠过一丝亨伯特似的邪恶,仅仅一刹那,我就用巨大的道德力量压死了内心的闪电。但是,我的内心毕竟撕开了,哪怕仅有万分之一秒,却让我感到脊背发凉。使我发凉的原因当然不是法律,因为法律不能对我的心理活动判刑。那么,是什么使我如此害怕?是我尊敬的文学大师纳博科夫。他怎么会在那么遥远的地方,提前47 年窥视到我的内心?这就是好作品的力量,它把文件柜一层层地往下翻,直到拿出我们的"绝密"!也是从那天开始,我才敢对自己说:你已经摸到了写作的开关。

因为有看不见、听不到和说不出的切肤感受,我写了《没有语言的生活》;因为经常要做一些后悔的事,我写了《后悔录》。每一次写作,我都尊重我的内心,听从它的摆布,有时连掩饰都不要,竟厚颜无耻地写《我为什么没有小蜜》。但是它们都是埋在我心底的秘密,时刻都想跳出来,就是用十个指头也压不住。我之所以这么写,那是因为我相信它会与一部分人的心理重复。在这个世界上绝对没有两片相同的树叶,却可能有无数相同的心理感受,这也正是写作者的信心。只有写内心的秘密,才会找到舍得花时间读小说的人,也只有内心的秘密,才值得作家为之欣喜、悲愤,为之流汗。当我的写作疲倦了,或者是无趣了,我就会像咬住舌头一样紧紧地咬住内心,让自己保持兴奋。

其次,才会是写作的技巧。要用技巧证明自己是一个作家非常容易,有时仅仅是技巧中的一项,就有可能被人吹到云层里。比如语言,现在好多作家就是用这一基本项去拿奖牌,还有风景描写,等等。但是,爬了20年的格子之后,我已经丧失了谈论技巧的兴趣,不是说我不讲技巧,关心我的读者会通过作品来给我的技巧打分,只是与内心的秘密比起来,所有的技巧都将黯然失色。

那么我还有什么必要去谈论技巧?

谁看透了我们

冬天到了,窗外一片寒冷,脑子变得格外清醒起来,正是阅读的好日子。我从书柜里抽出《鲁迅全集》,翻到第 487 页,又一次阅读《阿 Q 正传》。

这已是第三次阅读了,目光一落到句子上,我就像一列送上轨道的火车,被一种美妙的感觉推动着前行。这是愉快的阅读,是对汉语进行一次酣畅淋漓的体验,仿佛用那些语言很奢侈地淋浴。在被汉语征服的同时,也对自己曾经使用过的句子产生空前的动摇。那是属于鲁迅的文字,它们从他的指尖倾泻而出,错落有致地排列着,精彩地表达出他的意思。

当阿 Q 调戏过吴妈之后,他从土谷祠里走出来。鲁迅这样写道:

> 仿佛从这一天起,未庄的女人们忽然都怕了羞,伊们一见阿 Q 走来,便个个躲进门里去。

明明是女人们害怕阿Q调戏,但在阿Q的眼里、鲁迅的笔下却变成了她们"都怕了羞"。

阿Q偷了静修庵里的萝卜,老尼姑责怪他。他拿着萝卜狡辩:"这是你的? 你能叫得它答应你么?"这样优秀的台词,还包括赵太爷对阿Q的那一声呵斥:"你哪里配姓赵!"一句"哪里配"把赵太爷和阿Q的身份弄得清清楚楚。而当阿Q闹起了革命之后,赵太爷却一改常态,怯怯地迎着低声地叫他"老Q"。仅仅十几个字,已经让今天的写作者们汗颜不已。

翻开现在的文学书本,我很少看到这么简洁的文字。喜欢炫技的作家们,常常把语言堆了好几千字却言不及义;而一些日书万言的所谓作家,废话一拉开往往要用上好几页稿纸。

不知道这是以字数支付稿酬造成的结果,还是冒牌的作家太多?

我喜欢鲁迅的简洁、准确和流畅,比如他写阿Q画圆圈的那一段,只用了一百来个字:

> 阿Q要画圆圈了,那手捏着笔却只是抖。于是那人替他将纸铺在地上,阿Q伏下去,使尽了平生的力气画圆圈。他生怕被人笑话,立志要画得圆,但这可恶的笔不但很沉重,并且不听话,刚刚一抖一抖的几乎要合缝,却又向外一耸,画成瓜子模样了。

如果换成我来写这个场景,没有几百字恐怕下不来。所以,鲁迅的文笔唤醒了我对汉语的尊重。在这个干净的文本里,蕴藏了鲁迅极苦的用心和非凡的功力,好多地方看似不经意,却处心积虑。在不到三千字篇幅的第二章里,我看到了阿Q心理的层层递进。最初阿Q挨打的时候,他说"我总算被儿子打了……";后来打他的人识破了诡计,就要他说:"人打畜生!"阿Q说:"打虫豸,好不好?"说过之后,"他觉得他是第一个能够自轻自贱的人,除了'自轻自贱'不算,余下的就是'第一个'"。到此,鲁迅先生已把阿Q的"精神胜利法"推进了两步。我要看鲁迅先生如何再把他往下推。出人意料地,鲁迅写了阿Q自己打自己,在一次赌赢而又拿不到钱之后,阿Q感到失败的苦痛,于是"擎起右手,用力地在自己脸上连打了两个嘴巴……打完之后,便心平气和起来,似乎打的是自己,被打的是另一个自己,不久也就仿佛是自己打了别个一般"……这样的推进并未到此结束,到了小说的结尾,阿Q为自己没有画圆那个圈而懊恼的时候,细心的鲁迅写道:

他想:孙子才画得很圆的圆圈呢。

从"儿子"到"孙子",只变了两个字,却让我看到了人物前进的姿态。

然而任何文字的精彩都是依附在思想上的,就像所有漂亮的衣服都离不开身体。鲁迅先生的小说数量并不惊人,但他却具有蔑视小说的资格。不是那种不懂的浅薄的蔑视,而恰恰是看透小说之后的胸有成竹。这已经令人生畏了,不过当你发现不仅小说,而且连芸芸众生都被他看透的时候,就会觉得他实在令人害怕。

每一个人都有极其隐秘的心理,它藏在心灵的最深处,我把它称为"秘密地带",并以此为题写了一个小说。我们的邪念我们的脆弱全部躲在"秘密地带"里,一般不会被人察觉。鲁迅先生偏偏要挖开这个地方,让我们面红耳赤。一个"阿Q",便使我们几近窒息,每一个人都能从他的身上看到自己。就是今天,当遇到富人的时候,我们仍然会说"先前比你阔的多了"。被人打的时候,我们照样会说"儿子打老子"。我们同样会想让自己姓赵,同样地在摸过尼姑之后会说:"和尚动得,我动不得?"欺软怕硬、趋炎附势、自欺欺人,差不多是我们每一个人隐蔽的品质。而同时,阿Q的"精神胜利法"却给了我们活着的勇气、失败的借口。阿Q就像我们的邻居时时出现在视野里,我不知道除了他,现当代文学作品中还有谁会常常挂在人们的嘴边?他应该算得上是一个最深入人心的人物了,凡是有人群的地方必定少不了他。

在玩尽小说的种种技法之后,最终作家们都得回过头来写人物。没有写出人物的作家,即使自封为大师,那也不过是"阿Q"而已。只有写出像阿Q这样让我们脸热心跳的人物的作家,只有把我们的秘密戳穿的作家,才会是真正的大师。因此,鲁迅先生不仅可以蔑视小说,还可以蔑视人。

川端康成之痛

我可以"自豪"地说,至今我还没有看过川端康成的任何一篇小说,知道的仅仅局限于他是亚洲第二个获得诺贝尔文学奖的作家,以及根据他的小说改编的电影《伊豆舞女》。不读他的作品,并不是对他有什么意见,而是因为我的阅读实在有限,我没有更多的时间来注意我敬爱的川端康成。

一个偶然的机会,我读到了关于他的童年的文章,才知道他的童年那么让人难堪。我是一个悲剧的鼓吹者,所以我常常写悲剧,这使许多读者认为我是为赋新词强说愁。其实悲剧意识和我的生活息息相关,我童年生活的地方不通公路不通电,至今仍然如此。吃粗糠野菜算不了什么,贫苦疾病是家常便饭。童年一睁开眼睛就没有喜剧的舞台,所以悲剧就深入骨髓无药可救,以至于我读到余华的《活着》时,拍手叫好。但那些生活得十分幸福的人,却不相信余华,不相信小说中的人物会一个一个地死去。可是他们哪里会想到川端康成就遇到了类似的情况。

　　川端康成出生的第二年,父亲患肺结核死去了。他出生的第四年,母亲因为服侍父亲也染上肺病身亡。他只好跟祖父祖母生活,但是相继死亡的有他的祖母、姐姐,1914 年 5 月 20 日夜 12 时,年仅 16 岁的川端康成又失去了他相依为命的祖父,失去了世界上的唯一依靠。少年川端康成 1 岁丧父,4 岁丧母,7 岁祖母身亡,11 岁姐姐辞世,16 岁失去祖父。他所经历的是一条死亡的河流,他的表嫂说他的"衣服全是坟墓的味道",并称他为"殡仪馆先生"。套用一个流行电视剧的名字,川端康成可以称得上是"蹚过死亡河的作家"。有人说人固有一死,或轻于鸿毛或重于泰山,对于死亡我们无可奈何,但死亡来得太快,确实打击了川端康成,使他幼小的心灵备受煎熬。

　　我无法想象川端康成接到姐姐死讯时所承受的痛苦,他拿着那封与他的学识年龄都不相称的信,不忍告诉双目已经盲了的祖父。他把这个消息一拖再拖,几个小时之后,才不得不向祖父阅读。由于写信人字迹潦草,川端康成认不完信上的字,只好用他的小手把不认识的字写在祖父的手掌心上,由祖父根据他提供的笔画,揣摩信的全部内容。这是一幅多么凄惨的画面,他灼伤我的眼睛,使我流下热泪,也使我想起我的小说《没有语言的生活》。我在这个小说里写了一聋一瞎一哑的三口之家的人的命运,写他们的失听失明失语,这绝对是我的虚构,但它与川端康成的命运

101

不谋而合。这也仿佛是一种命运，它使坐在电脑前衣食无忧的写作者无地自容，使被称着作家的我们不敢有丝毫的狂妄自大，因为不管你有多么好的想象力，你也无法超越生活的悲痛，悲剧出乎我们的想象，它挑战我们，似乎永无穷期。

我们内心的尴尬

我的写作总是从奇奇怪怪的念头开始,比如这篇,就是从"救命时说的话算不算数"开始。

对于"说话",我有几个小说曾经涉及,它们是《反义词大楼》《我和我的机器》《我们的感情》,以及《没有语言的生活》——有一幢大楼,进去之后必须正话反说;有一种摄像机,听到坏话时会自动关闭;有一种感情,如果没有身体的实质性接触,多少表达都是梦语……不是我有意要对"说话"进行重点攻击,这一串小说的产生全都是无意,抑或是潜意识。

也许潜意识就是所谓的写作悟性。大凡及格的写作者,都晓得小说藏在什么地方,并且掌握获取它的方法。这种天然的直觉,是把写字变成写作的根本。但是,写作者不是千篇一律的,他们各有各的兴趣,各有各的角度和方法。有人发现生活中的诗意,有人穿越,有人玄幻,有人专揭伤疤,有人誓死重复生活……

而我，则喜欢描写生活中的悖论。在悖论处，没有绝对的正确和错误，它像一道难题，是我们内心的尴尬。当我被这样的难题折磨时，小说就产生了。

在这个小说里，我的第一兴奋点是"救命"时该不该说假话。结论是必须说，否则对方就跳下去了。接着的问题是：我说过的话要不要兑现？如果不兑现，我说的就是假话；如果兑现了，我的话就是真的。为了这个"真的"，我们不知道要伤及多少无辜。其次，为了让这个人活着，我要为他寻找种种活着的理由。这是我写作的第二个兴奋点。今天，不知道还有多少人在追问活着的意义。或许我们在狂欢中，已经把这个烦人的念头给彻底地遗忘。但是，我会经常想起，即使醉了，这个念头也挥之不去。结果，我发现所有的理由都和我年轻时的想法背道而驰。不是那时幼稚，就是现在过熟。

然后就是爱情。《红楼梦》把一切看空，什么功名、权力和财富都是假的，只有"情"字最真。而今天之社会，恐怕许多东西我们不看空都不行。所以，麦可可才会把活着的全部意义寄托在爱情上。爱情，已经成为生活的麻醉剂。麦可可同时也是试金石。我不爱她，但必须救她，这是人生而有之的"恻隐之心"。正是因为孙畅和小玲的这"一救"，才证明了我们还有做人的资格。但是，以这种方式获取爱情或者婚姻，残酷得让我心痛。

叙述的走神

——关于一部小说的产生

我在叙述的过程中,常常会言不由衷。叙述就像一匹马在奔跑。但是我知道这匹奔跑的马常常会离开我的意思,一路撒欢而去。这种自我的出卖或者说变节,也许是缘于一次心跳、一个电话、一个响亮的喷嚏以及一阵冷风,但是更多的是走神,也就是叙述在叙述时开了小差。

构思是我叙述的开始。从这一刻起,我的脑子漫无边际地搜索,经常一坐就是几个小时。这期间,有大部分时间我在发呆,或者说走神。1999 年上半年的一天,一个想法扑面而来,它一直缠绕我,迫使我好像不从这里下手就不会有新的作为。这个顽固不化的想法就是把一瓢粪水和一锅可口的蘑菇放在一起,像鲜花插在牛屎上,像一个我们心爱的女人不停地说谎,令我们神往又大倒胃口。尽管这个想法在叙述完成的时候已经变成了一个小点,但它是叙述的始作俑者。最美丽和最丑陋的摆在一起,在我看来会产生惊心动魄的效果,它们之间的落差如同悬挂着一道美丽的瀑布,给我以快感,甚至让我看到希望。

有毒的蘑菇既美丽又能置人于死地。我们有什么办法能享受它的美味而又不至于危及生命呢?一个村妇走进小说,"杨金萍"这个名字几乎不用思考就跳跃而出。她用一种拙劣的办法来解决这个问题,就是先吃毒蘑菇,然后再喝粪水,让那些毒性正准备发作的蘑菇从她的食道里吐出来,既能让胃舒服一阵子,又不至于死去。这个方法一经发明,她开始变得肆无忌惮,让毒蘑菇在肚子里停留的时间一次比一次长,直到差不多倒下去的那一刻,才把粪水喝下去。我为这个即将产生的画面激动了好久,试想着一边香气扑鼻,一边臭气熏天,它们都要放在杨金萍伸手可及的地方。

如果用传统的方法来写这个小说,那么我想有了这个主意之后也就可以动笔了。把人物放在一个饥饿的时代,写他们求生的本能,其中肯定不乏催人泪下之处。但是我并不想这么写,脑子继续闲逛,企图让这个小说和我们今天的生活发生关系。这种关系可以是传承的,因为一个人的命运以及疾病,其实早就由基因决定,也就是命中注定。于是小说从疾病开始,从今天开始。王小肯突然暴饮暴食,一个没有职称没有宽敞住房面临离婚的医生姚三才抓住这个病人紧紧不放。他希望通过这个病人写出一篇惊世骇俗的论文,以此获得副高职称,解决自己的住房和离婚问题。姚三才未来的命运一下就落到了病人王小肯手中。为了控制和治疗病人,姚三才查阅王小肯的档案,请他下馆子,为他家换煤气,帮他过性生活,了解他的存款,甚至行贿以求他在论文上签字。在姚三才看来,哪怕是病人打一个喷嚏都有其政治、经济和气候的原因。世界上没有无缘无故的喷嚏,也没有无缘无故的不喷嚏。

病人和医生关系的设立,使我看到了建立在疾病上的"市场经济"。它促使我心跳加速,叙述的速度加快。但在叙述的快乐中,我的心里开始发怵,叙述变得犹豫起来。犹豫来自自己对自己的不信任,一方面想尽快地把想法写出来,另一方面又希望写得缓慢一点儿再缓慢一点儿。我想这就像挖一口井,肯定还没有挖到一定的深度,因为我还没有体会到喷涌的快乐。我想叙述需要在这里走走神了。这应该是一篇关于味觉的小说,一切都与肚子有关。这又是一篇有关记忆的小说,在医生姚三才的一再追问下,他终于发现了一个秘密。这个秘密是他在与病人的妻子周旋中发现的,那就是发现了病人的父亲王川。他用一枚辣椒促使王川老人的记忆复活,使我们看到事情的真相。真相改变了王小肯的身世,我看见一个人把杨金萍胯下血淋淋的孩子举起来递给王川说:"公社的食堂把我们搞穷了,这个孩子你们不养谁养?"小说突然获得了批评的力量。这时,我听到一些东西破裂的声音,它们像玻璃的碎片,在我的眼前开花。我们一直引以为豪的大脑此刻一败涂地，它的记忆功能顷刻间丧失。记忆与肚子有关，和大脑无缘。这种破坏使我有了恶作剧的快感。

之后，叙述变得风平浪静。我开始全面地放松自己，体会一下信马由缰的感觉。我们知道一条河流直奔大海而去是急速而美丽的，但是如果河水漫过河堤就会一片汪洋，泛滥成灾。这时候一条河流变成了无数条河流，一种美丽变成了无数的美丽。叙述再次停止下来。我发现每一个人物的说话和心理活动往往难以区别，它们浑然一体。于是我把说话和心理活动连成一片，就像漫出河堤的水不分彼此。我还发现任何人的视角都可以到达故事的核心，他们可以绕道把这个故事讲完。我在看别人的时候，别人也在看我。叙述在这个时候被我推翻了。我开始从头再来，暗暗使劲儿，用所有出场人的视角把故事连缀在一起。但这种叙述必须有别于福克纳，他要求每个人物讲一次故事，而且最多也就四个人在讲。而我需要所有的人都在讲，只要出现都给他的眼睛留下篇幅，哪怕是开门的保姆，哪怕是我们提及的死人。这样每一个段落里出现多少个人，就有多少个叙述者，上句是 A 讲，下句也许已经变成 B 了，但是故事并不因此而打断。无数个第一人称就像无数架摄像机，通过剪辑，他们共同完成了一个故事的叙述。

这就是我 1999 年发表的唯一的中篇小说《肚子的记忆》。如果说我的小说还有一点儿新意的话，那么它主要得益于我叙述的一次次走神。走神使我不断地改变初衷，让我的小说叙述和刚开始时大相径庭。我认为写作的快乐也正在于此。

小说中的魔力

翻开文学杂志,每天都看见新的小说像刚出炉的面包成堆成堆地摆在眼前。表面上看,小说还是小说,作家还是作家,但是那些文学杂志却不愿意在我的手上多停留几分钟。要想在成堆的小说里找出一两篇让人怦然心动的来,就好像要在鸡蛋里挑骨头,几乎没有。即便是那些被捧得发紫的你不看一看就会有人讥讽你不懂文学的作品,在你慕名拜读之后,仍然兴奋不起来。于是,我开始痛恨小说和痛恨在小说里混饭吃的自己,对那些仿佛一夜之间跟小说断绝关系的读者充满敬意。我甚至武断地认为,没有人读小说绝对不是读者的原因,而是因为小说中的魔力正在消失。

我把小说中非常规的东西统统称为魔力,它是一种鬼魅之气,是小说的气质、作家的智慧。愈是有想象力的小说就愈具有魔力,所以我坚信小说肯定不是照搬生活,它必须有过人之处。

但是这种想法在写作过程中慢慢地受到了不同程度的干扰。面对残酷的阅读市场，我和大多数写作者一样，常常把大师说的"最大的技巧就是无技巧"当作遮盖布，写了一堆堆白开水似的小说，还美其名曰"通俗易懂"。这种风气在读者们的纵容下泛滥成灾。写作者们勤于字数懒于想象，甚至把小说写成报告文学或者通讯。读者和专家以一种绝不妥协的姿态，期待着作家们服务意识的增强，他们只看那些有益于健康、不伤脑筋的作品。这样一来，几分钟前我还充满敬意的读者，现在立即变成了小说平庸化的帮凶。因为我相信有什么样的需求就有什么样的产品，有什么样的读者群就饲养什么样的作家。当专家和读者都在忙着为那些毫无新意的作品掏钱、发奖金或排名次的时候，你还有什么理由不迁就他们？

然而，这也许是一种赌气的说法，对于一个热爱魔力的写作者来说，放弃魔力就等于放弃小说。尽管我也曾制造过文字垃圾，但始终没有放弃过对小说的幻想。

小说的商品化

1993 年，我强烈地意识到这个问题。原来炙手可热的先锋小说已经逐渐式微，作家们正在适应市场经济，纷纷以挣稿酬的多少来论英雄。霎时间，小说走下神坛，变得和肥皂一样普通。这种猝然而至的局面,冲击着我对小说的固有看法。"到底用什么来衡量小说的优劣"成为一个问题折磨着我的内心。说实在的,直到现在我都不情愿用版税的多少来衡量小说的优劣。但是作家们为了版税变着花样在媒体上狂炒,圈子里流行着肉麻的相互吹捧,这使我对文坛上林林总总的定语产生了极端的怀疑。当我从怀疑中抬起头来的时候,小说的商品化时代已经不容置疑地来到了。于是我在某个下午开始了小说《商品》的写作。

小说分三部分:A. 工具和原料;B. 作品或者产品;C. 评论或广告。这其实是一个商品形成的过程,它与一篇小说的生产形成对应。在 A 部分中,我选择汉字和爱情故事作为小说的工具和原料。在 B 部分中,我讲了一个有趣的故事:我在去麻阳寻找父亲的客车上认识一位姑娘,上车的时候我们刚认识,下车的时候我们却已经有了孩子。这是小说的主体部分,就像从流水线上吐出来的一听可乐,等待着我怎么把它卖出去。于是小说有了 C 部分,那是我把这个小说投给各杂志社后收到的退稿信。退稿信貌似批评,实际上却从不同的侧面肯定了这个小说,也就是作者在大言不惭地自我吹嘘。为了给自己壮胆,我把最后一封退稿信留给拉美作家卡彭特尔,他说:"当小说不再像小说的时候,那就可能成为伟大的作品了,比如像普鲁斯特、卡夫卡和乔伊斯那样……我们的时代任何一部伟大的小说都是让读者惊讶'这不是小说'开始的。"

写这个小说的时候,我还生活在一个比较偏僻的地区,几乎不认识任何一位作家或者评论家,周围的环境就像我的内心一样封闭。但是我已经强烈地感受到商品时代对小说的猛烈撞击。我用一个小说的结构来完成自己对生活的感受,这也正暗合当时我的小说从发表到评论都必须由我一个人来完成的悲凉心境。小说并没有到此为止,我不想只给它一个空壳,而是在主体部分写了好些有趣的故事,它告诉读者伴随着商品时代的是爱情的快餐。对主体部分故事的认真经营,就像厂家致力于产品的质量,期望能够拥有更多的客户。从这个小说开始,我坚信任何奇特的小说都不是凭空捏造的,它发自我们的内心,与生活血肉相连,魔力就蕴藏在我们的生活和内心之中。

零件的组装

这是我在中篇小说《没有语言的生活》中进行的一次尝试。我对听不到别人说话这种状态一直充满了好奇,想写一篇这样的小说:小说的主人公是一个聋子,他一直听不到别人说话,但是他以他的方式对这个无声的世界做出解释和反应。写了一两天,我突然觉得这是在步别人的后尘,聋子不知在多少作家的笔下出现过!于是我停下来,开始了近一个星期的反思。有一天,我的脑海里忽地跳出一个念头:为什么不可以把聋、哑、瞎放到一块来写？这个念头一出现，我的身体立即就有了反应，就像发现新事物或者弄出一个定律来似的兴奋不已。我想这种组合还没有作家干过吧？

事实上这个小说完全依赖于组装，它让我获得了继续往下写的信心。父亲的眼睛被马蜂蜇瞎，儿子天生是个聋子，后来又讨了一个哑巴老婆，他们的生活充满了悬念。父亲在儿子面前比画，叫他买一块长方形的能在身上搓洗的肥皂，但是儿子却买回了一条毛巾。一位美丽的女孩站在王家宽面前，只要王家宽说一句她怀上的孩子是他的，就同意嫁给他。可是王家宽因为听不到而失去了机会。这样的尴尬持续到小说的一半的时候，才慢慢地消失，他们的生活逐步变得和谐起来，最后哑巴利用手势，聋子利用眼睛，瞎子利用耳朵共同完成了一个案件的叙述，还一起对付了一位贸然的闯入者。三个分散的零件从不同的方向逐渐地组合到一起，直到生下一个孩子。

这个小说后来的遭遇，证实了它的组装性质。有几位导演先后对这个小说的改编感兴趣，他们利用这些零件各取所需，组装出他们需要的主题和故事。后来一位导演把它拍成了《天上的恋人》。我在跟导演们的合作中，既体会到了五马分尸似的痛苦，也体会了完成一次新组装的快乐，它使我隐约地感到一种后现代写作的方法——拼贴，正在渐渐地进入我的写作，直到在《耳光响亮》里大规模地出现。评论家对这个小说的不同解读，也证明了它是一个不折不扣的组装品。有人说它表现这样的主题:他们的身体残缺了,但精神是健康的;也有人说它写出了一种看不见、听不到、说不出的状态;还有人说他们三个人分别代表了三个器官,他们是三个人也是一个人……为什么会有那么多不同的解读?我想主要是读者已经把那些零件重新组装了一次。

有人问我:是不是在生活中真见到过这么一种组合?我摇摇头。他们说那你怎么会把他们写得真像那么回事?这使我想起了卡夫卡的《变形记》,这个小说最令我着迷的是他让人变成了甲虫,而不是变成甲虫之后的故事。我想关键是要有第一步的大胆想象,有了这一步,后面的事就迎刃而解。也许是卡夫卡的这个方法给了我某种暗示,或许是生活刺激了我。

漫画一样的现实

我曾经在跟张钧兄的对话中说过:小说其实就是夸张。某个事件或者某个人物夸张到一定程度,就有了漫画的效果。1997 年6 月 12 日,我在写完长篇小说《耳光响亮》之后,编辑叫我给这个小说写一个简单的介绍,我的脑海当时就跳出了这么一句话:这是一部漫画似的长篇小说。这句话是我写完这个小说之后最深切的感受。

这个小说只得到一小部分人的喜欢,因为它看上去显得那么夸张和不真实。一开始我就写牛翠柏倒着行走。倒过去二十年之后，他睡在一顶发黄的蚊帐里被喇叭声吵醒，于是真正的故事从这里开始了。这个开头，没有别的意思，当时只是想起了一只手臂，想它在出拳的时候必须先往后退，然后再打出去。接下来，我就写了许多夸张的东西，比如牛翠柏他们需要举手表决，才知道父亲是不是还活着；宁门牙被枪决之后，牛红梅像朗诵诗歌一样朗诵他的罪行；金大印必须按照记者提供的三个信封生活；杨春光为了让牛红梅打胎，竟然设计了一场羽毛球比赛，而且还为流产的胎儿开了一个追悼会；牛红梅在准备做按摩小姐之前，必须经过"正话反说"的培训；母亲何碧雪像回答记者提问那样回答女儿牛红梅的家常话；流产过多的牛红梅，最后脆弱到看电视里的小品发笑也会流产；牛红梅在嫁给金大印的时候，由牛翠柏出面订了一份爱情合同，他们成亲那天，我们一律不准回头，因为一回头，就会回到贫穷的过去，于是"我们全都伸长脖子往前看。我们的目光掠过高楼、围墙，看到远处的蓝天上。我们的目光愈拉愈长，仿佛看到了共产主义。我想那才是我最向往的生活"……

这和传统意义上的小说相差得太远了，在有的读者眼里，它几乎是在搞笑。然而我在写它的时候，却是那么地投入，有时甚至会深陷其中，为人物落泪。选择这样的写法，我想首先是我对生活的态度与别人不同，那就是无奈的调侃；另外也许是我的经历使我产生了触摸现实的不同方式，有人把嘴贴到现实的脸上，而我则是把脸贴到了现实的屁股上。好长一段时间,我都在为我的这种写作方式寻找一种时髦的说法,但是最后我还是回到了"漫画"上。

"漫画"用简单而夸张的手法来描绘生活或时事的图画。一般运用变形、比拟、象征的方法,构成幽默、诙谐的画面,以取得讽刺或歌颂的效果。

叙述的多种可能性

我一直喜欢福克纳的叙述,从他的《喧哗与骚动》到《我在弥留之际》我都喜欢。《喧哗与骚动》是因为用不同的视角把一个故事写了几遍,最后组装到一起竟然产生了奇妙的效果。而《我在弥留之际》则用了安斯·本特伦一家人的不同视角把故事讲完。我梦想着在我的手上,某一天会出现叙述的奇迹。

奇迹出现在 1999 年我写的中篇小说《肚子的记忆》里。当时我以第三人称叙述着,正沉浸在对大脑记忆的解构之中。写了大约一万字,我发现按这样写下去,最多也就把一个故事讲完,而在艺术手法上基本没有什么新东西。但是我没有解决问题的办法,只得慢慢地往下写。一天深夜,我突发奇想:为什么不可以让所有的人物参与叙述? 这个想法使我立即回到小说的开头,重新写了起来。我让在小说中出现的所有人物都变成叙述者,哪怕是一闪而过的人物,哪怕是已经死去的杨金萍。于是这个小说就由无数个第一人称组成,却没有因为叙述者的变化而中断故事。就像一条麻绳,它由无数根麻丝扭结而成,某一根麻丝可能会中断,但是另外的麻丝又接了上来,所以绳子始终没有中断。这么写了一会儿,我还发现其实人物的心理活动和说话某些时候是连成一片的,你根本用不着强调他说或是他想。

按着这个路子写下来,小说产生了这样的叙述效果:

> 我从门口跑到那个人的桌前,向他递上一张证明……我看过他的证明,然后向他伸出了一只热情的手。我叫梁文广,是这里的负责人,但是能不能让你看档案我得请示上级。姚三才说帮帮忙,这个对我和病人都很重要。我拿着那张证明走出去,叫打字员小旷为姚三才倒了一杯水。梁处长走出去了,我停下手中的打字,端着一杯水来到姚三才身边,问王小肯得的是什么病? ……

——摘自《肚子的记忆》

第一句的"我"是医生姚三才,第二句的"我"已经变成了梁广文,到"梁处长走出去了"之后,"我"又变成了打字员小旷。在这个小说中,每一个场景里只要出现几个人物,就会有几个叙述者。采用这种叙述方法,并不是为了哗众取宠,因为它和我们没有加工过的原生活是一致的,也就是说你在叙述"我"的同时,我也在叙述"你"。每一双眼睛都是一个镜头,无数个镜头组接下来就是一个完整的故事。所有的人都参与叙述和如此频繁地更换视角，在我有限的阅读中尚未见过，就连我所敬佩的福克纳先生也没有这样做，所以我为此而兴奋了好长一段时间。

托马斯·曼说："小说既要通晓现实，又要通晓魔力。"但愿我的魔力是通过我的小说来传递的，而不是通过以上的文字。

获奖是一次心理治疗

一位作家曾经说过,凡是写作的人心理都有疾病,他们需要用文字来进行治疗。

20年前,我以为自己是世界上最可怜、最痛苦、最需要同情的人……于是,开始了写作之路。从那时起,我的最大快乐就是一天能写出一行好句子,一年能写出一个好短篇。这个看似简单的要求,却像美女那样遥不可及,使我在一次次激动之后,又迅速地变成了冰块。写作为了什么?我为什么要写作?答案比墙头草还要摇摆,有时是为了挣稿费,有时是为了让朋友更喜欢我,有时是为了唤醒什么,有时甚至是为了能获奖……这么多答案,看上去很投机,却是心里的真实。也许,写作根本就不需要答案,只需要我们身体的感受。比如,寂寞的时候谁来排遣?伤心时刻用什么安慰?路见不平时对谁诉说?感冒了如何鼻息畅通?对于我来说,只有写作,唯有写作,才能摆平以上问题,甚至胸口堵的时候,我也能用写作把它打通。

因此,写作成了我的营养师,它校正我、健康我、强壮我,使我从渴望被人理解变成理解别人,从渴望被人同情到同情他者。写作保留了我丰富的情感,使我的触角不至于麻痹,想象力不至于枯竭……但是,从20世纪90年代开始,尽管作家们还在自我表扬,大量的读者却流失了,他们要么为变成富人而奔忙,要么泡吧或者卡拉OK,要么看影视作品或上网……消遣和排解的方式越来越多,文学垄断全民精神生活的局面土崩瓦解。作为自我表扬的成员之一,我开始为读者的锐减而心慌,甚至有生不逢时之感,挽留读者成了我写作的第一要务。然而,争取读者并不是件容易的事,它比买彩票中奖的概率还低。一些连文学基本标准都达不到的作品,反而能占据各地书城的排行榜榜首,迫使我反省通行的文学标准,再三求证文学的真谛。经过反复对比和阅读体验,我坚信文学是有基本标杆的。如果在这个标杆之下,再畅销、再流行的作品也打动不了我,更别期望被震撼。为了文学的基本标杆,好多作家都选择了寂寞,他们把真正的知音当作发行量,把创造力当成版税,把想象力当作网络点击次数,乐此不疲,推动文学进步。我以这些作家为榜样,以跟他们站在一起为荣。

本着以上的文学追求,我在2005年创作完成了长篇小说《后悔录》,小说的主人公曾广贤为自己所有的行为后悔,从"禁忌"时期一直后悔到"放荡"年代。他"后悔"得越执着,我就越心痛,因为"后悔"是我内心的秘密,是我一刹那心理活动的放大。曾广贤仿佛是从我心里割出去的一小块,最后有了生命和呼吸,变成一个人物。相信凡是有后悔的人,一定能在他的身上找到同感。从来,我都没有从东海写到戈壁、从南沙写到北疆的才能,倒更愿意慢慢地挖掘内心,一层层地往下挖,直到挖出自己的"绝密"。我喜欢这种写作,相信比天空更宽广的是人类的心灵。这是一种心灵展览,所幸不是展览肉体。

多年来,我为自己没能写出更好的作品而遗憾,经常为好小说害相思病。非常感谢"华语文学传媒盛典"及时给了我"2005年度小说家"奖,否则我也许会犯神经病。这个奖相当于一次心理治疗,抚慰了纯文学的写作,对一个在文学道路上奔跑20年的人进行了维修,使我能够与韩少功、韩东和林白站在同一级别的领奖台而倍感自豪。当然,能有这个结果,还必须感谢各文学杂志社的推荐评委以及五位终审评委,如果没有你们的支持和厚爱,也许此刻我正在跟朋友们发牢骚。谢谢主办方《南方都市报》和《南都周刊》,谢谢颁奖嘉宾,谢谢所有听我发言的人和阅读这篇答谢词的读者!

短篇就是一口气

我在还没有完全弄懂小说为何物的时候，就开始了短篇小说的创作，仿佛一个男人还不了解女子，便急吼吼地结了婚。这是文雅的说法，其实"欺负""强奸"才是最准确的比喻。那时候以为小说很简单，短篇更不在话下，随便一写就会发表，或者一不小心就会因此出名改变命运，活活欺小说太甚。

接连的几封退稿信告诉我，小说是不那么好欺负的。失败的滋味当然还铭心刻骨，但就像历史总愿意书写好的一面那样，我也愿意回忆写作之初的美好冲动。夜深人静了，身体里总憋着一股劲儿，或者说一口气，它需要吐出来，释放到稿纸上。吐这口气不需要太长时间，只一个晚上；也不需要太多的笔墨，只20页300格的稿纸。这便是我心日中的短篇小说。

据我的经验，短篇小说可称得上是一种快乐的形式。首先它的篇幅短小，不需要太耗体力，在兴奋点还没消失的时候就已经完成,所以常常给人以饱满、激动和完美的印象;其次它是自由的,任何一个刹那间的想法,只要你愿意,都可以变成短篇小说,特别是现代派小说被读者接受之后,短篇小说更是自由得毫无道理;最后是它能给人以成就感,无论长短,它毕竟是小说,况且世界上还立着那么几个靠短篇成为大师的榜样。于是乎像我这样的懒汉,终于找到了借口,在没有写出大部头之前,无端地便有了良好的感觉。如果说我在写长篇或者中篇的时候倍感痛苦和劳累,那写短篇的大部分时候却感到轻松和快乐。唯一不快乐的是领稿费的时候,短篇往往因字数有限而拿不到更多的票子。

但是谁又愿意为那些废话埋单和浪费时间?在阅读人群和阅读时间都越来越稀少的今天,短篇显得尤其适合,它就像小说的浓缩液,能最大限度地去掉废话,能在最短的时间里给读者以小说的全部享受。

所以我认为短篇不仅是一口气写完的,它还必须能够让读者一口气读完。

挽留即将消失的感情

"你从什么时候开始脸不晓得红了？"

我慢慢地回忆，却没能找到那个时间。是的，我已经好久不会脸红了，即使面对一礼堂的陌生人，我也敢夸夸其谈；即使刚见到一异性，我也敢说"喜欢"。那种直红到脖子根的脸热心跳，就像一件旧衣服，先是压在箱子底，然后再捐给灾区。可是二十年前，我是一个多么羞涩的人，不敢跟女同学说话，就是跟她们擦肩而过我也不敢打招呼，害怕得双腿都要飘起来。偶尔碰到乞讨者，因为口袋里实在没钞票，好几天我都觉得对不起他们。那时候说错一句话，或者在不恰当的场合打了一个不恰当的喷嚏，我都会紧张不安，活生生契诃夫笔下的小人物。

你看看，你看看，我曾经多么敏感、害羞和善良呀。但那是昨天的情形，今天听起来有点儿痛说革命家史的味道。当我们乐于回忆某些特点的时候，这些特点肯定正在消失。所以，我相信时间的无情,相信我们成熟老练的同时,也可能删除了我们幼稚可爱的部分,甚至删除了人类最宝贵的情感。比如同情,是不是快被我们从心里删除了?

　　印度洋海啸的时候,那些死去的人就像木头一样堆在海滩,除了亲属之外又有多少人为他们流泪?路过街头,你不向乞讨者的纸盒丢钱,却没有半点儿不好意思。伊拉克战争,我们除了关心战况,又有多少人切实地体会伤者的痛、死者的悲?眼泪是越来越少,心情是越来越麻木,小人物很容易就找到不关心别人的借口,而且因为关心的无效,同情的本能理所当然地自动关闭。好在还有一群泥腿子保留着人类的天性,他们毫无道理地关心别人,并不自量力地阻止战争,这就是我写作《伊拉克的炮弹》的原始冲动。

　　画完句号,我跟朋友聊这个小说。他问:是什么促使一个中国农民去同情伊拉克人?这个疑问立即让我警惕,同情到底需不需要理由?不错,我们是生活在一个需要逻辑的世界,但是,如果连同情也需要逻辑的话,那我们还有没有做人的资格?人之所以为人,是因为他们能够无条件地同情生命。当同情在现实中变成稀有金属的时候,我只能在小说里挽留这份感情,以供渐渐冷漠的人们参考。

走出南方

我是因为远在美国的那个小个子福克纳而喜欢上南方的。这对于一个出生于南方,祖宗十八代都是南方人的我来说,实在是有些不可思议。但是确实如此,福克纳的文字使我坚定了做南方人的信心。

南方于我,最初只是一个小小的村落,那里的树木凌乱不堪,阳光里全是腐败的气息,泥巴粘满人们的双腿,有时要粘上好几天,一块一块的,像鱼的鳞片。更多的时候,热浪扑人,苍蝇飞舞,水潭里的落叶正以高于北方五倍的速度腐烂。这种景象一直在我的眼前晃来晃去,我记住她,但是还没有确定爱她。她仅仅是一个我不得不接受的生存环境。我甚至还为这块我生存的地方曾经被叫作南蛮之地而感到害羞。

屈原和沈从文的出现,使我对她开始有了好感。他们感时伤怀的情绪像瘟疫一样传染给我,使我顿时觉得南方大有作为。那时候我已经能够真切地体会到南方灼人的气息，所有的东西，包括故事都在这种易于使物体变质的气候中发酵。我在气候中通体发热，甚至光亮。在如此美丽和如此恶劣的环境中，我的身上经常长出小块的红斑，它像灿烂的花朵开放和凋谢。中医认定，这是内热的结果。内火一热，头脑跟着膨胀，幻想和错觉像青草蓬勃生长。写出来的东西就像是高烧 40 度的人吐出来的胡言乱语。这常常使我不够自信，要到地球的经纬线上去寻求确认。

福克纳一下使我自豪起来。这个一辈子都在写美国南方的作家，把自己当作一头牛，永远拴在"约克纳帕塔法县"这根木桩上。他密集的文字，把南方一网打尽，就是老人河的一声叹息，就是因为想女人，男主人公快要绷开的胸前的第二颗纽扣他都没有放过。夕阳像天边堆着的一堆尚未燃尽的煤渣，疲倦的目光像脱离水龙头的水，在离开水龙头之后，再也不和水龙头有什么联系。走进一幢木楼的某个人物，不知道该往哪里走，于是变得像是自己在跟踪自己。这不正是我的南方吗？那个水汽淋漓，雾霭缭绕，需要福克纳情感饱满的烦琐的文字覆盖的南方。

事实上，已经有人概括了"热带写作"，他们把生活在热带的作家一一开列出来，那是一大串能够立即把文学爱好者吓倒的名字。这和我多年前的直觉不幸吻合。对于我来说，热带其实就是我的南方。她火热、潮湿、易于腐烂，到处都是风湿病和矮个子，鬼魅之气不时浮出民间。他们对洁白的东西，比如大雪，充满向往,对冷空气异常敏感。因为个头矮小,反应机敏之外,还容易在这种温热之中堕落和腐败,就像水潭里的枯枝败叶。

　　但是无论是沈从文或者福克纳,他们都不是用南方的风景去打动读者。拨开他们像荒草一样的文字,你会看见一种被称为人性的东西慢慢地浮出来,抓住我们的心灵,使北方和南方一起感动。这就是为什么沈从文写湘西却能漂洋过海,福克纳写约克纳帕塔法县却能在中国找到市场。心灵就像水,水与水相连。过去的远方的一次心动,也许会在我们的今天,我们的这个地方产生最强烈的回响。这种回响,使我慢慢地从南方的地域脱离出来,更多地去观照人们的心理活动。这已经没有南北之分,就像随着空调机的普遍使用,无论是北方或者南方,我们时常都处在一种恒温之中。

南方"新"起来了

　　首先，"南方写作"新人辈出。庆祥教授列举过一批南方的新作家，对他们的作品评价甚高，我除了点赞之外倍感欣慰，欣慰南方写作后继有人。我是一名比他们年长的南方写作者，曾被称为"新生代"，也曾沐浴"新"的光芒。1997年张燕玲主编命名"广西文坛三剑客"，前年她又命名"后三剑客"，当"后"字辈和"新"字辈频频闪现时，说明文学的香火不断，就像一个家庭的人丁兴旺。写作是脑力活也是体力活，如果一个区域长期没有新生力量的补充，那这个区域的写作就没有活力，甚至有可能出现脑梗、血栓和肌肉坏死。所幸南方，这次指的是正南方各省区新人写作活跃，队伍整齐，他们用作品的数量和质量化解了这一区域写作老化的危机，让文学力量的分布不至于太失衡。"新"字真好，它代表活力；"南方"真好，余华说它生机勃勃，张燕玲说它野气横生，我说它头脑发热，想象力丰富。五年前，我曾经问凡一平：你二十多岁时看得起五十岁左右的写作者吗？他说看不起。我说但是现在我们已经步入我们当年看不起的那个年龄了。他一愣，仿佛这时才意识到自己不再年轻。虽然50后、60后的作家们不服老，仍有不错的写作表现，但年轻一代的读者和研究者们都在期待新人新气象的出现。"新"字辈的出现代表着文学新的可能性，哪怕他们暂时还没有掀起"新"的旋风，但至少让人充满期待。

其次，"新南方写作"迎来新机会。过去一说南方写作，我们首先想到的是江南，具体来说就是"长三角"地区，那里既有金融中心又是鱼米之乡，富庶、视野加上历史传承，使得这一区域的写作人才挤得都快打破了脑壳。也正是因为他们的实力，我们在提南方写作的时候才会提得那么理直气壮。现在，庆祥教授把"新南方写作"的区域定位为正南方，即海南、广西、广东、香港和澳门。他之所以这么定位，我想一是因为这个区域的年轻作家确实活跃，二是受国家"粤港澳大湾区"建设的感召。按照《粤港澳大湾区发展规划纲要》，这里不仅要建成充满活力的世界城市群、国际科技创新中心、"一带一路"建设的重要支撑、内地与港澳深度合作示范区，还要打造成宜居宜业宜游的优质生活圈，成为高质量发展的典范。这里以香港、澳门、广州和深圳四大中心城市作为区域发展的核心引擎，以广州文化为核心文化。也就是说经济上，"珠三角"地区又迎来了一次腾跃的机会，同样，"南方写作"也迎了来一次"新"的机会。

再次，"新南方写作"意味着新的思考。我相信"新南方写作"这个概念的提出，是基于对新思考新写作的呼唤，而不是"根据地"式写作的划界。许多作家因为莫言先生"高密东北乡"这个写作地理概念的成功，便急于如法炮制，纷纷拉起大旗，建立自己的"写作根据地"。但是，当全球化时代到来，当互联网承包我们的交流和信息来源时，"根据地"式的写作还有没有那么高的可信度？比如语言的使用，过去我们常常表扬某位作家对某个区域语言的使用达到了炉火纯青的地步，这是优点。可是今天任何一个使用网络的作家，其语言早就没有纯度了，大部分人既能说东北方言，又能说西南官话，甚至不时飘出几句粤语或英语，还夹杂港台腔。如果一个作家这样使用语言我们要贬低他吗？恰恰相反，我们应该表扬，因为这就是真实的存在。语言如此，写作也如此，越来越驳杂，越来越浩瀚，现实对写作者提出了更高的要求。广东这一带是改革开放最早的地方，香港和澳门一直都是市场经济的典范，这个区域包括周边省区写作的大融合，是值得期待的，前提是作家们必须有新的视野、新的思索。而能从这个区域得到灵感并写出伟大作品的人，也许不是生活在这个区域的作家，这就是"新南方写作"的呼唤和意义，表面上它有一个范围，实际上却宽阔无边。

向上的能量通过向下的写作获得

2019 年 8 月,当韩国电影《寄生上流》(又译《寄生虫》)获得第 72 届戛纳电影节金棕榈奖时,我一阵暗惊。当时电影还没有在中国上映,仅凭几百字的故事介绍,我担心这个电影或许与我的长篇小说《篡改的命》雷同。《篡改的命》出版于 2015 年 8 月,花去我思考与写作的时间约 24 个月,根据其改编的电影剧本已经完成了第四稿,由我和陈建斌导演共同创作。在讨论剧本的初期,我跟陈导说这个小说构思时曾想取名"寄生"或"寄生草",因为主人公汪长尺把自己的孩子定点投放到富裕家庭,自己甘愿做"影子父亲",本质上就是"寄生"。陈导对这一比喻兴奋,嘱我一定要把养母方知之的英语教授身份改为生物学教授,并专门写了一场她在课堂上讲"寄生草"和"寄生蟹"的戏。我们每年一见,以完全放松的创作文艺片的心态来磨合,却不料一部名为《寄生虫》的电影在韩国诞生了,其内容是:"下流社会的一家四口如何打入上流社会家庭……"我在网上努力寻找电影资源,没有种子,版权保护得极好。在等待电影上映的几个月里,我浮想联翩,生怕他的故事与我的小说"撞车"。如果真是这样,那我只能解释为天意,抑或再次证明跨地区跨行业的创作者会同时思考同一问题,但不太可能虚构出一模一样的故事。年底,电影在亚洲华语区上演,我得以观其全貌,终于松了一口气。是的,我和奉俊昊导演都在思考社会的层级关系,但他使用的是电影惯常的空间讲述方法,而我的讲述则是小说惯常使用的时间方式。我的时间跨度为几十年,他的空间关系是地上地下。

电影《寄生虫》之所以精彩,得益于它的空间设计。这个设计一直埋伏着,直到影片过半才暴露无遗。主场景是朴社长家的别墅,这是一栋豪宅,有宽敞的室内和绿草如茵的室外,有别人羡慕的光鲜生活和美满的家庭,但主人们却不晓得别墅藏着接向防空洞的暗道。这个防空洞即地下室躲着前管家的丈夫,他为逃债已经在此生活了好几年。每当朴社长一家睡去,他就偷偷出来找食。周末,朴社长带着一家人野营去了,以欺骗手段混入朴府工作的基泽一家四口坐在豪宅里惬意地享受着主人般的待遇。得意忘形之时,基泽的妻子也就是现任管家忠淑说只要主人一回来,我们就像蟑螂那样躲到暗处。话音刚落,被他们逼走的前管家回来了,她来看她的丈夫。基泽一家因此而得知别墅下有暗道。地下室成为影片后半程的焦点。那是朴社长一家或者说"光鲜族"不知道的空间，他们只需要他们的体力和智力，却不知道他们居住在地下。让"光鲜族"偶感不适的是"蟑螂族"身上特殊的气味。朴社长说那是坐地铁的气味，而其实是地下室的气味。这种气味不适，最终酿成更大的人祸。电影对社会层级用地上与地下两个空间进行暗喻，着实绝妙。

我想起另一部电影，它于1995年获得第48届戛纳电影节金棕榈奖，由前南斯拉夫导演埃米尔·库斯图里卡编剧并执导。上个世纪90年代，不少文学青年曾为这部电影兴奋得跺脚。该片以南斯拉夫1941年纳粹占领期至1995年内战结束为背景，讲述革命者家属躲入马高家地下室的故事。地上，马高和情人娜塔莉过着舒适的生活；地下，黑仔、伊万和祖凡等一群人"暗无天日"。马高是地上与地下的唯一联系人，虽然战争结束了，但他每天都拉响空袭警报谎称战争还在进行，以骗取地下那群人为他生产武器到黑市倒卖赚钱。因为信息的不对称，地下那群人满怀豪情斗志昂扬，除了对敌人愤恨之外他们甚至可以称得上是快乐的。当年我被库斯图里卡的构思惊艳，认为这种地上地下的空间关系已经被他用到了极致。没想到24年后，奉俊昊导演把这个空间关系移植到了韩国。不同的是前者以革命和战斗名义，后者以雇主与被雇人名义。两者都敏感地卡住了现实的咽喉。

这种向下的写作极具震撼，它像钻地导弹轰炸我的内心。由此让我联想卡夫卡写于1923至1924年的短篇小说《地洞》。"我造好了一个地洞,似乎还蛮不错。"通篇都是一只老年小动物的叙述。它回顾自己如何像著名设计师设计城邦那样设计地洞,又如何夜以继日地挖出广场和迷宫般的通道,而更多的是讲述自己如何害怕地洞被发现被侵犯。它在洞口盖上苔藓,但似乎也不安全。它宅在洞里却莫名其妙地焦虑,想还不如待在洞口的苔藓下更稳妥。它没有安全感,虽然拥有完美的地洞。它甚至蹲到入口的对面观察,看看什么样的动物会来骚扰自己。一度,它曾想挖出两个入口来迷惑敌人。它想象回洞时故意走弯路,以避免别的动物跟踪。为了不被发现,它至今还没从真正的入口下去过,但这一次似乎要从这里下去了。"我摒除了一切犹豫,在大白天径直向洞门跑去,这次可一定得把门完全打开了吧。然而我却没能做到。我跑过头了! 我特意倒进荆棘丛中,以惩罚自己,惩罚一种连我自己都不知道的罪过。"我被这只小动物攫住了,它谨慎、胆怯、敏感、可爱,就像生活中我熟知的大多数弱者。我当然也读出了恐惧,不是小动物的而是写作者的恐惧。卡夫卡一定长期观察过蚂蚁或虫子,并在它们身上安装了他的大脑和心脏,否则他写不出小动物跑过头然后又假装跌倒以惩罚自己的细节。30 年前我倍感枯燥的这篇小说,今天重读竟然热泪盈眶。或许我读的不是卡夫卡,而是自己的某些境遇。

1997 年,我肯定还没看过电影《地下》和意大利小说家迪诺·布扎蒂的短篇小说《七层楼》,《寄生虫》也还在远远的未来,也许草草地读过《地洞》，但仅凭直觉我创作了短篇小说《反义词大楼》。这是一幢虚构的18层大楼，凡进入这幢大楼的人必须正话反说，比如：不爱要说爱，不同意要说同意，文盲要说知识分子，粗俗要说高雅，黑暗要说灯火通明，拍马屁要说志向远大……楼里的规则是只说反义词，只有按此规则说话才能上达最高的第18层。这是当时流行的向上写作，但要付出正话反说的代价。2005年，苏童的《一生的文学珍藏》出版，我在这本集子里读到了布扎蒂的《七层楼》。这也是一次方向朝下的写作。"七层楼"是一座疗养院，病轻的住第七层，病越重的越往下住，如果你住到第一层那等于宣布死亡。三月的一个早晨，朱塞佩·科尔特因患热病，低烧，来此疗养。医生说他的病几乎算不上病，只要在第七层住几天就可以出院。但因为要给想同住一个楼层的某位母亲和两个孩子腾房间，他同意临时调到第六层，又因为院方改变规则、方便病情检查、避免频繁爬楼、某层医务人员集体公休、某位医生渎职、越往下住医疗水平越高等等原因，科尔特这位小病患者最终合情合理心甘情愿地住到了第一层。他的每一次病房下调都不以疾病为理由，以至于读者如我都觉得是疗养院搞错了。"为何房间突然昏暗下来呢？要知道现在仍然是下午。朱塞佩·科尔特觉得被一种稀有的麻木感僵死了，他使出全身的力量瞧着床头柜上的钟。三点半钟。他把头转向另一边，看到护窗的百叶窗服从神秘的命令，慢慢地垂了下来，阻断了光的步伐。"就这样，他离开了人世。你可以理解他是被治疗死的，但我更愿意相信他真的病重，是医务人员的善意谎言让他临终之时还饱含回到第七层楼的希望。于是，一次向下的写作，让我获得了一股温暖的向上的能量。

如今大规模倡导的正能量写作，非常考验作家们的心智。我们既要规避曾经被历史否定了的那种"正正得负"的写作方法，又要从纷繁复杂的现实里提炼出令人信服的诗意。说白了，世间的所有写作都是正能量写作，没有任何一位作家会把"让读者变坏"当成写作目标。一部作家描写地球灾难的小说，往往能唤起读者对地球的热爱和珍惜。作家们揭露腐败并不是鼓励腐败蔓延，而是要杜绝。生活残酷的书写是为了正视当下的幸福，恰如法国作家阿贝尔·加缪所说："没有对生活的绝望，就不会热爱生活。"这是人类正常的心理反应。如果我们不承认这种人性，而偏执地认为正能量的写作就是好人没有缺点，他们的成长环境一尘不染，仿佛蔬菜上面盖着个塑料大棚，那读者的心理会产生什么样的化学反应？除非读者不是正常人类，否则会质疑。而读者一质疑，作家们就不可避免地落入"自嗨"境地。有人说作家们应该把目光投向光鲜的生活，而不要总是去描写那些污泥。但如果不写污泥，又怎么能塑造"出淤泥而不染"的莲花？我们知道一只拳头在打击之前必须后缩，然后前冲，这样的打击才出效果。写作也是如此，我们要获得的正能量往往需要从反方向写起，反能量越大正能量越突出,只有战胜巨大的坏才会产生巨大的好。假如我们不考虑接受美学指标,那任何一种写作都是成立的,甚至堪称"伟大的"。但只要我们还有哪怕一点点让读者获得能量的企图,那就必须学会"负负得正"的写作方法,也就是勇敢地往下写,直到写出真正的向上的能量,正如尼采所言:其实人跟树是一样的,越是向往高处的阳光,它的根就越要伸向黑暗的地底。

先锋文学的回顾与猜想

"先锋文学"在我这里是一个成长的概念。但它在中国文坛却是专指,专指上个世纪八九十年代那批具有先锋姿态的文学作品。我开始从事写作的时候,先锋文学在中国如日中天。我注意它,主要是注意它的姿态,也就是令人耳目一新的写作方法。那些眼花缭乱的写作方法,对一直接受现实主义创作方法训练的我来说,确实具有吸引力,以至于在相当长一段时间里,我只在乎方法而不重视内容,甚至某些作品的写作动机,仅仅就是因为想到了一个方法,至于主题、人物塑造、对话的生动等等都暂时不予考虑。也就是说,在文学品种单一的事实面前,年轻人极其渴望新的写作方法,渴望打破一些写作规矩。非常奇怪,我们这一代怎么会自带"文体意识"? 想想,和当时的改革开放大环境不无关系。

我不知道马原、余华、苏童和格非等等作家的先锋小说写作,是偶然还是必然？是作家们不约而同地产生了小说文体意识，抑或是社会变革的带动，这需要他们来细心确认。但是，我知道在80年代向90年代过渡的时候，即便像我这样的初学写作者也面临从"写什么"到"怎么写"的转型。所以，我更愿意相信先锋文学的出现是多种因素的合力，而不仅仅是作家文体意识的觉醒。当然，我们今天总结先锋文学，基本上就是在总结它的"文体意识的觉醒"。但我们在总结"文体意识的觉醒"时，是不是忽略了这种"觉醒"也许是因为内容的"倒逼"？仿佛，当下我们同样面临这样的写作选择。30年前，先锋作家们成功地从"写什么"逃离到"怎么写"，并用"怎么写"来证明写作的多种可能性。我们多么渴望写作的创新，多么需要对单一的写作方法进行恶补。我们在欢呼"怎么写"的时候，原谅了对"写什么"的逃避。这一问题，大部分先锋作家很快就意识到了，并进行了写作调整。

"先锋文学"更多地是指向技术，甚至就是一个技术术语。但是，当中国的作家们把外国的各种文学流派都演练过一遍后，才发觉内容的重要，至少我在使用先锋文学技巧的同时，从来不敢对内容有丝毫的怠慢。我相信作品内容永远是读者阅读时产生化学反应的第一要素。现在回头检视自己的作品，发现还是"内容为王"。但是，我们不能否认"先锋文学"带来的撞击，即创新理念的撞击，这种撞击让深受先锋文学影响的作家们留下了值得骄傲的"内伤"，即对平庸文学的反抗，对文学创新的本能追求。

正是这一群体捍卫了文学的底线。如果没有先锋文学对技术的唤醒，我不会逼出《没有语言的生活》的构思，也不会用那样一种方式创作长篇小说《耳光响亮》。是先锋文学助长了我的想象，掩盖了我的幼稚，包庇了我的不讲逻辑。如果不是因为"先锋文学"这块"虎皮"，我是不敢在《耳光响亮》一开头就写牛翠柏倒着行走，也写不出"杨春光为牛红梅堕胎的胎儿召开追悼会"这样荒诞的情节。即便是今天，我也仍然在大胆地享受先锋文学的遗产，比如在长篇小说《篡改的命》中，我用呼噜声的消失来描写村庄的害怕。小说的最后，我写汪长尺的灵魂在全村人的呼喊声中飞起来，在村头的大枫树上停了停，然后恋恋不舍地飞向城市。余华在写完《许三观卖血记》后不久，曾经跟我说这个小说貌似不先锋了，其实还是先锋的，比如许玉兰在生小孩子时喊疼，但她喊着喊着，时间就跨越了好多年。余华用作品中人物的喊声来过渡时间，这当然是先锋文学的伎俩。先锋文学不是停滞的，它被有心的作家隐蔽地带入后来貌似传统写法的作品里，直到现在还在作家们的手里变异。这是一种先进技术，会使用者悄悄受益。当然这些技术不再为技术服务，而是服务于内容。只有服务于内容，技术才能获得存在感。只有在内容里酝酿出先进思想的作品，才会被人们继续称为先锋文学。而那些只有技巧没有思想创新的作家，渐渐地变成了传统作家，或者格式化作家。大多数读者对那些内容苍白的纯技术作品越来越不感冒。

先锋文学的成长既指向未来也指向过去。未来,那就是作家们的崭新思考以及对写作技巧的不断拓展。每个时期有每个时期的先锋文学,那些思想冲在前面、技术不断升级的作品都应该是先锋文学。至于指向过去,那是因为阅读顺序造成的。许多读者或者作家是因为读了中国先锋小说家的作品之后,才去阅读他们西方导师们的作品。随着阅读的扩宽,你会发现先锋作品越来越多,先锋作家队伍越来越壮大,就连托尔斯泰也堪称先锋作家。千万别把他当成过时的老头,只要重读他的《安娜·卡列尼娜》,你就会改变看法。我甚至愿意相信是中国的先锋文学影响了托尔斯泰的创作,可人家这部作品早在140多年前就完成了。140多年前,他竟然写得那么好,真不知道是他太厉害还是我们没进步? 当看到《安娜·卡列尼娜》第七部第29、30节时,托翁对安娜·卡列尼娜的心理描写彻底把我征服,那简直就是心理描写最绚烂的篇章。今天的作家们如果写不出这样的篇章,就必须承认托尔斯泰才是真正的先锋。

因此,先锋文学不仅往前冲,还要朝后看。在创作技巧开发几乎罄尽之时,先锋文学得以继续的唯一办法,就是致力于内容的深度开采。

爱的升华

——关于《回响》的写作

这是一部尝试对爱情进行探讨的小说，我想写它想了整整两年时间，从 2017 年春天到 2019 年夏天，我一直在构思它并试探性地写了七八个开头，但都不能让自己满意，甚至想放弃这个题材。可是，写一部关于爱情的小说又是我多年来的执念，原因来自于长期的阅读刺激，来自于对美好情感的向往。我们这一代人，基本上是跟文学作品和影视作品学习恋爱的，尤其喜欢那些浪漫纯洁的情感之作。在我的阅读经验里，那些跨年代跨国界传播的小说大都和爱情有关。这是人类普遍的情感，描写它的作品即使用计算机来统计恐怕也会有遗漏。普遍性题材有个好处，那便是人人都可以为此写作，但也有其难处，那便是在众多的前人作品面前如何写出新意。放弃，只是一闪念，迎难而上才是写作的出路。

"推理"是我找到的第一个突破口。2019 年秋天，我才下定决心用推理的方式来写这部小说。之前,我曾犹豫,生怕一旦用了"推理"就会把小说写成类型小说,甚至害怕被情节裹胁而忽略了严肃的思考,同时我又担心小说的过度严肃会造成读者的流失,这一点已经被无数的作品证明。一种是惯性写作,一种是改变写法,纠结犹豫之后,我选择让小说回到传统,让我的惯性写作与类型小说打通,想想,先锋如法国新小说派作家罗布-格里耶不是也做过这样的尝试吗?但他写着写着还是进入了新小说的轨道。我想来得更彻底一点,让小说不仅有类型的外衣还要有类型的实质,于是,便对"大坑案"进行了认真的梳理和推理。主人公冉咚咚的首要任务就是要缉拿凶手,主持正义,惩恶扬善。这一点她做到了,虽然她经历了重重困难。

"心理"是我找到的第二个突破口。一直以来,我都在虚心地向现实学习,并深感现实远比我的想象丰富。写作必须建立在坚实的生活之上,前人的、当代的大量作品都证明了此话的不容置疑,但我又不得不承认:生活有多丰富心灵就有多丰富。换言之,心灵是现实的镜像,所有的心理反应都是现实的"投射",写作在向现实开掘的同时也不应该忘记向心灵的深处开掘。改革开放以来,作家们已意识到了"向外写"与"向内写"的同等重要,只是现实的过于强大常常拉住我的衣袖,让我无暇顾及更多的内心写作,或者说现实的丰富多彩都还没有写够,让我暂时放弃了内心的写作。然而,这一次,我想把心理的探讨与现实的探讨用同等的篇幅呈现,即主人公冉咚咚在推理案件的同时还要推理爱情。爱情如何推理？为什么要推理？诸多的文学作品都写了单纯的浪漫的初恋,却忽略了生活中还需要切实地面对审美的持久性问题。有的人得过且过,对情感将就,但冉咚咚是理想主义者,所以她要在推理中不断地证实爱情的存在。她对爱情持久性的追问,让我看到了一颗美丽的心灵。只有相信爱情的人,才会追问不止。

那么,凶手她抓到了,爱情她抓到了吗？答案在过程中。跟着人物一路走下来,我竟多次调整自己的爱情观,没有事先设定,只在写作中逐渐确立,包括人物的观点。主人公从她缉拿的罪犯身上看到了扭曲的爱情观,看到了"被爱妄想症",于是引起警觉并联想,发现自己同样有被爱的幻想以及对爱的隐秘渴望。自我发现瓦解她的执念,让她产生强烈的"疚爱",即:因内疚而产生的爱。"没有经过考验的爱情,那不叫爱情。""所有的'爱情'最终都将变成'爱',两个字先走掉一个,仿佛夫妻总得有一个先死。"这些关于爱情的思考是爱的升华,是人物以及作者的认知开发。因此,冉咚咚最终明白:能过好平凡生活的人才是真的英雄,真正的浪漫都蕴藏在柴米油盐酱醋茶里。

我不仅从我写的人物身上获得了崭新的认知,也在写作中自我成长,并再次相信"爱"能拯救人物,也能拯救作者。2020 年年底我完成了小说的初稿,2021 年 3 月完成修改,从构思到完工我花掉了四年多时间。

第二章　有一种生活被轻视

故乡,您终于代替了我的母亲

三年前,母亲在一场瓢泼的大雨中回归土地,我怕雨水冷着她的身体,就在新堆的坟上盖了一块塑料布。好大的雨呀! 它把远山近树全部笼罩,十米开外的草丛模糊,路不见了,到处都是混浊的水。即使这铺天大雨是全世界的哭,此刻也丝毫减轻不了我的悲。雨越下越大,墓前只剩下我和满姐夫。我说:"从此,谷里跟我的联系仅是这两堆矮坟,一堆是我的母亲,另一堆是我的父亲。"

我紧锁心门,冰冻情感,再也不敢回去,哪怕是清明节也不回去,生怕面对宽阔的灰白泥路,生怕空荡荡的故乡再也没母亲可喊。但是,脑海里何曾放得下,好像母亲还活着,在火铺前给我做米花糖,那种特别的浅香淡甜一次次把我从梦中喊醒,让我一边舔舌头一边泪流满面……

如果不是母亲,我就不会有故乡。是她,这个 46 岁的高龄产妇，这个既固执又爱幻想的农村妇女，在1966年3月的一个下午把我带到谷里。这之前，她曾生育三个女儿，两个存活，一个夭折。我是她最后的念想，是她强加给未来生活的全部意义，所以，不管是上山砍柴还是下田插秧，甚至在大雪茫茫的水利工地，她的身上总是有我。挖沟的时候我在她的背上，背石头的时候我在她的胸口。直到6岁时上小学，她才让我离开她的视线。去小学的路上有个水库，曾经淹死过人。她给我下命令：绝不可以玩水，否则就不准读书！老师家访，她把最后一只母鸡杀了来招待，目的是拜托老师在放晚学的时候，监督我们村的学生安全走过水库。她曾痛失一个孩子，因而对我加倍呵护，好像双手捧着一盏灯苗，生怕有半点儿闪失。

11岁之前，我离开谷里村的半径不会超过两公里。村子坐落在一个高高的山坡，只有十来户人家，周围都是森林草丛，半夜里经常听到野生动物的叫唤。天晴的时候，站在家门口可以看到一浪一浪的山脉，高矮不齐地排过去，一直排到太阳落下去的远方。潮湿的日子，雾从山底漫上来，有时像云，有时像烟，有时像大水淹没我们的屋顶。冬天有金黄的青冈林，夏天有满山的野花。草莓、茶泡、凉粉果、杨梅、野枇杷等，都曾是我口中之物。"出门一把斧，每天三块五。"勤劳的人都可以从山里摘到木耳、剥下栓皮、挖出竹笋、收割蒲草，这些都可以换钱。要不是因为父母的工分经常被会计算错，也许我就沉醉于这片树林，埋头于这座草山，不会那么用劲地读书上学。是母亲憋不下这口气，吃不起没文化的亏，才逼我学会算术，懂得记录。

因为不停地升学，这个小心呵护我的人，不得不眼睁睁地看着我离开她，越来越远，越来越远。13岁之后，我回故乡的时间仅仅是寒暑假。我再也吃不到清明节的花糯饭，看不到秋天收稻谷的景象。城市的身影渐渐覆盖乡村，所谓想家其实就是想念家里的腊肉，担心父母的身体，渴望他们能给我寄零花钱。故乡在缩小，母亲在放大。为了找钱供我读书，每到雨天，母亲就背着背篓半夜出门，赶在别人之前进入山林摘木耳。这一去，她的衣服总是要湿到脖子根，有时木耳长得太多，她就一直捡到天黑，靠喝山泉水和吃生木耳充饥。家里养的鸡全都拿来卖钱，一只也舍不得杀。猪喂肥了，一家伙卖掉，那是我第二个学期的路费、学费。母亲真是想不到，供一个学生读书会要那么高的成本！但是她不服输，像魔术师那样从土地里变出芭蕉、魔芋、板栗、核桃、南瓜、李子、玉米和稻谷，凡是能换钱的农产品她都卖过，一分一分地挣，十元十元地给我寄，以至于我买的衣服会有红薯的味道，我买的球鞋理所当然散发稻谷的气息。

直到我领了工资，母亲才结束农村对城市的支援，稍微松了一口气。但这时的她，已经苍老得不敢照镜子了。她的头发白得像李花，皮肤黑得像泥，脸上的皱纹是交错的村路，疲惫的眼睛是干涸的池塘。每个月我都回村去看她，给她捎去吃的和穿的。她说村里缺水，旱情严重的时候要到两公里以外的山下挑，你父亲实在挑不动，每次只能挑半桶。那时我刚工作，拿不出更多的钱来解决全村人的吃水问题，就跟县里反映情况，县里拨款修了一个方圆几十里最大的水渠。她说公路不通，山货背不动了，挣钱是越来越难。我又找有关部门，让他们拨了一笔钱，把公路直挖到村口。她说某某家困难，你能不能送点儿钱给他们买油盐？我立即掏出几张钞票递过去。在我有能力的时候，母亲的话就是文件，她指到哪里我奔到哪里，是她维系着我与故乡的关系。

后来，父亲过世了，我把母亲接到城市，以为故乡可以从我的脑海淡出。其实不然，母亲就像一本故乡的活字典，今天说交怀的稻田，明天说蓝淀塘的菜地，后天说代家湾的杉木。每一个土坎、每一株玉米都刻在她的记忆硬盘上，既不能删除也休想覆盖。晚上看电视，明明是《三国演义》的画面，她却说是谷里荒芜的田园。荧屏里那些开会的人物，竟然被她看成穿补丁衣服的大姐！村里老人过生日她记着，谁家要办喜酒她也没忘记，经常闹着回去补人情。为了免去她在路上的颠簸，我不得不做一把梭子，在城市与故乡之间织布。她在我快要擦掉的乡村地图上添墨加彩，重新绘制，甚至要我去看看那丛曾经贡献过学费的楠竹，因为在她昨晚的梦里大片竹笋已经被人偷盗。一位曾经批斗过她的村民进城，她在不会说普通话的情况下，竟然问到那个村民的住处，把他请到家里来隆重招待。只要能听到故乡的一两则消息，她非常愿意忘记仇恨。谁家的母牛生崽了,她会笑上大半天;若是听到村里某位老人过世,她就躲到角落悄悄抹泪。

有一天,这个高大的矮个子母亲忽然病倒,她铁一样的躯体终于抵挡不住时间的消耗,渐渐还原为肉身。从来不住院从来不吃药的她被医院强行收留,还做了化疗。三年疾病的折磨远远超过她一生的苦痛。她躺在病床上越缩越小,最后只剩下一副骨架。多少次,她央求我把她送回谷里,说故乡的草药可以治愈她的恶疾。但是,她忽略了她曾送我读书,让我有了知识,已经被现代医学所格式化,所以没有同意她的要求。她试图从床上爬起,似乎要走回去,可是她已经没有力气,连翻身也得借助外力。她一直在跟疼痛较劲,有时痛得全身发抖,连席子都抠烂了。她昏过去又醒过来,即便痛成这样,嘴里喃喃的还是故乡的名字。临终前一晚,不知道她哪来的气力,忽地从床上打坐起来,叫我满姐连夜把她背回故乡。我何尝不想满足她的愿望,只是谷里没有止痛针,没有标准的卫生间,更没有临时的抢救措施。因此,在她还有生命之前,我只能硬起心肠把她留在县城医院,完全忽略了她对故乡的依赖。

当母亲彻底离开我之后,故乡猛地就直逼过来,显得那么强大那么安慰。故乡像我的外婆,终于把母亲抱在怀里。今年10月,我重返故乡,看见母亲已变成一片青草,铺在楠竹湾的田坎上。我抚摸着那片草地,认真地打量故乡,发觉天空比过去的蓝,树比过去的高,牛比过去的壮,山坡上的玉米棒子也比过去长得大……曾经被我记忆按下暂停的村民,一个个都动起来,他们脸上的皱纹头上的白发第一次那么醒目。我跟他们说粮食,谈学费,讨论从交祥村拉自来水,研究怎样守住被邻村抢占的地盘,仿佛是在讨好我的母亲。如果说过去我是因为爱母亲才爱故乡,那现在我则是通过爱故乡来怀念母亲。因为外婆、父亲埋葬在这里,所以母亲才要执着地回来。又因为母亲埋葬在这里,我才深深地眷恋这座村庄。为什么我在伤痛的时候会想起谷里?为什么我在困难时刻"家山北望"?现在我终于明白,那是因为故乡已经代替了我的母亲。有母亲的地方就能止痛疗伤,就能拴住漂泊动荡的心灵。

我的第一种异质文化

我们老田家的人是从外省迁徙到广西的汉族,已经过来好几代人了。因为是外来民族,所以住在高高的山上。山上立着20多间歪歪斜斜的房子,生活着百来口人,养育着百来头牲畜。我出生的时候这个地方叫谷里生产队,现在叫谷里屯。它坐落在桂西北天峨县境内,方圆五里全是汉人。

大约7岁那年,父亲指着遥远的山下对我讲:"那是你寄爷家。"我顺着他的指头瞄准,前方群山茫茫,云雾缭绕,布柳河的波光在谷底时隐时现。从此,我知道了向阳镇平腊村桂花屯,那里住着我的罗姓寄爷。所谓寄爷,就是寄父,相当于城市里的干爹。由于我小时候体弱多病,父亲就把一碗盖着我布帽的大米蹾在香火上,为我找寄爷,以确保我能健康地存活。自从这碗大米蹾上香火之后,第一个踏进我家的辈分合适的非本姓男士,都是我寄爷的候选,前提是他愿意揭下碗上那顶帽子。一个蝉声高唱酷热

155

难耐的午后,途经本村的罗氏因为口渴,走进我家找水喝,没想到却喝上了我父亲熬出的苞谷酒,于是,顺手就把那顶帽子给揭了。

向阳镇大都居住着壮族,而地处布柳河流域的桂花屯,更是百分之百的壮族村落。我在芝麻开花节节高的日子里,曾多次跟随父母到寄爷家去吃满月酒、过鬼节、参加寄姐的婚礼……,因而有了许多新奇的发现。首先,我发现这里门前门后全是稻田,一丘连着一丘,一直绵延到河边,简直可以用"一望无际"来形容。当时,农村的富裕程度往往是以稻田的多少来衡量的。稻田越多就越能多打粮食,粮食越多就越能多养牲畜,牲畜越多就越能卖钱,钱越多家庭就越殷实。一颗童心被宽广的稻田震撼,以至于多年以后,当我在收音机里听到"一条大河波浪宽,风吹稻花香两岸"的歌声时,脑海里瞬间就浮现桂花屯的画面。立在田间的房子都是砖瓦结构,又大又整齐。水渠里的水哗啦啦地流淌,晚上还能发电。这样的景象在今天看来波澜不惊,可在 20 世纪 70 年代初期的边疆农村,却足以令一个没见过世面的小孩呼吸急促。我在这里第一次看到电灯,第一次感受到出生地的落后。

其次,我发现他们家家都有织布机。他们身上穿的,大都是手工织的土布,看上去没有机织的时尚,但与当时灰扑扑的汉族服装形成了鲜明对比。土布经过棒槌捶打、蓝靛浸染之后再做成服装,穿在身上既蓝又亮,还很挺括。女人们的衣襟、袖口和裤脚处,大都绣着细碎的红花和流畅的线条。她们布鞋的鞋头红花朵朵,走起路来就像沿途栽花。尽管我不适应他们的服装,却惊异于他们的制造。我以为只有城市里的铁机器才能织出布来,却不晓得我的寄娘、寄姐都能从木机器上织出布匹。她们拉动织布机,把梭子在棉线中穿来荡去,仿佛电影里的工人,课本里歌颂的劳动者。她们在地里种出棉花,把棉花纺成线,把线织成布,把布缝成衣服。每个家庭妇女,都能单独完成这一过程。而这门手艺,正是土著民族的标志。他们在这块土地上生活得很有些年头了,不管城里有没有纺织厂,也不管供销社里有没有布卖,反正他们自己能织出布来,以保证冬天不冷,节日里能换新装。当布匹富余的时候,寄娘会送些给我母亲。于是,我们一家人的身上,偶尔也会穿上土布剪裁而成的唐装。

再次,我发现他们特别会吃。什么白切鸡,什么酱血鸭,什么米花糖,我都是在寄爷家吃到的。我尤其爱吃他们家的搭梁粑,很糯,很甜。同一种食物,在我们山上被简单对待,只要炒熟就行,可一到山下,那做法就翻出了新花样。能把吃弄出花样来的地方,除了富裕,还因为好客。我之所以愿意在谷里与桂花屯十里长的曲折山路上往来,其中不乏食物的诱惑。有一年鬼节,父亲要带我到寄爷家去改善生活。我非常纳闷,因为过鬼节在当时属迷信活动,汉族地区只好装傻,假装把这个节置之脑后。但是到了寄爷家,我才知道鬼节是壮族的重大节日,仅次于过年。这一天,他们要杀小猪祭奠列祖列宗。所谓的改善生活,就是在祭奠完毕之后,我们对小猪的分享。那是全中国物质都很匮乏的年代,过节事小,杀猪事大。所有农户必先上交一头猪,才能杀另一头猪。谁要是违规,就有被批斗的危险。鬼节的清晨,寄爷和父亲偷偷摸摸地背着一头小猪进山。他们在一条溪边把猪杀了,刮了,解剖了,再用背篓背回来。那天早上,被茅草和树林覆盖的小溪两旁,到处都是小猪的嚎叫,桂花屯家家户户都在杀。当时我想,这样的行为,为什么不能在汉族地区发生?汉族地区可能会有人告密,而壮族地区没有。由此可知,这是一个族群意识极强的民族,也是一个有胆的民族。

随着年龄增长,我开始打量壮族姑娘。她们比山上的姑娘长得漂亮,爱笑,每笑,必露出雪白的牙齿。她们喜欢扎堆,喜欢三五成群。碰到哪家办婚礼,她们就唱山歌。唱着唱着,她们偷偷地在手掌抹上红漆,然后瞄准某个后生哥,迅速出手,抹得那个后生一路狂奔。逃不掉的后生,脸和脖子全红,笑翻了一屋子的客人。后生们不服气,用红油漆反击。你追我躲,男女打成一片,身体公然冲撞。他们在田野追逐的身影,成为我少年时代的慢镜头。这种娱乐精神,在我生活的汉族地区从未见过。男女的公然嬉闹,在谷里屯是要被长辈们严厉呵斥的。可是,在桂花屯却是那么妥帖,那么合情合理。我忽然发现我生活的地方过于严肃,也许是生活困难的原因,也许是基因遗传?

有一天,寄爷对我讲:"就在桂花屯找个老婆吧。"我高兴地吹起了口哨,并一度相信这会成为事实。但高兴之余,我问母亲:"为什么壮族姑娘不落夫家?"母亲答:"这是他们的风俗。"壮族姑娘在出嫁之后,并不跟丈夫住在一起,而是继续留在父母身边,直到怀上了孩子才正式进入夫家。这个风俗,当时桂花屯还完好地保留。我对这个风俗一知半解,以为"不落夫家"就是给女方无限的自由,以为这就是所谓的开放,以为这个风俗里会有许多猝不及防的故事……我被这个风俗困扰,让想象无数次地飞舞。在对这个风俗的漫天想象中,我头一次意识到自己有超强的虚构能力。直到今天,我才愿意承认当时的想象是狭隘的。淳朴的风俗,可能被我严重地歪曲了。当然,我也因此错过了一段姻缘。

在汉民族的某些野性被严重束缚的年代,在我内心充满恐惧的发育期,因为香火上那一顶布帽,因为寄爷的口渴和偶然闯入,使我有幸接触到了壮民族文化。这个民族人的文化有情有趣,大胆开放,它让我在禁欲的时代看到了人性,在贫困的日子体会富裕,在无趣的年头感受快乐,而更为重要的是我在与壮民族的交往和对比中,发现了真正的人,看到了天地间无拘无束的自由。如果排序,壮民族文化无疑是我身体里的第一种异质文化,它在我恐惧的心里注入胆量,在我自闭的性格中注入开放,在我羸弱的身体内注入野性……随着年龄的增长,视野的开阔,阅读的拓展,行走的延伸,我接触了更多更多的异质文化。它们打包进入我的身体,却都没有像当年壮族文化那样,在我身上产生巨大的撞击,发生核爆炸。究其原因,是后来的文化吸收,都不在我的人格形成时期,我的心灵已经没了当年的敏感。

现在,我经常跟几个壮族作家厮混在一起,就算是我心灵超级麻木,也还能辨析出他们的性格特点。他们豪放,能喝能侃,大大咧咧,直言不讳,疾恶如仇,因为会两种语言(壮语和汉语),所以特别聪明。从他们身上,我还能看到当年桂花屯壮族人的某些影子。但同时,他们也具有非壮族人的特性。因为他们读过《诗经》、《三国演义》和《红楼梦》,读过鲁迅、卡夫卡、托尔斯泰和巴尔扎克,看过美国好莱坞的电影,吃过麦当劳。当我这个汉族人在吸收壮民族文化的同时,他们也在吸收汉民族和其他民族的文化。在全球化的今天,恐怕没有任何一个民族敢说自己百分之百的纯粹。尤其是壮族。因为他们开放,异质文化容易进入;因为他们包容,外族文化可以共生。

但是,壮民族的地理环境、生活方式以及主要性格特征基本上还在。当我走过十几个壮族村落之后,才发现他们和桂花屯相似处颇多。比如,他们大都生活在谷底河畔,拥有宽广的稻田。比如他们都爱唱山歌,都喜欢在婚礼上给别人抹红油漆,都热情好客,都能做出各种美食……如果用桂花屯做壮民族的样板,那我甚至可以从历史的长河中找到例证。他们爱唱山歌,可以用壮族人的歌仙刘三姐来证明。他们喜欢叛逆和自由,可以用早期农民运动领袖、壮族人民的优秀儿子韦拔群来证明。他们的野性,可以用抗倭英雄瓦氏夫人来证明。之所以例证，就是想说明不管是在桂花屯还是别的什么地方，无论是过去还是现在，所有的壮民族习性相近。

遗憾的是桂花屯消失了，它被龙滩水电站淹没，成为库区，当地的村民都搬到了山腰上。我不知道他们是不是已经把织布机一同搬走？就算是搬走了织布机，可稻田搬不走，棉花地也搬不走。那个我心目中的壮族村落标本，已静静地躺在几十米深的水下。所幸这只是特例，而不是所有的壮族村落。但愿桂花屯生机勃勃的文化，像他们的牛群那样已悄悄地跟随村民迁到了山腰，而不至于彻底地消失。让我们赶紧双手合十，一同祈祷："褒们（壮语"保佑"的意思）！"

喝的故事

　　我是到四十岁才开始喝酒的,喝得不多,但渐渐喜好。之前,我一直不喝,原因是身体排斥,思想也排斥。身体排斥是觉得酒苦辣,难以下喉,勉强喝两小杯就满脸通红,假如被人硬劝多喝了几杯,那整个身体就绷紧了,好像吃错了药似的,不但精神恍惚,胃也动荡不安。思想排斥是小时候常常看见酒鬼被家人高声数落,说他们呕吐时醉倒时既不体面也误事情,给孩子们树立了坏的榜样。所以,四十岁以前我对酒并无好感。

　　但是,我的朋友圈里却有几位爱喝之人,每次饭聚他们几乎都要喝酒,如果饭桌上无酒,那他们就一言不发,仿佛憋了一肚子的意见却碍于情面不敢释放。菜的好坏他们无所谓,酒的质量才是一切。三杯下肚,他们的声音渐渐洪亮,脸上慢慢泛光,语气越来越真诚,内容越来越义气,困难不在话下,烦恼抛之脑后,一旦斗起酒来,就像战场上的叫阵,你来我往,豪气干云。喝到高潮时,他们给对方和自己都倒上满满的一樽(又名小钢炮),然后双方把酒樽高高举起,期待着大家的目光和掌声。等到掌声噼噼叭叭地响起,他们一举杯,一仰头,把满满一樽酒一口干掉,回头自豪地看着诸位,这时掌声往往更为激烈,喝酒的人顿时有了英雄般的待遇。有时我甚至想,他们不是真的想喝,而仅仅是为了获得这种待遇。这种待遇包括他们在证明彼此的关系,在渴望进一步加深关系,当然还包括彼此的征服。但那些鼓掌者,一个个满心喜悦,像看戏那样兴致勃勃,掌声比任何场合都来得真诚。为什么呢?我认为其中也有恶作剧的成分,也有挑动群众斗群众的嫌疑,当然更多的是对喝者的佩服。

我的朋友甲乙丙都是爱喝小钢炮之人,每次喝酒都有故事。

朋友甲喝醉之后喜欢打的回家,但一上的士他就忘了自己住什么地方,司机一边问一边绕圈,绕着绕着他就像躺在摇篮里那样睡着了。司机只好把车开回始发地,停在路边等待。朋友甲一觉醒来,发现的士的收费表已经跳到了几百块,再扭头一看,自家就在马路对面。他责怪司机为什么没有叫醒服务?司机一肚子火气,说:"你明明住在对面还打什么的?我要是叫得醒你还用等到现在?"没办法,他只能一边骂司机"凡尔赛"一边付费。就这样,他每次醉酒后的打的费都差不多是半瓶酒的价钱,其夫人每次帮他洗衣服,都会掏出一沓厚厚的的士票对他数落:"有这么多钱你在家都能喝成神仙了,干吗老是出去喝?"他想想也是,便暗下决心拒绝酒约。但三天后,朋友来电撩他,说:"今晚出来喝两杯?"他说:"喝不动了,现在还躺在床上病着呢。"朋友报上酒名,立刻就听到他对着屋外喊:"儿子哎,快扶我起来试试。"

朋友乙喝醉之后回家,无论时间多晚,无论他夫人睡得多踏实,他都会把夫人叫醒,向其汇报思想,主要是汇报自己如何对她好,如何对家庭负责,甚至会把平时隐瞒的经济收入一股脑儿地说出来,说到高兴时,便掏出手机来给夫人转账。转多了,夫人高兴,同意他继续出去喝。转少了,夫人的脸色突变,说:"你这哪是转账,分明是转小费。"他定睛一看,连忙解释:"对不起,我少摁了一个零。"他多次少摁一个零之后,夫人就怀疑这是他平时给小姐转小费的额度,便趁他喝醉时审问他:"听说你在外面有人,是真是假?"乙说:"哪有呀,别听人家胡说。"夫人说:"都老夫老妻了,即便你承认,我也不会生气。"乙说:"真的没有,我从来没做过对不起你的事情。"夫人说:"这样吧,我也不让你白承认,你只要承认一个,我奖励你一千块钱。"乙说:"唉,我现在又不缺万把块零花钱。"

一位苗姓朋友喜欢一边喝一边检测人性。一次酒至半酣,他突然举起杯子,说:"没有情人的请站起来。"一桌人全都愣住,但马上齐刷刷地起立,都在争分夺秒地证明自己没有情人。丙站到一半忽地坐下,说:"凭什么我跟你们站起来?"大家面面相觑。丙借着酒劲开始控诉:"老罗,你女朋友就坐在你身边,凭什么你敢站起来？老谭，你前次带来喝酒的小雷难道不是你的女朋友？你怎么好意思站起来？老孔，你老婆不是因为你有外遇才跟你闹的离婚吗？你也有脸站起来？老苗，你那个助理难道不是你的女朋友？别以为你出了一道考题就能证明你没有外遇……"众人被他说得体无完肤，愧疚地纷纷落座。但当大家落座时，丙就像触电似的弹起来，誓死不与这群人同流合污。直至散席，大家站着丙就坐着，大家坐着，丙就站着，似乎受了天大的委屈。

我做了十多年的酒局看客，看到了不少有趣的故事，觉得甲乙丙苗都十分可爱，但也明白自己达不到他们那样的境界。年过四十后，不知道什么原因，我在不知不觉中有了喝一点小酒的渴望，特别是在劳累的时候，或者在完成一个作品的时候，或者有朋友从远方到来的时候，或者有喜事值得分享的时候……这种时候如果不喝上两杯，就觉得对不起朋友也对不起自己。由于酒量不大，虽然喝了十多年，却没有喝出什么故事。小时候，我那个有文化的三伯曾引用《增广贤文》里的那句"药能医假病，酒不解真愁"来教育我，我深以为然。因此，我在忧愁的时候从不喝酒，而只要主动邀喝，多半是有好事发生。

高高的山有我的情

——电影《天上的恋人》诞生记

电影对于我来说一直是个神秘的怪物，就是在决定自己命运最关键的中考和高考的两个前夜，我都鬼使神差地坐到电影院里看电影，落得班主任一顿臭骂。但是到了 2000 年的初冬，当某个电影节带着十几个城市的余味，终于来到南宁的时候，我对中国电影的兴趣已经大大地打折扣了。

在南宁铺上几百米长的红地毯挤眉弄眼地迎接电影嘉宾的时刻，我和花城杂志社的主编田瑛却乘坐潘红日派来的小车，往刘三姐的故乡——宜州市进发了，那里正准备召开桂西北作家群的研讨会。这当然不是一个奢侈的会议，却比那些正在放着的烂片更具想象力。一路上，我们都在抱怨国产片，觉得大部分片子都没什么看头，虚构的故事甚至无法超越生活，就连教科书里"创作要源于生活而且高于生活"这个基本的道理，都被那些弄电影的像抛弃配偶一样给抛到爪哇国去了。抱怨声中，田瑛突然问我:《没有语言的生活》到底拍没拍成电影？我说没有。他说我倒是可以推荐推荐。

　　田瑛一直牵挂这个小说，几年前他曾萌生过向他朋友推荐的念头，但当时小说已先被被称为中国第六代导演的阿年看上。阿年邀请我和他一道编剧，并试图把它拍成电影。由于投资方的突然放弃，《没有语言的生活》在一场欢喜之后沉寂下来。这期间我和田瑛没少见面，但谈的都是牌艺，从不顾及文学。如果不是因为桂西北路途遥远，也许我们的话题还是不会绕到文学上。不过这一次，在小车绕来绕去的同时，我们再也不能把文学绕过去了。他告诉我有一位小兄弟，十年前去了日本，在今村昌平的电影学校攻读导演专业，后又拿下了一个电影硕士文凭。十年来他们至少有九年保持着联系，而那位导演也一直期待着有意思的小说，想回国拍片。

　　说真的，我对田瑛当时的所谓推荐并不在意，更不知道他的那位兄弟姓甚名谁。因为我晓得在中国，一个无名的导演要想弄成一部电影实在不是一件容易的事，光是找钱就不亚于攀登珠穆朗玛峰。但是田瑛却信誓旦旦，认为他有可能促成此事。我抱着试一试的心理，让他把我的小说集带回广州。

　　没想到第二天他就从广州打电话给我，说这事真是蹊跷了，仿佛连他也想不通。他回家不到两个小时，就接到了那位导演从北京打来的电话。田瑛特别强调你要知道我们已经有一年多没联系了，像是懂得我要找他似的，电话说打来就打来了。从接到电话的那一刻起，这个一直喜欢预感，而且碰巧预对过几次的田瑛，就始终坚信这个电影一定会弄成。

2001 年 1 月，田瑛去北京参加书市活动，顺便带上了我的小说。那位导演当时正在为中央电视台六频道做《走进黑泽明的世界》后期，这个长达四个多小时的纪录片正是他在日本拍摄的。由于导演晚上要加班，田瑛到了北京两天之后的一个深夜，才跟他见上面。导演当晚就读了小说，并于第二天清晨打电话给田瑛，说读了这个小说后兴奋不已，一个晚上都没睡好。田瑛认真地把这个消息告诉我，我还是没太当一回事，但心里已为拥有一位新的知音而隐隐地感动。

春节过后，田瑛约我于蛇年正月初五到广州跟那位导演见面。见到导演的第一眼，我的脑子立即就蹦出一念头：此人值得信赖。这时我才知道，他叫蒋钦民，未婚，生于 1964 年，去日本之前曾是潇湘电影制片厂的年轻编剧，写过好几个剧本。1999 年，他在东北深山的一个小火车站执导了中日合拍片《葵花劫》。当时这个电影还没上映，我和田瑛都不知道他导得怎么样。正好他带了一盒该片的录像带，我们找了一台放像机，在宾馆里看了起来。跟我们一起看片的还有一位在广州搞音乐的朋友，看到一半时他的手机突然响了，就跑到走廊去接电话。出去了大约十分钟，他才回到房间，然后不顾我们的情绪，强行把带子倒回去，直到接上他看过的画面。田瑛说黄兄,你怎么这样呢? 黄兄发出一声感慨,说我好久没看到这么好看的国产片了。

如果不是因为这个《葵花劫》,也许我和蒋导的合作不会这么顺利。他的这个影片是我看过的出生于60年代的导演导得比较好的一部,尽管是低成本,但还是看出了导演精益求精的努力。别的暂不表扬,仅故事一项他就说得很地道,悬念不断,节奏很快,而且有深度,把一个日本人的生命和四个中国人的生命一同放到天平上称量,让你不得不思考谁重谁轻。片中翻译官的那一句追问"难道你们没有杀他的动机吗?"尤其叫我兴奋。很可惜这样的影片和那些烂片一样,在中国同样没有好的市场。不知道是哪个环节上出了问题。

我的这个小说是写一个瞎子、聋子和哑巴组成一个家庭的故事,应该说这样的故事是很难拍电影的。坐在宾馆的沙发上,我清清嗓子,问蒋导,你到底对作品的哪一个方面感兴趣? 他说爱情,王家宽对朱灵的那种执着的爱情,一个聋子的爱情。他的回答多少让我有些惊诧,因为这只不过是小说中的一条线索,而且还不是主线。我们三人漫无边际地聊起来,聊着聊着,慢慢地有了一点儿艺术上的兴奋。但是我明确地告诉蒋导,现在的电影圈都很黑,在没拿到定金之前,我的创作激情上不来。他表示理解,并答应在理出一个眉目之后,就去找钱。

经过两天的磋商,我们初步得出一个理念,那就是聋子王家宽追求漂亮的朱灵,而朱灵的心却不在王家宽的身上,从安徽来的住在王家的哑巴姑娘蔡玉珍被王家宽的执着感动,与王家宽的瞎子父亲王老炳一道,三人合力向朱灵求爱,一直爱到朱灵惭愧为止,最后朱灵反而觉得自己不配,乘着气球飘走。这时人们才发觉蔡玉珍和王家宽的和谐。影片到此戛然而止,避免三角恋爱。蔡玉珍到故事结束时,只是情窦初开。透过这个故事的表层,我们不得不往深里想,朱灵和王家宽分别代表了两种不同的世界,我们在朱灵的世界里看到了欺骗和疼痛,而在王家宽的那个世界里却看到了纯洁和美好。当生活在都市里的人整天抱怨没有爱情的时候,想不到却在遥远的地方,有三个看不见、听不到、说不出的人演绎了一段纯美的爱情故事。

带着这个不能当饭吃的理念,我们告别了田瑛,各自回到了工作的地方。蒋导不时地给我打一个电话,说正在找投资。而我则十分平静地坐在电脑前,为一个付了我定金的投资商写电视剧提纲。

2001年3月,我交完那个电视剧的提纲,就接到了母亲病重的电话,于是跟单位请了工休假,从南宁回到我的家乡天峨县去看母亲。天峨县地处桂西北,是一个不太被外界所知道的县,但是因为现在正在那里兴建中国的第二大水电站——龙滩水电站,慢慢地有了一点儿名气。我回到天峨的第一天,就接到了田瑛的电话,说他和蒋导都将赶到天峨来,在不影响我陪母亲的情况下一起创作剧本。他们分别从北京、广州赶到天峨,这种不把事情做成绝不罢休的精神就像影片里王家宽的那种执拗,使我大为感动。正是因为这一份感动,在没有一分投资,没有任何合同的情况下,我们三人住进了天峨县政府招待所,开始了剧本的创作。

眼看就要在电脑上打第一个字了,蒋导突然提出先到下面转转,看看外景,以便在创作时根据环境写戏。我们去了天峨著名的景点川洞河,那里有一个几百米长的石洞,河水从洞中流过,人们进出都得划船,颇有世外桃源的味道。但看过之后,我们都觉得太江南水乡了,没有更鲜明的特点。于是吃了一餐那里的河鱼,就回到了县城。第二天,我叫表哥开车到乡下去接母亲,蒋导和田瑛一定要跟我同行。一座座山从窗外晃过,当轿车爬到丢草坳的时候,蒋导被面前壁立千仞的群峰吸引住了,忙叫停车。我的脑子一热,脱口而出:干脆把这个故事放到天上得了,也就是此曲只应天上有,人间难得几回闻。这个想法一下激动着我,我们爬上山,放眼望去,到处都是山尖尖,一看就有天上的感觉。外景就这么定了,田瑛用总结的口吻说一切都是天意,假若今天我们不来看你妈妈,也许就把这地方和这种想法给错过了。冥冥中,我突然感到是有一种东西在保佑我们。

除了吃喝拉撒睡,以及每天用一个多小时陪母亲聊天,其余的时间我们全都贡献给了剧本。十天之后,剧本的第一稿完成,天峨县领导请我们吃了一餐饭,并叮嘱我们一定要把这个电影拿到天峨来拍。我们哼哼地应着,却还不知道钱在哪里。

乘着完成剧本后的余兴,我们在河池地区住了一晚,把剧本送给我的朋友、河池地区电视台台长李昌宪检验。他是这个剧本的第一个读者。第二天早晨,我们即将离开河池时,他请我们喝早茶,并告诉我们昨晚他看了两遍剧本,觉得很好。他复述了一遍剧中精彩的细节,表示愿意参与这部片子的拍摄。这个意外的消息,又被田瑛归纳为天意的一部分。

蒋导回到了北京,还去了一趟日本。几经周折之后,他跟中国文联音像出版社接上头。出版社看完剧本,同意投资,也对剧本提出了一些修改意见。7月份,我和蒋导在南宁明园饭店封闭了十天,完成了剧本的第二稿。经过蒋导的牵线搭桥,文联音像出版社和河池电视台也达成协议,双方共同投资拍摄该片,文联方面出资三分之二,并且得到了日本方面的支持,影片在日本制作后期。

后来,每隔几天我就接到蒋导的一个电话,他告诉我一些关于电影筹拍的情况。比如音乐已经落实人选了,由叶小钢来做;男主角也定了下来,是演过《蓝宇》的刘烨;女主角也定了,董洁演蔡玉珍,陶虹演朱灵……

8月底,蒋导带着他嘴里挂着的那些演职人员全体开进天峨,开始了电影的拍摄工作。这部电影就这样诞生了,在慢慢地离开我的时候诞生,成为众人的孩子。但是它还不断地有消息传来:

2002年10月的一个深夜,与刘烨一道参加东京第十五届国际电影节的蒋导给我来了一个长途,告诉我《天上的恋人》荣获本届电影节最佳艺术贡献奖。这是本部电影到目前为止一记最有力的回声。

有一种生活被轻视

我有一个同学,因为太聪明太勤奋,想不赚钱都难,于是成了一个老板。一般情况下,他不会骚扰我,但只要他一骚扰,那准是抑郁了。他说:"我有钱,为什么不开心?我给孩子提供'最惠国'待遇,他为什么不好好学习反而把网游当正餐?为什么总是我往亲戚身上输血?为什么我的另一半不能帮我分担哪怕一点点忧愁?知道吗,孩子的牙龈都肿了,她为什么不带他去看医生而是坐在别人家里打麻将……"

我说:"因为你太能干了。"

说他能干,那绝对不是吹。想当年,为了赚几块钱,他把两根直木斜架到货车上,然后再把水桶那么粗的原木滚上去。在没有起重机的帮助下,他随便找一个人搭手,就可以把一货车的原木从地上挪到车上,再从车上卸到地上。他当过搬运工、泥水匠、采购员、下水道疏通工作者。再重的原木他也能搬动,再大的委屈他也能承受。有时候委屈得满脸泪水,但只要伸手往脸上一抹,立即就可以灿烂。那季节,只要能挣到钱,哪怕几毛,他就觉得生活简直是太美好了。可是后来,他做了房地产生意,钱越来越多,而那种美好感却越来越少。

为什么呢?

因为他没有"精神生活"了。

他反驳:"可过去,我也没精神生活呀。"

我说:"过去,你把挣钱当成了精神生活。"

他愣住,仿佛默认。其实我又何尝不是如此。在生活困难的年代,吃饱、穿暖几乎是我们最高的追求。为了实现这一宏伟目标,我们埋头苦干,一路小跑,把获取物质当成精神的动力,甚至在物质生活和精神生活之间画上等号。直到今天,各地方政府在每一年的总结报告里,也仍然是大篇幅地总结物质,而对精神的总结却往往有点儿底气不足。

原因何在?

原因在于我们对精神生活的要求估计不足。我们以为马路可以人走、马走、自行车走、汽车走,一条马路包打天下。但随着工业的发展,城市的"现代化",人和车根本不能混行,于是就分出了机动车道、自行车道和人行道。同样,我们以为拥有了物质就拥有了全部生活,以为物质越多人就越幸福快乐。却不知,当我们解决了温饱之后,才发现物质不是全部,我们也要像划分马路一样细划我们的生活。

必须承认,这些年因为忙于聚集财富、比赛物质,我们还没来得及把生活细分,就像粉条、鸡肉和蘑菇一锅炖,就像有了"商人富豪榜"又来一个"作家富豪榜"。是的,我们可以用"富豪榜"来衡量商人的才华,用"慈善榜"来衡量人类的道德,却不一定非要用"富豪榜"来衡量一个精神工作者。如果精神工作也只能用财富来衡量的话,那就说明金钱已经成为所有工作的标准。一旦金钱成了唯一的标准,生活当然就会被金钱绑架。因为你的财富比不过比尔·盖茨,所以你沮丧;因为你的车被人划了,所以你抱怨别人仇富;因为你的孩子没考上名牌大学,所以你感叹补课费、关系费都白花了……

所以,我对同学说,当务之急就是要重视一下被轻视了的精神生活。因为精神生活是物质生活的强大补充,是一种能提高物质生活的生活。重视这种生活,是从意识到它的存在开始的。也就是说,别把金钱和物质当作唯一,也许我们还可以追求公平、正义、真理、荣誉、理想、亲情、爱情、友情、道德和先进思想。在有吃有穿之后,我们恰恰需要从以上字眼获得幸福感,获得充实的精神。

记忆水

现在,我寄居城市遥望乡村,就像当年我在山区遥想大水。

27 年前,我在云贵高原的一个村庄出生。那里有一脉脉青山和遍地疯长的茅草,却不怎么有水。记忆中,一切与水有关的人和事,都很艰难但富于诗意,以至于今天,我还固执地认为艰难培育诗歌。

挑水,是山区农民每天必修的功课,他们常常在出工之前或收工之后,担着水桶到井边挑水。他们或走在早晨的浓雾里,或走在傍晚的霞光中,扁担在肩上轻轻地跳跃,脚步量出一种节奏。一些没有劳力的家庭,常需要摸黑挑水,他们不用照明,也能在小路上来回奔走,把水安全地挑进家门,取水路上的每一块石头和凹坑,都记在他们心上。他们和黑夜完全地缝合,没有生硬和别扭。

山区的农民日复一日地在土里刨食,他们肩扛手提很难腾出

177

手来悠闲一下。只有挑水的时候，他们才把手自然地甩动起来。某年夏天，一个年轻美貌的女干部驻扎于我们村庄，她常在傍晚为房东挑水。她挑水的时候，许多孩童都站在村头看她。她甩手的动作像一种舞蹈，很醒目很动人。我奇怪村人的手为什么没有她甩得生动。我曾多次回想这个动作，甚至于想以"甩手"为题做一篇文章。我认为女干部的手之所以甩得生动，是因为她的甩手是一篇作品，而村人的甩手仅仅是一堆素材。

全村只有一口不大的井。枯水的冬天，我们这些不能做苦力的小孩便蹲在井里守水，待水积多了，才把水一瓢一瓢地舀入木桶。我们不敢站在井边迎接寒风，便缩进井底，看水中浮游的小虫如何静静地制造波纹，又如何地不怕严寒。冷风从井口呼呼地吹过，我们像穴居在竹笛的小孔，听风如何制造音乐。

我很少听到村人对水有什么怨声，缺水仅是他们大痛苦中的小痛苦，而挑水也仅是他们大劳作之后的小劳作。他们不节约气力，但节约水。父亲洗衣服，从来都只用两盆水。父亲洗过衣服的水浓黑如墨，发出汗臭。多年之后，我外出工作，父亲拄杖挑水，在半里长的取水路上走走停停，我才彻底地理解父亲。

在那口井边，一个名叫秦松的男人于某个挑水的早晨突然失踪。他的两只木桶像两个惊叹号立在井边的石板上，人却不见了。经过五天的寻找，村人在一片茂密的茶林找到他，他用毛巾吊死了自己。他一直都是壮劳力，似乎也没跟人结什么怨，他的死没有任何因由。他留下老婆和五个未成年的孩子走了，年仅 40 岁。他的死和水井应该没有联系，但井边从此少了玩耍的孩童。

青黄不接的季节，我看见一些凄苦的中年男人从村庄的每扇窗口走过。他们以家乡发生水灾为理由，拉开随身的布袋乞讨粮食。我怎么也想象不出，水灾是一种什么样的景象。我遐想大水在大河里，并不知道世间还有大海。

6 岁那年，我到邻村的小学读书，学校所在的村庄有一个水库，上学必须从水边经过。每天上学，家长总不忘警告一声不要玩水。但我们偷偷学游泳，结果被老师罚了一次站，有一次我还差一点儿淹死在水里。水库先后淹死了两个大人，受难的家属便把水坝凿通，之后水库再也不能蓄水。在灌溉禾苗与不再淹死人之间，山区选择后者，他们似乎更尊重生命。

尽管水制造了个别的灾难，但我对于水还是深怀感激之情。我的母亲为找钱供我读书，在夏天的每一场大雨之后进入山林摘木耳。有时全身湿透的母亲背回一篓湿漉漉的木耳，天才大亮。母亲换罢衣裳，又跟着村人出工。为了钱，母亲总是盼望大雨降临……

我像发源于高原的一滴水，慢慢地汇入大河最终流向大海。在愈来愈靠近大水的路上，我反而遗忘水。那种诗意的甩手，以及水的故事，退出我的记忆有好长一段时间。如今，我终于在一个海滨的城市，突然记忆水。这种记忆，缘于淡水的枯竭。静夜里,我谛听水龙头流出的啌啌水响,仿佛回到了我那缺水的从前。我在充满建设气味的街道,偶尔瞥见担水人,他们甩水的姿态同样美妙无比。只可惜他们没有早雾晚霞做背景,他们只是到有水的龙头接水,并不能体会汲水的乐趣。城市的水管接通每一个家庭,因而少了生长故事的空间。如果又缺水又没有故事,未免有点儿遗憾。故事虽然不能填饱肚子,却能让人忘却困难,滋润生活。

高原发源水却缺水,水总往能容纳它的地方流动。面对苍茫的大海,我想这泱泱大水里,有没有来自我家乡山区的水滴?

我们村里的实物税

三十多年前，我出生的谷里村还没有包产到户，村也不叫村，而叫生产队。白天社员们一起劳动，晚上不是评工分就是开批斗会，不是分粮食就是商量明天出什么工。整个村庄是一个集体，像一个大家庭，也是一支大部队，所以，社员们没剩下多少私人时间，每个家庭也没有太多的隐私。社员们在劳动、开会和学习之余，唯一可干的私活就是在家里养两头猪。每个人都把干私活的热情倾注到养猪上面。他们用修建房屋的才华来修建猪圈，用做酒席的天赋来煮猪潲，把不想跟别人说的话拿来跟猪说。那时候，他们对一头猪比对一个孩子还亲，原因是猪不仅能让家庭过上一个热闹的年，还能解决一年四季的吃油问题。猪是他们好生活的梦想，更是他们挺直腰杆的底气。

在那个"大公无私"的年代，家里养一两头猪不是个轻松的活。每天早晨，社员们的第一件事不是煮早餐，而是煮猪潲。他们要在出工之前把煮熟的猪潲倒入木槽,让猪饱餐一顿之后才能放心地下地干活。干活的间隙,他们就在田间地头为猪采摘野菜,方言叫"打猪草"。一天的公活干完,他们才能背起比头顶高出一大截的猪草摇摇晃晃地回家。还没走到家门口,他们已经听到了猪的叫唤。那是猪饿了一天之后的乞求,个别性急的早把木门啃出了缺口。社员们左脚刚迈进家门,右脚已经来到了猪圈边。他们顾不上自己的饥饿,先去喂猪。只有猪的哼哧声停息了,他们才开始煮夜饭。夜饭之后,家家都是砍猪菜的声音,有时实在太困,他们一边砍猪菜一边打瞌睡,好多的手指就这样被砍伤。在公路、电和先进的养猪技术尚未通达生产队之前,社员们要把一两头猪养大出栏,大约需要一年时间,因此他们在出好集体工的同时,必须天天重复以上动作,心要挂牵,身要劳累,就像每天都在侍候月婆子。

但是,再苦再累,他们也没有忘记养一头"上交猪"。当时政策规定,谁家要杀一头猪,就得先给公社食品站上交一头,只有养一头猪能力的家庭必须上交猪的一半。所以,小时候,只要我们一趴到猪圈边,父母就会指着其中一头说:"那是给食品站养的。"两头猪都长得一般可爱,父母看着高兴,就会征求我们的意见:"到底把哪一头拿去上交?"没开批斗会的时候,我们会指着稍小的那一头;如果那几天正好开批斗会,我们的手就会一偏,指向那头稍大的。等到农历年底,两头猪都养得肥头大耳了,其中之一必定被抓出来装进猪笼,由我的父亲、堂哥或者姐夫抬着,往公社的方向运送。猪一路嚎叫,似乎是舍不得离开家乡。这时,我的母亲就会站在屋角目送,眼里噙满泪水。她不是舍不得上交,而是因为那头猪她养了一年,已经养出了感情,实在是不忍心听它哀哭。如此一次次的上交仪式,在我幼小心灵埋下自豪感,懂得了一个人原来还有上交的责任。

我们村离公社有十里路程,全都是弯曲狭窄的山路,赶一回街,社员们都要皱几天眉头,更不用说是抬猪,那是既耗体力又费脚劲的工作。父亲和姐夫边走边歇,衣服湿透了就光着膀子抬,直到下午才把猪抬到公社。在这条曲折的山路上,我们村的社员们没少洒下汗水。特别是秋收之后,生产队把应交的公粮晒干,然后每家出一劳力,每人挑着上百斤的担子,到公社粮所交公粮。浩浩荡荡的送粮队伍在窄路上盘旋、喘气、流汗,有说有笑,仿佛是他们的节日。金灿灿的玉米籽或者稻谷挑到了公社粮所,社员们刚松一口气,所长老范就走过来验粮。老范是一个负责任的家伙,每一袋粮食他都会打开,从里挑出一两颗,拿到嘴里用力一咬,响得脆的就是晒干的粮食,合格,可以入库。如果玉米籽或者稻谷在他嘴里闷响,那粮食就得重新晒。

验粮时刻,社员们都很紧张,队长又是递烟又是说好话,生怕老范故意刁难。而老范偏偏有刁难别人的业余爱好,他常常以责任为幌子,对各生产队挑来的公粮百般挑剔。我们村的公粮很少有一次就过关，只要老范说出个"不"字，挑粮的社员们顿时腿软，一路上的高兴被扫得干干净净。队长摇头叹气之余，吩咐两个社员留下来，在粮所门前的晒坪重新晒粮，直到老范说"合格"才算完成任务。如果碰上雨天，晒粮的社员气得都想哭。他们没钱请老范喝酒，也找不到美女跟老范说笑话，因此谷里村的公粮一晒再晒，直晒到老范要回家看老婆了才通过验收。

因为老范，社员们对干部没有一点儿好感。他们认为像老范这样的干部，除了坐享其成，就是以整农民为乐。所以社员们决定再也不养这样的干部，甚至扬言第二年不交公粮。但是，牢骚归牢骚，到了第二年秋天，社员们又会自觉地留出一大块公粮，只是一年比一年晒得仔细，尽量不给老范耍威风的机会。虽然社员们识不了几个字，没多少文化，却懂得交公粮是天经地义的事，是向国家纳税，而不是给老范进贡。所以，我们村的公粮年年照送，社员们穿上新衣服，带上老婆做的午饭，甩起高手，走起大步，把肩上的楠竹扁担抖得一跳一跳，好像去相亲似的满脸喜悦。送粮的队伍虽比不上"扬鞭催马"那么热闹，倒也一路欢声笑语。

像谷里村这样地处中国行政末梢的山村，除了抬猪、交公粮和卖余粮之外，再也拿不出更多的东西来奉献给国家。因为奉献太少，社员们都很不好意思，从来不敢跟干部提要求，有时跑到公社去开证明，说话都不敢高声。但是，如果某个干部欺负或者瞧不起他们了，他们就在茶余酒后撇着嘴说："干部有什么了不起，都是我们供养的。"他们有他们的逻辑,逼急了,就认为天下所有干部吃的都是该村的粮食,嚼的都是该村的猪肉,骨子里明显鄙视那些"十指不沾泥"者。社员们敢有这么一点点"豪言壮语",除了靠酒气壮胆,心里也有一份纳了实物税的踏实。后来,我因为读书当上了干部,就觉得自己是他们供养的,每次回村都脸热心跳,满腔的愧疚,只能多带香烟,就像当年队长讨好老范那样讨好他们,一只手给他们递烟,另一只手迅速按下打火机,替他们把香烟烧燃。而每一次在城市的粮店里买米,我都会想:这些米是不是来自我的家乡?因此,我对粮食加倍珍惜,绝不让一粒米从嘴巴里掉下去。

现在,我们村在政府的关怀下既通了公路,又通了电,还通了自来水,拖拉机、汽车可以直接开到家门口。前两年,国家又把农民上交公粮的任务全免。村民们看着笔直的大道感叹:"又不用交公粮了,修这么好的路来运什么?"看到干部,他们的目光开始躲闪,再也找不出鄙视的理由。当他们一旦失去责任,就像跟组织失去联系那么心虚。尽管他们还有生活的负担,也有一些想不到的困难,但是他们一点儿也不责怪干部。他们硬是想不清楚,已经不用交公粮了,为什么还不快点儿高兴起来?

站在谷里想师专

1982年夏天,当我走出天峨中学高考考场的时候,我便隐约地感到:我要告别这个地方了。十年来老师们在我脑海留下的文字和道理,一瞬间荡然无存。我突然闻到了玉米和稻谷的芳香。山谷中的草浪,树尖上的风声,高坡上父母尖厉的呼喊扑面而来。我顾不上和同学们谈谈理想,谈谈未来,便卷上包袱回到生我养我的谷里,也就是从县城往大山的深处走上30多公里。我从一个看得到汽车和白房子的天上,回到满眼都是青草和树木的人间。

那年我16岁,剃了一个光亮的头,目的是为缺水的山区再节约一点儿水,也是为了下定决心做个农民。每天在农作物里穿行,用我稚嫩的身体适应乡村的一切农活。

从6岁开始我就到邻村读书,一直读完高中,我都没有干过什么农活,所以这个暑期对于我来说,是一个前所未有的考验。7

月的太阳在一天里把我晒黑。我的肩膀留下农具和粮食的重量。学校里养成的午睡习惯,时时把我带到田边地头,带到满耳都是风声的山坡上和青冈树下。父母的骂声从田里隐约传来,他们勇敢而坚决地告诉我,如果接不到入学通知书,我就得学会做一个农民,就不能在劳动的时刻跑到树下去睡午觉。他们认为在中午能够发出均匀的鼾声的人,一定是干部。而我,一个快要当农民的人,为什么还不从这种幻想中挣扎出来?

但是我仍然在父母的骂声中入睡,蚂蚁和蚊虫不时爬上我的脸颊,把我从梦幻中带回现实。我拍掉蚂蚁从树下摇摇晃晃地站起来,看见耕田的父母已经往前移动了好几十米,他们像两棵经风雨未见世面的树,把自己的影子踩在脚下。我的心里一阵愧疚,觉得这时的我,睡午觉的我就像一个寄生虫,正在剥削我的父母。脑子里顿时想起了我伯父的一句教导:"父望子成龙,子望父成马。"我想我还是老老实实地做一个农民吧,也许这样,我的父母还能少挑一担水,少耕一分田,才会感受到生我这样一个儿子的价值。父母说你有这个想法真是太好了。他们的脸上挂着1949年的表情,好像我一回家劳动,他们就解放了似的,他们就从此不艰难困苦了似的。

但是我的梦想还没有彻底地消失,在劳累的时候,在看不到电影,看不到电灯的时候,不时地想如果这时能接到入学通知书该多好。邻村的伙伴们陆续地都上学了,我却没有一点儿消息。

我的目光越过山梁，一次次到达县城，消息还是不来。比我着急的是我的母亲，她催促我上路，要我到学校去问一问。我拿着母亲卖木耳的钱，去了一趟县城，但我不敢去问老师，害怕老师的一句话破灭我的梦想。在县城住了一天，我又回到家乡。我对着我的父母、姐夫、大哥和满哥们摇摇头，说赶快给我介绍一个对象吧，从此以后，我就要生活在你们的周围，天天和你们为了一丁点儿的利益而吵架。他们说这样也好。在他们磨动的嘴巴里，已经飘荡着我结婚时的酒香。

但是，我没有让他们的这个阴谋得逞。我坐在门前的晒楼上开始遥想河池师专，就像一个患了单相思的人，天天想着他心爱的姑娘。在我高考的志愿里，最高要求就是河池师专。那时我们几个同学定下一个誓言：中专不离地区，师专不离宜州，大学不离广西。原因是我们的家里太穷，没有更多的钱让我们做路费，只要学历一样，我们就选择最近的。而我的成绩也充其量是一个中专的水平，师专是想自欺欺人一下。我坐在门前的晒楼上一个傍晚又一个傍晚，我想谁能把我从劳动中解放出来呢？谁能把我从劳动中解放出来，谁就是神话，谁就是救星。而我就是一个运气特别好的人。

我的头发渐渐地长长了，家里的玉米也全部收入谷仓，那一匹跟随我收粮的母马也和我建立了劳动感情。我坚信它知道只要我在它身边，它的担子就特别轻。

我的母亲做了一些易带的食品,说如果我突然接到通知,可以把这些食品带到学校里去吃。可是什么时候才"突然"呢? 一天早上,我拿着镰刀在自家门前修剪木槿树。由于刀子不够锋利,在割木槿的枝条时,镰刀沿着枝条上滑一直滑到我的手上,把我的左手指割出一道口,鲜血洒满木槿的枝条,未曾修剪完毕的木槿参差不齐。我捂着受伤的手指想,好像要出事了。

也就是这个傍晚,当太阳像一颗生鸡蛋的蛋黄搁在西山的时候,当所有的蝙蝠都在我家的瓦檐下盘旋的时候,我那个当时在大队当文书的姐夫秦仁伦,从乡里开会回到家里。他大踏步地跑进我家,对我说:"你已经被录取了。"这之前,他已经无数次地对我说:"你已经被录取了。"那是为了在平静的生活中,增加一点儿笑料。我对他的这种玩笑,已经适应,并不抱太大的希望。但是这一次,他的表情格外严肃。我从他的表情里可以判断他不是在开玩笑。于是我暗暗告诫自己:如果是考上河池师专的话,我就高兴;如果是考上某个中专的话,就不要高兴。因为考上中专,是我意料中的事情,尽管通知书姗姗来迟。

姐夫从上衣口袋里缓慢地掏出一张录取通知书,里面还夹着一张粉红色的纸。姐夫对着那张粉红色念道:

田代琳同学,您已经被河池师专录取,美丽的铁城张开双臂欢迎您的到来……

姐夫刚念完这两句,我就知道,我已经被河池师专录取了。

我从地上突然跳了起来,并且大叫一声:"我被录取啦!"

和现在一些因为不小心才考进河池师专的同学不大一样,我是带着兴奋和喜悦的心情走进河池师专的,那时师专就是我的最高追求。我有自知之明,因为我清楚地知道,那时的我只能跳这么高。从此我在每一个需要介绍简历的地方这样写道:"谷里:永远的出生地;河池师专:搁在档案里的学历。"

现在我已经记不起那一天是什么日子了,但我记住那一天我割破了手指。鲜血和录取通知书同时出现,就像一次革命或者一次诞生,我时刻想念它们。

味觉记忆

每每一喝白毫茶，我就想起我哆（父亲）。这是味觉记忆，就像玛德莱蛋糕刺激法国作家普鲁斯特。

那时候，我生活在天峨谷里村。每年清明节前后，远山近树湿漉漉的，草长了，树叶密了，白白的浓雾缠绕在山腰，要等太阳升到半天，雾才散去。看着高山密林，却不懂如何形容自己的心情，直到在县城读高中听到一首《童年》，身体才"嘎"地一响，终于找到那句准确的描写：

　　　没有人知道为什么

　　　太阳总下到山的那一边

　　　没有人能够告诉我

　　　山里面有没有住着神仙

　　　…………

那时节，大人们都在忙着耙田插秧，为来年生计抢水、抢时间。但不管农事多忙，我哆都会跟队长请假一天，上山采茶。虽然我年纪小小，却知道这一天"假"冒了极大风险，弄不好就背上个消极怠工的骂名。若要上纲上线，就是破坏农业生产。可我哆不管三七二十一，每年总在那个时候，总有那么一天，于清晨出发，钻入高山荒坡，到傍晚背回一背篓绿油油的茶叶。他让我知道人除了吃饭，还有另外一件重要的事情，那就是喝茶。

他采的是野茶。因为生产队开荒种地，野茶树越来越少，只有高坡和悬崖边还有些许幸存，但东一棵，西一棵，有时要蹚过重重茅草，爬过半座高坡，才能找到一棵没有被人采摘的茶树。遇到一棵茶树，他恨不得把每片叶子都采了，而不会只采茶芽。所以，在我童年的印象中，茶叶就像树叶那么大。生茶叶焯过，放在簸箕里晒干，然后装进竹篓，挂在干燥的地方。每天劳作归来，或者家里来了客人，我哆就抓一撮干茶叶，放到茶罐里去煮，或独享或分享。在他与客人交谈中，我知道那种茶叫白毫。

19岁，我开始学习喝茶。茶叶都是回村时亲人们送的。每喝一口就想起家乡，就想起那个诗意的名字。于是查字典，才知道白毫之所以叫白毫，是因为茶叶上长着细小的白毛，其产地在凌云县。为什么是凌云县？我的家乡不是也有吗？于是查地理书，才知道凌云县与我家乡毗邻，同属云贵高原边陲。终于，我找到茶叶的归属。仅此，仍觉得不满意，总觉得这个茶不应该这么平凡。于是，买了一本介绍地方风物的书，翻到白毫茶一页，顿觉扬眉吐气。原来,这茶在 1915 年荣获过巴拿马国际食品博览会二等奖。这么高的荣誉,属于凌云,却不属于我的家乡,心里戚戚然。于是又查历史,才知道,我的家乡县直到 1944 年才成立,其中一部分地方是从凌云县分割出去的。不是吹牛,我在 30 年前就研究这个茶了,为了一点家乡的自豪。那时,凌云县的好多茶树都还没种下,今天成片成片的茶山,当时还是荒地。

1990 年,我调到河池日报社工作,到达凌云采访。凌云县文化馆馆长在接受采访之余,请我们到他家喝了一壶白毫茶。以前我喝的是茶叶,这次喝的是茶尖,味道远远超出我的想象:清香扑鼻,舌根回甜……于是,当场决定购买。馆长说不急,等清明前我帮你买了寄去。一问价格,20 多元一斤。当时我的工资一月还不到 100 元。但是,我太喜欢那股茶香了,一咬牙交给馆长半个多月工资。第二年清明,我收到两斤白毫茶芽,泡给朋友们喝,他们都咂嘴巴。

后来送茶的人越来越多,茶的档次也越来越高,我基本就不喝白毫茶了。加上胃的原因,我改喝红茶,再好的绿茶也被我转手送人。去年,凌云县开了一个笔会,我才知道白毫茶不仅可以做绿茶,也可以做红茶,还可以做黑茶。我选红茶一试,顿时满口生香,家乡的味道扑面而来,脑海里全是我嗲背着茶叶回家的身影。

暮年之父

　　我父亲73岁时的1991年,像一道高高的门槛横亘着。父亲用他最后的一丝气力,试图攀越它,但是山高高路迢迢,他没能翻过去,便倒在了这一年的夏天里。以后的日子里,土地上少了一位普普通通的老人,而我也没有了至爱的父亲。

　　那时我的日子还没有现在这么好过,娶妻生子,收入不高,囊中十二分地羞涩。我把祖屋让给大姐夫,由姐夫和姐姐奉养父亲。父亲临去之前一个星期,我回去看他。他拄着拐杖走来走去,精神比往时略好,当时我没想到那是他的回光返照。

　　离别父亲的早晨,我看见他坐在家门口的板凳上无声地抹泪。他左手捏着拐杖,右手缓慢地抬起来,放在深陷的眼窝里,一下又一下地抹。他这个抹泪的动作,至今仍在我的脑海以慢动作的形式不断闪现。当时我突然产生了一种遗弃父亲的感觉,反身往他的口袋里塞了几十元钱,却不知道钱对于他已经再没有作用。

　　一个星期之后父亲去世，我塞给他的钱仍带着他的体温，完好无损地贴在他的心窝。父亲向来不善言辞，甚至有些木讷。离别他的那个早晨，我看出父亲其实是想要我留下来的，哪怕是多住一天。但是父亲想到我的工作和前途，竟然一个字也没有说，就像那些电影里的英雄。

　　父亲对我向来是无声的，轻易不会从他的嘴里跳出什么声音来。他不敢期望我成什么大才，只要能写会算不被人欺负就算阿弥陀佛了。他从来不向别人炫耀自己的儿子，只是在暗地里对我说，如果你的奶奶还活着，不知道她会多么爱你宠你。父亲说这话时，脸上洋溢着一种幸福的光芒。也只有这种时刻，我才窥视到他难得的一笑。这笑就像是石头裂开的缝。

　　春节或者清明，当我沉浸在节假日的气氛中时，父亲常手提一个竹篮，带上少许供品，走五六里山路，去为祖母上坟。祖母埋在一座大山脚下，父亲每去一次，总要从山顶走下去，然后再走上来。即使年迈难行了，父亲也从未放弃对祖母的纪念。我对父亲的这种行为，并不给予关注，甚至觉得他是在找累。但是父亲从不解释，也不强求我与他同行。直到现在我才理解，在我热爱母亲的时候，他也在热爱他的母亲。尽管他年届七十，但只要坐到祖母的坟前，他就是一个永远长不大的孩子。

　　父亲死后的好多年里，我回乡过春节，总觉得去祖母坟头的路上忽然缺少了什么。那是父亲的竹篮、拐杖以及杂沓的脚步。当我看见祖母的坟头荒草萋萋树木丛生时,猛地发觉我忽略了父亲的感情。我应该接过父亲手中的竹篮,把那条路一直走下去。也只有这样,我才能够记住他那难得的一笑,重温一些美好而又叫人心痛的日子。

审父

父亲最早赐给我的是一团阴影,而这阴影直到今天还浓得化不开。

父亲的眼珠子黄豆一样,镶嵌在三角形的眼眶里。他脚板上的十个脚趾叉开成十个方向,曾经很有力地夯在家乡的土路上。每当他挑着水桶从我身旁摆过去的时候,童年的伙伴便指着他说,你爹走路像母鸭,你走路也像母鸭。我心里顿时腾起一股不光彩的气恼。不仅仅如此,当我稍显聪慧,老师也曾点着我的鼻梁说,想不到那么一个老实的父亲,竟有一个并不老实的儿子。那么,父亲,在别人的天平上,你是不配我的。

我就领教过父亲的老实。一次在坡地上劳动,锄头不小心碰到了脚板皮,我没那么痛却哭了起来。母亲一扭脸看出我眼泪的夸张,继续锄地。而父亲却默默地走过来,扶我到树荫下逍遥。多么好骗的父亲呀!因此,我曾在父亲的眼皮底下,逃过了许多重活。

　　为了一丁点儿小事，父母便扯开嗓门吵架。我很自然地站在母亲一边，因为母亲一边吵还要一边做饭，而父亲则把吵架当力气活，坐在板凳上一动不动，甚至躺倒不干，任母亲那怨恨之声响到深夜。如果有客人到来，父亲也便成了客人，等母亲把饭菜送上桌面，他才抬起屁股打酒去。母亲早出劳作，父亲慢腾腾地在家煮饭，母鸭一样地摆上坡地，日头正毒，他躺在树荫下不吭不闹。母亲饿花双眼不见饭到，气冲冲往家奔，方见父亲在路旁睡得正酣。自然，又是一场热闹。

　　父亲的阴影一直跟着我。

　　我考上了大学，村人就说怎么也想不到考上去的竟是这样一个父亲的儿子。也不乏有人向父亲祝贺，父亲却说养仔大了，不但不得气力，反被叫去读书。别人说读这书，在过去是要做官的，父亲的脸上忽然就有了县太爷老子的表情，并且泛滥开来，泛滥到他的口气，比如："那么点儿钱呀。"泛滥到酗酒，比如："那点儿酒，塞牙缝还不够。"泛滥到把一切人看矮，比如："你看他今天有什么好下场。"

　　父亲没有给我多少光彩，就老得脱了门牙、锉牙。父亲只是摇过去，摆过去，却不知不觉地手上多了一根拐棍。这拐棍支撑着他和那一挑木桶艰难地行进，就连母鸭恐怕也赶不上了。父亲依然故我，不因为时间推进或我的升迁而有所改变。他显然不同于母亲把过多的希望寄托在小辈身上,也不会处处取小心。你治过他,他在言语上也不给你轻松。他是他自己。

父亲好像没给我荣誉,却给了我坚忍与独立。每当我一思念,便思念起一个真实的父亲来。

狗窝

　　家乡有一句俗语：金窝银窝不如自己的狗窝。这句话像我的影子，一直跟随我从乡村来到城市，不时地从我酒足饭饱的嘴里喷薄而出，落到对面朋友们的脸上，有时话里还不免带着豆芽青菜什么的。你们可以想象，在别墅和轿车夜夜入梦的今天，我的这句话会获得多少同情。几乎没有。它像一双裂口的露出大脚拇指的解放鞋，常常被人讥笑。看过别人的豪宅，再回头看看自己的影子，我立即觉得这句俗语里，包含了我家好几辈人（也包括邻居们）怎么也花销不完的"阿 Q 精神"。

　　但是对于家的理解，我从来就不只放到物质上。把存款带来了，把母亲搬来了，这就是家吗？不是。我那遥远的天气呢？我的乡音和乡邻呢？那才是家的全部概念，是家的总和。诗人舒婷说她无论到哪里去开笔会，都不能写出半首诗，因为她不能把她的书桌带去。只有面对她熟悉的书桌，那些诗句才会从她的笔尖,一个一个地像精灵似的跳跃而出。这种对书桌的眷恋,是不是可以理解为对家的眷恋呢?

我的家乡常有人把自己的家谦称为狗窝,他们生育三五成群的孩子(当然是在实行计划生育之前)。由于家境贫寒,孩子们挤在一张被窝里睡觉,像狗仔一样慢慢地睡大睡高睡胖,鼾声响彻云霄。那是什么样的一种鼾声呀?它和日暮时分婆娘们呼儿唤仔的声音一样,亲切感人,美妙动听,成为家的一项不可忽视的内容。

曾经在一篇有关彭德怀元帅的传记里,读到他睡不了"席梦思"之类的细节,最后干脆睡到地毯上。想必他也是在狗窝里睡大,所以才对农民的那份饱满的情感。或许每一个人在失眠的时刻,都会想起童年时睡得最香的季节。如果回想,就觉得"窝"是家最贴切的比喻,像鸟巢高筑在树梢,很安全很温馨;像狗窝里躺着几只狗崽,禾草覆盖它们,母狗看护它们,暖意笼罩它们。人若有那么一个窝,难道不是很幸福吗?

我曾经搬过几次家,但搬来搬去都觉得这不是自己真正的家,似乎我只是暂时栖息于城市的一隅,就像一只必须觅食的老虎,倾巢出动是为了寻找猎物,是为了填饱肚子,是为了最后的落叶归根。真正的家在每一个人的出生地,几十年前的阳光和月亮,在那里永远地等着。每一块石头和每一根小草,都是家的砖瓦。在这个世界上奔忙的人,几乎都是流浪者,"不要问我从哪里来"成为我们的安慰。正因此"寻根"才热闹了千年绵延了万年。

写出"人言落日是天涯，望极天涯不见家"的李觏，以及"不知何处吹芦管，一夜征人尽望乡"的李益，还有"鸟飞反故乡兮，狐死必首丘"的屈原，他们都是乡思的榜样，恋家的祖先。我们大可不必为恋家而觉得丢丑。我的家乡因为拦河建电站，许多库区的移民必须迁徙到遥远的异地。离开的时候，他们舍不得丢下哪怕一个水罐一只坛子，尽量把能够带走的都带走。但是他们似乎还有许多带不走的东西。哭声和悲伤随着河水渐渐地涨高，他们居住过的地方，将会一片汪洋。若干年之后，除了他们，还有谁知道这里，在这个高度上曾经生息过人类。他们为什么悲伤？因为他们把自己想象成战场上的败将，携家带口逃之夭夭，岁月将抹去他们的粪便和记忆。一些东西胜利了，一些东西失败了，这是自然规律。相信那些迁徙而去的移民，他们的后代又会把他们到达的地方当作故乡，再也不愿回来。

我的家乡还有一句俗语："儿不嫌母丑，狗不嫌家贫。"这俗语常成为我心灵的盾牌。反正一些狗通人性，一些人有狗性，我们还是顺其自然吧。

辫子

我在一条乌黑的发辫照耀下长大。那时候山区到处都飘荡着李玉和、李铁梅的歌声,一部叫《红灯记》的电影走村串寨,喧闹了漆黑的夜晚。电影里的唱词有时也挂在我的嘴边,成为我的安慰,比如:穷人的孩子早当家。作为一个穷孩子,那时候我感到自豪。

我对异性的羡慕是从李铁梅的辫子开始的。对于一个乡村少年来说,什么高鼻梁、双眼皮,什么曲线美都无足轻重,因为少年蒙昧,还未到妄想时期,其他不敢奢望,但对常在眼前晃动的发辫深有感触。山区的生活苦,女孩和妇人的发辫大都稀黄,所以李铁梅的发辫一枝独秀,成为许多孩童的幻想。

电影之后,一些县城的演员也开始进入山区,他们打快板、跳集体舞,也演《白毛女》《红灯记》。那个演白毛女又演李铁梅的女演员,白天一头短发,晚上在马灯的照耀下,一会儿白发披肩一会儿又黑辫甩动。几个夜晚的观察之后，我才知道她的白发由白麻做成，她的黑辫由马尾编织。山区养育了不少的驮马，乌黑的马尾随处可见，我心中圣洁的幻想像一只瓷碗当啷落地，不知道电影里李铁梅的发辫是不是也是假的？

带着一丝失落，我进入了一个叫田坎上附属初中的地方读书。一个远村的女孩坐在我的桌前，拖着一根货真价实的乌黑的长辫发奋学习。晚自习，常常是各人面前点一盏煤油灯，在女孩不经意的活动中，长辫飞起来，有时让我桌上的油灯烧出一串喳喳的声响。女孩除了学习，还要为家人赶制布鞋。她每做完一双布鞋，常常要放在教室的窗台上晒一天，然后再收进木箱。一个风清月白之夜，女孩晾晒的布鞋忘了收拾。我和我同桌的丰彻夜不眠，悄悄地爬起来，远远地看月光照耀下的那双鞋子，都希望能穿上它，但我们谁也不敢说出口。那是我平生第一次失眠，想那双布鞋一定被露水打湿了。但我们只能遥望，不敢把那双布鞋收进宿舍。当时，我们还不敢做这样的好人好事。

女孩没有考取高中。在山区务农的日子里，女孩觉得那根长辫有碍于劳动，便剪掉了。她曾对人说，剪掉了辫子好背背篓。因为中考的这把剪刀，我们班45位同学，有40位像女孩的发辫被"咔嚓"了，他们像镰刀下遍地倒伏的茅草，断了求学的前程。

山区的生活毕竟一天天好了起来，许多女孩乌黑的发辫像饱满的情感遍地生长。在城市你常常看见公鸡头、狮子头，却看不到那种长长的乌黑的发辫,它似乎是一种特产,生在山区,就像我们的环境,城市已经愈来愈荒芜,唯有山区还看得见茂林修竹。

20年后我才知道那个演李铁梅的人名叫刘长瑜,看上去她显得还不是很老,歌声依然动听。但她绝不是电影上的李铁梅,因为她留着齐耳的短发,没有那根长辫子。她和那些县城的演员一样,欺骗了一个山区的孩童。

生日

　　天色穿透浓雾，重重地落在窗格子上，雀声一串一串直接地泛滥上来。我家的大门在这一刻由着母亲的双手，开启了新的一天。远山一片朦胧，但朦胧里牛的哞哞声最是悠长，村庄罩在神秘里。母亲的脸上夹杂一种复杂，说不出是喜还是忧。因为这一天是她的生日。

　　母亲点燃一盏灯。明灯站在高台上，灯苗扑闪着。这是7月大忙的季节，稻谷饱满地咧开笑口，雨季在一两天光景又要到来，田野上轰隆的抢收声活活地勾出母亲的灵魂。她的心思已不在小辈孝敬的碗里，一张缺牙的嘴只吞下半口鸡蛋，便整个地又慌张起来。

　　村道上敲着匆忙的脚步，人们早早出工为的是早早归来。母亲年过六旬，生日到来之前，村庄已经在期待着这一天的热闹。午后，人们提着大包小包来了，进门时都向母亲祝寿。酒杯在黑漆漆的四方木桌上抬起来，又落下去……如此这般，在年轻人眼里恍如隔世。管你山石依旧，江河依旧，现在泛滥的是一盘蛋糕上燃一根蜡烛，年轻的父母怀里嬉笑着孩童。孩童嘴里憋足一口气，朝着蜡烛猛猛地吹。蜡烛熄了火苗，也流着一串珠泪。人生的漫长开始在一盘蛋糕上。一岁便开始生日，固然是一种时髦和幸运，是不是也是一种疏忽？少年或是在做挣脱父母的幻想，捡几张票子，在生日里与朋友们尽情地舞，尽情地唱……

恕我冒昧，在乡村过生日的人头上都要长出茎茎白发。母亲和我心情的沉重，便是窥破了藏匿在欢乐之后、向死神又近逼一步的阴影。今年的我们能畅饮这杯热酒，明年可不一定如此。

高台上油灯依然幽幽地跳动，母亲的目光越过桌上的酒杯，定定地落在上面。这个时刻，母亲看到了外婆分娩她时的苦痛。母亲在生日里，反复唠叨着一句话："我们的生日，是为母的苦难日。"今天还有人把这句话往心里去吗？带着古朴的熏烤，我的人生自然没能从蛋糕上开始，也不能在生日里弹唱出一首什么曲子，拥有的仅仅是汪洋中的一条船。少年别家，对孤独有一层深的体验。节日里，异乡的爆竹在冷空中炸响，街市上流荡着笑语，处处是父母、儿女、恋人的亲情。而你却由着昏灯陪伴，从窗口痴望外面割碎的夜空，内心便恨弄炮的少年，甚至诅咒中国的民间节日，怎么过也过不完。

热闹与我无缘，因而也很少记起自己的生日。虽然有忘却母亲苦难的罪过，却也没有轻狂和满足，人生是沉得住气的好，是冷冷清清的轻松。

夜幕一块一块地缝缀过来，群鸟归巢洒一串哨声越过屋顶，热闹进入尾声，母亲的脸上布满劳累一天的倦容。三两个人立起身，招呼几句便迈出大门。人潮来又潮走，恰如我们的时光，匆匆地流。母亲是又老了一岁，而年轻的却又长了一岁。逝去的一年年里，我无所作为，只好在生日里反思：有什么可以轻松呢？生日里一要想着父母的苦难，二要留意我们又向衰老逼近一步，三要反思过去的一年。在还没有跨越生命的大限之痛，还没有从痛苦中得到解脱之前，没有一个凡人敢说自己是幸福的。

西山尖上的落日彻底地隐退，夜色浊重，油灯开始亮堂，狗吠在深夜里。村庄大闹之后异常清冷，一屋的杯盘狼藉，一屋的冷清留给了母亲。母亲真切地感到自己衰老了，一如黄昏的夕阳，而夕阳正如黄昏的母亲。母亲喃喃地说："这生日，还是不过的好……"

父母桥

我踩在白竹园小河的木桥上，就像踩在父母的肩膀上。这种感觉源于我对父母的热爱和了解。我坚信任何一个从乡间走向城市的人，不管他脚下的马路有多宽，他的根须和他的思想必定系着故乡。

每天，我和我的伙伴们都要从白竹园小河的木桥上走过，然后又返回来。桥的那边是我们的学校，桥的这头是我们的村庄。

那是一座简单而又实用的小桥，从森林里挑选出来的四根粗壮的木头，像父辈们的身躯，坚实地横卧于沟壑，上面铺满竹片覆盖泥土。荷锄的农民从这里走向田园山坡，牛群和驮马由此返回家园。看着桥面上崭新的蹄痕和雨天里人类的脚印，我常常想，造这座桥的人是世界上最幸福最自豪的人。

我知道白竹园小河上的木桥是桥见的父母所造。一场大雨之后或是粮食进仓后的秋天，桥见的父母总是提着锄头、刮子、泥箕赶到河边,修补桥面的残缺和凹坑。他们认为这座桥能为人们及后代带来方便。这种朴素善良的情感仿如风中的飞絮,在山区里四处飘扬。善良的人们,总是选择一条小河或一道山沟,修一座小桥,供千人踩万人踏。

在我的家乡桂西北山区沟壑纵横溪流遍布,小桥随处可见。年长的人常常对狂妄的少年们说:"我过的桥,比你走的路多。"他们终年奔走于山区,额头留下时间的烙印,一座又一座的小桥被他们用脚丈量,最后年龄大了资格老了,他们终于可以说出那样的豪言壮语。

恐怕每一个人的记忆深处,都珍藏着少年时走过的第一座桥。作为我人生的过桥之最,我时刻惦记着白竹园小河上的木桥,惦记着第一次从它上面走过时的那种感觉。尽管那座桥并非我父母所造,我却把它想象成父母的肩膀。我和山区的所有孩童一样,正是站在善良、朴实、无私的肩膀上开始起跳的。许多人由此跳过龙门,而那些布满老茧的肩膀却成为我们的扶助者,成为我们成长的基石或者化石。我常常通过它们深入土地,汲取精神的营养。

许许多多的日子过去了,当我的父亲真的化为尘土,母亲从水田里拔出双脚洗尽泥浆来到我居住的城市时,我才知道我的父母也曾造过一座木桥。那座桥架设在我家与舅舅家的路途上,我一次一次从桥上走过,去到我的舅舅家。那是一座多么艰险的桥呀,它高高地架在深沟之上,两根长长的青冈木被刀斧修得平平整整,拼成一条悬空的路。从上面战战兢兢地走过,我似乎从未敢往脚下的深沟看上一眼。

但是,母亲现在才把这个消息告诉我。母亲迟到的消息,使我对父亲浮想联翩。我想那座桥就像父亲留下来的文字,从桥上过往的行人,是父亲最忠实的读者。那座桥又像是父亲的身躯,他倒下了,许多人却从上面走过去。那座桥成为我永远的记忆。

哪里有河流和山沟,哪里就有桥。我们的父母修建它们,然后让我们从不能通过的地方通过。我是他们的儿子,所以我的路四通八达。

隐约之爱

　　春节刚过，家乡下了一场雪。但是薄雪并没有阻挡住那些回娘家的女人挈夫将雏的脚步。他们穿着臃肿的棉衣，携带丰厚的年货以及笑容，从这个村庄走向那个村庄，像候鸟成群结队地飞回女人的娘家栖息的旧巢。一年300多个劳作的日子，你很难看到他们恩爱的镜头，但"回娘家"的这一天却是个例外。

　　我在呼呼的北风中等着我表哥到来。我站在晶莹剔透的薄雪上，遥想远方的那个姑娘。她会成为我将来的妻子吗？表哥说过，只要我愿意，她就会点头。

　　村庄里的年轻人都走出了山坳，鞭炮声从邻近的村庄传来。隔房的美哥在这一天打点了一担年货，走出家门。美哥并不美，是个哑巴，年近30岁。我不知道二伯为什么给他取了这么一个动听的名字，猜想他小时候一定长得很可爱。美哥朝着谁也不知道的目的地走，走了好远，二伯才追上他，把那担丰厚的年货抢回来。那时,我情窦初开,正在一所大专院校里求学,被美哥的行为深深地感动。何况那时我正焦急地等待表哥带我去相亲,何况那天还下了一场少见的雪。

经过一整天的跋涉,我和表哥克服了寒冷,走了30多公里崎岖的山路,终于到达目的地陇盘。传说这是个盛产美女的地方,表哥列举的许多名字都令我心动。我很自卑地缩在亲戚家的某个屋角,遥看暮色中从路径上小心过往的姑娘们,浮想联翩。表哥从那一堆姑娘中挑出一个指给我看。我知道她的名字叫四月,容貌和名字一样美丽。她使我想起四月里遍地开放的鲜花,以及野地里成熟的浆果。

第二天,姑娘来到亲戚家。她一定知道有一个专门为她而来的男人坐在屋角等候,所以很腼腆地从屋檐下走过,和我匆匆对望一眼,然后便消失了。此后,我再也没见过这个名叫四月的姑娘,没再见到她是因为我没有胆量跟她说话。

表哥同样不是一个勇敢的男人,他后来跟本村的一位女青年订婚,一起劳动,一起赶街,甚至于同桌吃过饭,但表哥始终没敢跟他心中所爱说过一句话。一个收工的黄昏,表哥与那位姑娘在一根瘦小的田埂上相遇,禾草压在姑娘的肩头。表哥异常兴奋也异常慌张,飞快地跳下田埂,满脸羞红地看着姑娘从面前走过。霞光落在姑娘肩头的禾草上,山谷里寂静无声。表哥说,当时的心情就像眼睁睁看着自己的心爱之物掉进水里,毫无办法。

表哥经过两年的苦力之后，参加招干考试并被录用。那位文静内向的姑娘因为表哥的不勇敢，产生了许许多多的误会，最终沉水自尽。那位姑娘和四月一样美丽动人，她的死让我知道了什么叫作红颜薄命。尽管她什么也不说，但她爱表哥是何等真诚和坚决。她就像什么也不说的四月一样，几年之后才捎给我一句话，说当时她是喜欢我的。

　　在农村，在年少之时，我们每个人或许都有过这种隐约之爱。这种爱因为迷蒙因为距离，常给人美丽的幻想。我在回首美丽的同时，也在哀悼一些动人的爱情故事悄然地消失于我们的视线。

朝着谷里飞奔

去年9月28日，一个来自县城的电话，吵醒了我的午觉。我那远在500公里之外的三伯田世良吞下最后一口井水，终于咽气。满姐夫后来告诉我，那时谷里屯的太阳正好西偏。这是我最熟悉不过的季节，草尖上蚂蚱飞舞，坡地和山沟全是鸟叫，山南山北的稻谷一片金色，从吹过来的风里你已经初步闻到大米饭的味道。

放下电话，我闭了一会儿眼睛，目的是想看一看邻居们在悲伤(不排斥虚假的成分)中跑动，鸡飞蛋打，几串回潮的鞭炮被香烟点燃。狗们都不说话。我也不说话，坐在城市的书桌前，把一声长长的叹气(也仅仅是一声叹气)从胸口吐出，它掀翻了我正准备拿去换稿费的一页稿纸。

十几年来，这样的消息不计其数。对于死人，我几近麻木，甚至把所有因死亡的裙带关系而展示出来的痛苦，统称为"痛苦比赛"。这种心态,使我轻易不敢触摸过去。但有时捏捏自己膘肥的肉,总是感觉到它就像一根刺躲在里面,不时会扎破我的手指。于是我现在就把它从肉里挤出来,使自己在短暂的痛中获得长久的舒心。

认真地想一想,我的回乡总是和奔丧紧密地联系在一起,除了春节和因公出差的路过。第一次奔丧是在1991年的9月,我在中越边境开笔会。那时的通信还没有今天这么发达,裤兜里也揣不起手机。我的朋友秦义勇和黎平多方打听几经周折,才把电话打到我住的招待所。接到电话已是深夜11点,离父亲的过世已经8个多小时。尽管那是个酷暑炎热的季节,但是我接电话的手如同远在桂西北的父亲的尸体一样冰凉。我在深夜里上路,由南向北700公里,纵穿广西全境。等我扑到我家老屋前时,已经是第二天的深夜11点了。乡亲们停着父亲的灵柩一直等我到第二天下午5点,太阳就要落下去,山坳上仍然没有出现我的身影。他们想我是赶不回来了,天气又那么闷热,不如把父亲葬了吧。于是他们自作主张,在夕阳的余温中,把我的父亲抬上后山。那一刻装着我父亲的棺材在夕阳下全身通红,它把所有抬它的人都烤出了汗水。乡亲们用那种贫瘠的黄泥巴严严实实地盖住父亲。他们在往棺材上填泥巴的时候,除了骂我是一个不肖子孙之外,根本没有想到,我正在朝着谷里飞奔,在和我一点儿也没有关系的盘山公路上飞奔,心里只恨自己不能飞。

但是我知道一切都太晚了,父亲最后留给我的只是一堆泥土。大姐夫摊开他那双微微有些变形、上面遍布伤口的双手,我看见几块钱从他的手掌里跳出来。那是我送给父亲的钱,他一分也没舍得花就死掉了。这时,一种对话的渴望涌上心头,我想让父亲知道他的儿子回来了。但是他听不到我的声音,而实际上我也没有发出声音。也许只有轮番的刺耳的鞭炮,还能让躺在泥土里的尚未变质的父亲感知我的回来。好在我事先已有预料,当我听到父亲逝世的消息时,第一个反应就是买鞭炮。现在它终于派上了用场,我用它代替我,向父亲发出声音。也就是从那一天开始,每一次回乡,不管是不是该燃鞭炮的日子,我都要在父亲的坟头放一挂鞭炮,十年从不中断,以至于一听到鞭炮声,乡亲们就知道是我回来了。

那时候大姐夫是跟我一起放鞭炮的人,但是到了第二年春天,这个跟我放鞭炮的人突然从我的视线里消失了。他在劳累一天之后,喝酒过度吐血身亡。这个消息到来的时候有些神秘,我没有让跟我同住的母亲知道,拿着行李就直奔车站。由于消息传达得及时,以及路途的缩短,我参与了埋葬大姐夫的全部工作。出殡的时候,我始终护卫在他的棺材边,我想去年是他带着大家埋葬父亲,今天却是我带着大家把他埋葬。我用有限的力气抬着他的棺材往他的墓地走去,好像只有把肩膀弄疼了心里才微微有些好受,以此安慰我的大姐和母亲。

在我不辞而别的时候,母亲已经有了不祥的预感,她逼问我的妻子,是不是家里出事了;向大院里的人打听是不是我们有什么事瞒着她。当所有的人都告诉她没事的时候,她背着我的小孩,独自坐在院子里的一棵树下抹泪。好多人都看见她坐在那里抹了一次又一次,怎么抹也没能把泪水抹干。一直等到我安葬好大姐夫从家乡回来,她的眼泪才从眼角消失。她说,家里没事吧?老安他们好吗?为什么不叫老安打 100 斤白米运来?老安是我大姐夫的小名,母亲不知道她的每一声叫喊,都令我心惊肉跳。一个在几天前还能为我们打米的人,只一眨眼工夫就从这个世界消失了,而牵挂着他的母亲一点儿也不知道。不知道的人,只当他还活着,并且要吩咐他打 100 斤白米来给我们吃。我背过母亲,说一些与老安不着边际的话题,有时在她面前强作欢颜,每一天都向她编造来自家乡的好消息。如此一个多月,有一天我看见母亲站在阳台上梳头,她的头上没有一根黑发,稀稀拉拉的全是银白。我再也不忍骗她。她被这个迟到的消息当场击倒,从阳台走进卧室,双脚一抽一弹,像一只还没有完全死掉的鸡,抽搐了好久,她的嘴里才吐出哭声。她哭泣着说,为什么现在才告诉我?为什么?这时她似乎已经忘记了疼痛的根源,转而责备我不及时把这个消息告诉她,以此减轻心头的负担,本末倒置。我让大姐夫在她的心里多活了一个多月,不仅不能安慰她,反而给她带来了双倍的悲痛。

悲痛之余,我的70岁老母竟然要回乡去跟我的大姐同呼吸共命运。我没有应允她,只是不断地回乡,给大姐送去我力所能及的帮助,以此宽慰母亲。那几年,几乎每一个月我都回去,一直到大姐的小孩长大能够从事劳动,我才稍微减少回家的次数。那几年,我在母亲和大姐之间往来穿梭,使高龄的母亲能够安心地居住在城市,使我的大姐挺住了精神的沉重打击。

随着伤痛的慢慢消失,我的回乡开始变得像是度假。更多的时间,我能够把心情从悲痛中解脱出来,放眼家乡的山水,发现它竟然是那么美丽。站在山上,我能够看见落下去的太阳,它像鸡蛋黄那么软那么黄,像一勺子刚出炉的钢水,它一落下去,整个村庄立即暗淡,炊烟和狗吠变得无比亲切。早晨,白得像棉花的雾从山下漫上来,小时我曾经赤脚穿行在雾里到邻村的学校上课,雾就像雨落在我的头发上。冬天成片的橡树黄得冒油,就像凡·高的油画那么耀眼,那么令我激情澎湃。我记得就在回乡举行婚礼的日子里,我还在那片橡树林里打柴火。我也曾经在那片橡树林里思念过邻村的女孩。类似的回忆慢慢地浸上心头,就像一次大餐使我的每一个细胞幸福。

但是这种愉悦的心情,很快被一种担忧所替代,我的注意力开始转移到岳父身上。在我们刚刚走上好生活的时候,他却肝癌晚期。但是他并没有被这个病吓倒,对生命照常充满热爱和向往。他一生多病,每一次都靠毅力战胜了病魔,所以他坚信这一

219

次他也能够战胜。在医院治疗数月后，病情并未好转，于是他离开家乡，到几百公里之外的一个中医家寻求治疗。他每天吃草药，坚持锻炼身体，即使是身体浮肿了，他也仍迈着沉重的双脚走动。然而他想不到这一次的治疗，竟使他客死异乡。也许他曾经有过预感，在临死的前一天，他说送我回家吧。

遵照他的遗言，我和他的两个儿子护送他的尸体，经过一天马不停蹄的飞奔，400多公里的穿行，于傍晚时分到达家乡。当我们看到故乡的屋顶，和迎候在路口的成群结队的亲人时，我那颗一直绷紧的心才稍微松弛下来。我对岳父说到家了，就像小时候母亲领着我们出远门一路喊着我们的名字回家那样，生怕岳父的魂魄漂流路途。

这就是我跟故乡最紧密的联系。随着三伯的过世，田氏家族中父辈的最后一双眼睛从我的身上消失，也就是摸过我脑袋看着我长大的那一代田家人，已经全部入土，这是不是意味着我和故乡就切断联系呢？我想回家的次数肯定会有所减少，但是每年我都会去。置身家乡的人群中，有好多娃娃我已叫不出他们的名字，我童年时最熟悉的面孔正在一日一日地减少。所以更多的时候，是独坐在山坳上，跟那些死去的亡灵对话，更多的时候是在缅怀。

回头望望

现在居住在城市里的我,常常吃饱喝足之后忘乎所以,不知自己身在何处,也不知道自己身为何物,从哪里来又要往哪里去。繁忙的城市人,你们是很难得想这样的问题了,而像我这样曾经把当干部作为最高追求的人,更是不愿意再想这样的问题,整天一副小人得志的面孔,好像日子也过得不错。

但是走在大街上,看见高楼和宽广的马路,看见银行和汽车,欲望还是一点点地膨胀,仿佛自己应该拥有这些东西,于是就想不劳而获,想一夜之间成为百万富翁,想闹一回革命,把能够捞到的都捞到手。这种不健康的心情,像病毒一样渐渐地侵蚀我们本来就不怎么健康的身体,破坏我们本来就疲惫不堪的心脏。但是尽管我们已经十分疲惫,我们还不得不疲惫着,不为别的,也不是为了传说中美丽的草原,只是想过得更好一点儿。

只有在失眠的时候,或者在偶然的梦里,我才会闭着眼睛静静地想一想过去,想一想我来到这个世界的地方。有时我会突然想起故乡的一只手,和掩隐在树丛中的白手帕,它们醒目地搁在我的脑海里,像刀片割痛我的眼睛。那只手是我离开故乡时亲人们举起来的手,他们送我走过一程又一程山路,然后在恋恋不舍中,明白了送君千里终须一别的道理。我走过了一山又一山,猛一回头还看得见他们的手高高地举着。那种时刻,我的心里就会突然一热,眼泪禁不住滚滚而下。屈指算来,在向我举手送别的亲人中,父亲和大姐夫已经变作了泥土,成为蚂蚁的粮食,前年母亲也过世了,满姐随着满姐夫已进入县城。现在还站在北风呼啸的坳口为我送行的是我大姐,她形单影只地举着她的手臂,像一只离群的孤雁。送行的手臂愈来愈少了,他们或是离开或是倒下,仿佛惨遭破坏的森林,从我的眼帘中渐渐退出。

至于白手帕,那是搭在妇女们头上的白手帕,准确地说是搭在我姐姐头上的白手帕。在我向姐姐们挥手的时刻,白手帕就掩隐在树丛后面,若隐若现,那是姐姐在哭。

也只有在如此夜深人静的时候,我才突然明白我最疼痛的部位在什么地方,我才能去掉伪装回到真实。户口呀,住房呀,服装呀,那只不过是我的掩饰,它绝对不是我的本色,不等于我,就像冷天里我们必须穿很多的衣裳,有时衣裳的体积超过了身体的体积,有时非本质的东西超越了本质,以至于我们瘦弱的身体显得十分臃肿,以至于我们要在非本质上面耗费更多的时间。

回到过去,就像植物回归种子,毛线回归羊群。

把饥饿的记忆给我

　　父亲临死前把我家的屋子看了一遍,屋子里徒有四壁,一点值钱的东西也没有。也许是出于没能为我留下什么的惭愧心理,他又把自己的身体摸了一遍。他能从身体上摸出什么呢?除了摸到几个致命的毒瘤和满身伤痕,他还能摸出什么呢?在他心知自己快要告别人世的时候,他紧紧地抓住我的手,很抱歉地对我说:"我没有任何值钱的东西留给你,只有一段关于饥饿的记忆,你请医师把它移植到你的头脑里,或许对你的将来会有一点参照。"

　　如果我有选择的余地,我当然愿意选择一个饱读诗书的父亲的记忆来进行移植,那样我不用费什么劲就可以背诵李白和杜甫,以及福克纳和马尔克斯,一副很有学问的派头。但是我的父亲是一个文盲,眼睛里没有一个字。最值得往我的大脑里移植的,也就是那段有关饥饿的记忆了。

父亲的记忆移植到我的脑海以后,我突然回到40年前。一股干旱的气浪扑面而来,到处都是飞扬的尘土。村子里没有收成,大家吃草根树皮。树木的皮被剥光以后,看上去白茫茫的一片。太阳下山的时候,晚霞照在白色的树干上,好看极了。即使是深夜,我的父亲也看得见那些白晃晃的树干。白晃晃的树干常常为走夜路的父亲指明方向。

　　那时我的父亲很饿,饿得肚皮贴到了脊梁骨上。他看见林子里长着一种鲜艳的蘑菇,就把它采回来。做晚饭的时候,炊烟从各家的屋顶升起,到处飘荡着苦涩的草根和树皮的气味。只有我家的屋顶上,散发出蘑菇的芳香。全村人都走出自己的屋子,闻香而来,聚集在我家的门口。他们拼命地抽动鼻子,生怕漏掉每一丝从他们鼻尖前飘过的香味。

　　但是我的父亲知道,这是一种有毒的蘑菇,尽管它芳香扑鼻,却充满毒气。父亲把蘑菇煮熟之后,像看着一碗肥肉那样看着它,馋涎欲滴却不敢动嘴,只是闻一闻它的气味。这一闻,他的欲望被挑逗起来了,舌头越伸越长,一直伸到锅子里。他想吃,但是又不想死。于是他舀了一瓢粪水放到铁锅边,然后再吃那些鲜美的蘑菇。那些蘑菇从他的舌头上走过,滑进肠子。它们走到哪里,哪里就一阵快活。那一刻,父亲的嘴巴舌头肠子肚子全都快活死了。可惜这种快活的时间不长,只有一杆烟工夫,他的肚子就隐隐地痛起来,眼睛昏花,周围变了颜色,水缸变成了两个,一个锅头变成两个锅头。他知道这个时候就得把那一瓢粪水喝下去了。

他艰难地喝下那瓢粪水，肚子里像插了一把刀，生不如死，所有的东西全都吐了出来。有时肚子里的东西吐光了，还想吐，连黄疸都差不多吐出来了。呕吐的时间远远长于快活的时间。在这一次呕吐的时候，他发誓下一次再也不吃这种蘑菇了。但是隔了两三天，他又忍不住要吃它们。他已经吃上瘾了。吃了几次，他竟然能慢慢地延长快活的时间，一次比一次长，不到非倒下去不可的地步，绝不把粪水喝下。

父亲不惜用长长的疼痛换取短暂的快活，那是因为饥饿过度不得不做出的选择。生活在今天的我，如果不是因为他的这段记忆的移植，怎么也不敢相信这是一种真实。尽管我的父亲没有上好的东西留给我，但是这一段记忆不能不说是一笔财富。它使我听到每一粒粮食掉落在地上时的巨响，使我对每一根青草产生热爱，对每一种会使我们回到贫穷的行为产生最强烈的憎恨，比如腐败、掠夺、亏损，以及对大自然的破坏。这样的记忆移植，就像一面镜子，使我没有理由不倍加珍惜今天的生活。那么，我们又有什么理由拒绝记忆的移植呢？因为它让我们记住经验、教训、仇恨和感动。

怀念两株桂花树

多年前,我大专毕业后分回我的家乡天峨县中学执教。学校里有许多年轻气盛的老师,我很乐意与他们为伍。二十多位单身汉居住在一排平房里,工作之余互相逗乐,有时还闹出走错门的笑话。但我的门前,有两株枝繁叶茂的桂花树立着,所以我总不至于走到别人的床前。

从那时开始,我就立志要成为一名作家。我为我的这个计划浮躁、繁忙、无所适从。学校托运回去的七八个纸箱,凌乱地堆放在宿舍里。纸箱内尽是书,因为没有书架,我就无法把那些书当作财富,拿出来炫耀于同事。

闲下来的时候,总是要读书的。我从纸箱里翻了《郁达夫日记集》,开始认真地读起来。喜欢郁达夫先生,是因为他的文章有当时少见的坦诚,和青年对于异性爱恋的直率流露。我喜欢看着他把自己的衣服一件一件地剥光,然后裸露他的灵魂。有时,他会毫不顾忌地暴露他的隐私。这样一个作家,显得真实可信,人情味十足。

读郁达夫先生的小说,总觉得他不刻意讲究什么技巧,或者来一个惊人的结构。他的小说完完全全是一种心灵的自然的流露,写得很像散文。而他的散文,则写得潇洒自如珑玲剔透。像《故都的秋》,已成为读者公认的散文名篇。

为了应付工作,我阅读的速度相当缓慢。大约到了秋天,我才把《郁达夫日记集》读完。仲秋时节,我门前的桂花树不开一朵花,但是到了秋末,桂花树上却挂满了浓香,在校园里的任何一个角落,似乎都嗅得到它的气味。这使我想起郁达夫的一篇小说《迟桂花》。门前的远处是几堆大山,山上的树木已由绿转黄,天空澄澈如洗。微凉的天气,沁人心脾的桂花,加之郁达夫多愁善感的文章,构成了那一个秋天里我特别的心态。此种心态至今我仍保持着,不时地回味一下,像是享受自然的恩赐。那种特别的心态,是无法用字眼来表达的,如果硬要表达出来的话,那么只有郁达夫先生的一个散文题目《水样的春愁》,最为贴切。

《水样的春愁》是郁达夫先生"自传之四",而我推崇的《悲剧的出生》是郁达夫先生的"自传之一",我想万事万物还得有一个开始。

我不止一次在我上的作文课上,向学生们朗诵《悲剧的出生》的第五段,那种细致的景物描写,唤醒了我的乡村记忆。我曾经有一个饱受欺凌的童年，所以特别能理解出生的悲剧。翠花、母亲以及祖母的善良、勤劳、无奈，在我生活过的乡间随处可见。那些我所敬仰的人物，像农村的特产，至今仍叫我感动。

从这篇貌似平实的散文里，我还看到了郁达夫先生手法的灵活。"离南门码头不远的一块水边大石条上，这时候也坐着一个五六岁的小孩……"郁达夫先生把自己从文章中游离出来，以一双旁观的眼睛写他自己。"上乡间去收租谷的是她，将谷托人去砻成米的是她，雇了船，连柴带米，一道运回城里来的也是她。"这便是少年郁达夫眼里的母亲。

怀念是一种享受，也是一种祭礼。曾经站在我门前的两棵桂花树，因为学校建设被无情的刀斧砍伐了，那股神奇的浓香已从天地间消失。但郁达夫文章所留给我的香味，却永远回荡在心头。

锦书谁寄

人是怀旧的动物,什么消失了就怀念什么,什么消失得越快便怀念得越迅速。比如我就怀念过麦芽糖、弹弓、军衣、气枪、鞭炮、压岁钱、爱情以及白日梦……不要伤感,因为这种怀念是明摆着的,只要生活在时间的链条里,谁都逃不过去。但有些怀念却在悄悄地孕育,即使对象还没有完全消失,却已经让我怀念了。

书信,正是这么一种值得怀念的对象。我平生收到的第一封信,是在我读小学四年级的时候。每个星期,邮递员都会把一沓报纸送到我就读的洞里村小学,帅气的老师在接过报纸后,常常要举起来狠狠地抖几下,一些信件和包裹单便从缝隙里掉下来。那大都是寄给他的,来自外乡、外县。如果他吹口哨了,我们就知道信是他女朋友寄来的;如果他板起面孔训人,那就很可能是他的家里要他寄钱。总之,反正,从报纸里掉下的信经常会影响老师的表情,却与我百分之百无关。

一天，老师把一封信递给我。那是来自部队的信，上面赫然写着我的乳名。我哆嗦了半天，才把信封撕开，原来信是我从未见面的表哥寄来的。他当兵了，挎驳壳枪了，所以要把这个喜讯告诉我父母，而我的父母大字不识一个，他只好让信在我这里拐一个弯。这封信被我读了一遍又一遍，然后揣在心窝子的旁边，不时地按一按，生怕它丢掉。它除了能给我走夜路壮胆之外，还使我对山外边有了大胆的设想，当时我是多么希望能像表哥那样，成为一名光荣的士兵。

后来，我外出求学，书信成了我跟家里讨钱的唯一工具。我的信一去就是一两个月，犹如石沉大海，基本上得不到回音。于是我的思绪就跟着那封信一遍遍地走，想象它怎么到达县里、乡里、村里，再怎么到达我姐夫的手上，我姐夫又如何如何地读给我父母听……我知道不等信读完，父母的眉头早就紧锁了，他们不知道向哪里去找钱，猪还没有出栏，木耳还没长起来，鸡又发瘟了，粮食本来就不多……在我这头，信是希望，是期待，甚至是温暖；然而在我父母那一头，信也许就是钢刀，就是恐吓，就是一张张罚款单。好在我的父母都能咬紧牙齿，一次次完成我的罚款任务，才让我有了今天。所以，不是全部的信都是美好的，却值得我去回忆，值得我去感激。

写信最多的日子，是在初恋的岁月，我跟恋人分居两地，几乎每天一封。当看到好的小说我会在信里谈感想；当工作上稍有成绩，我会在信里大吹特吹……而她的工作和生活也是通过信件向我呈现。这样的通信常常使我没有时间概念，几天前发生的事情往往要在我收到信件的时候才知道，也就是说她经历的我也会经历一遍，已经消失的事件因为书信便存活下来。这是文字的力量，书信的力量，它让我和恋人分享喜悦，共渡难关。在当时，我几乎把文字当作最有力的工具，就像一个名人说的：书生报国无他物，唯有手中笔如刀。所以我选择写作，以为拥有了文字就是天底下最厉害的人。

但是错了，当我像暴发户那样拥有一部砖头似的手机时，才知道一个声音的时代已经来临。你只要在手机上按下一串数字，就可以听到千里之外的呼吸，方便了，近了，世界变成村庄了。我们在"喂、啊"声中，把一切摆平、搞定，书信的仪式、期盼的心情、遥远的想象、纸上的墨香统统地被声音覆盖，说话更直接，心灵更草率，仿佛吃快餐，只为填饱肚子，再也不会有人像李白那样，"我寄愁心与明月，随风直到夜郎西"，连回味的时间都不曾空出。这几乎是集体性的叛变，哪怕我这样专门从事文字工作的人，也因为图方便，不再愿意拿起笔来写信。于是，我对书信除了抱歉就是怀念。

几年前，我因为向作家叶兆言（叶圣陶之孙）约照片，收到过他的两封来信。那信是用一种特制的书画纸写成，竖式，每页八行。明明他年长于我，却在抬头处称我为兄；明明我是小辈，他却在落款处称自己为弟。这是多么谦逊的表达！暂且不说称谓，单凭那纸、那字你就感受到了一种尊重，书香之气扑面而来。也许这就是信的最后贵族，留住它便是对书信的最高尊敬。

既然开车了,千万别生气

从捏方向盘那天起,我就举手对自己庄严宣誓:不管遇到什么情况,都不要冒泡! 可没想到,刚把车从江南开到古城路,一辆"帕萨特"(看那横劲,就知道是处级以上的坐骑)就故意挤过来,硬生生把我的左反光镜剐翻(所幸还可以复位)。当即,我就咧开嘴角,把嘴角挂到耳边,奖给自己一个笑容,赏给自己一句台词:"不生气。"

平时出行,那的士司机明明在你右边,忽地,连灯都不打插到你面前,然后又飘移到别的缝里,反正是见空就钻,有的是力气,怕的不是剐,忙得像织布的梭子。那高大威猛的公交车,轰的一声贴上来,呼的一声斜过去,仿佛拳王泰森在蚂蚁堆里横走,死了的活该,活着的幸运。或者,你正走着,前面的车窗徐徐打开,露出一颗杰出的人头,叭地就是一口痰,活生生对着马路打靶。那些摩托车就"啥也不说了",像仙女散花,剐你右灯没商量,还塞着耳朵占主道，任你喇叭打得比伊拉克的炮声还响，它也不让开。

　　还没开车之前，我对的士的横行霸道，对公交车的随便碾肉，对摩托车的肆意占道，对开车和坐车的不讲文明，早就憋了一肚子气。但是，开车之后，哼（冷笑），我就不想再生气了。原因当然很简单，我怕自己一激动，忘了打方向、踏刹车，甚至会付出喷漆的代价。

　　这么一来，我发觉买车开车对我的写作没一点儿贡献，愤世嫉俗没有了，主张正义也跑了，活脱脱一个"老好人"的帮凶，见怪不怪，为了自己的安全竟然无原则地宽容恶人。难怪作家龙应台要呼吁："中国人，你为什么不生气？"过去我写文章，也许还能影响几个识字的，现在你就是把半截身子从车窗里伸出来，对着斜插的讲课，那声音也只不过相当于汽车尾气，弄不好脸上还吃拳头。我真是无法改变这样的事实，那些有素养的人也想不出办法来，只能劝自己别恼怒、别发火，文明又不是贝克特笔下的"戈多"，它总有一天、迟早会来。

　　但是我不服气，暗地里思忖：为什么会是这样？最主要的原因恐怕就是：开车的要么是"暴发户"，要么想成为"暴发户"。他们脑子里这样开会：速度是金钱，横着走是本事，抢到客人是真理，挤你是炫耀武力。反正，总之，汽车不是工具，而是印钞机，是家底，是显摆，是阶级，是后台，是排气量，是身份，是牛叉，是硬撑，是打肿脸充胖子！远没到玩修养讲文化的地步，不像富裕国

235

家,人一落地家里就有车,耳朵不聋就晓得跑自己的车道,只要脑子不进水就一定用路线和速度来做绅士。

　　噢,现在我终于进一步明白,以上问题出在贫穷和竞争上,所以,我根本没法生气!

与钢铁达成默契

当我静静地坐在深夜里读书或写作的时候,我会听到厨房、卫生间里的水管在没有任何人碰撞的情况下,发出一阵阵声响。这种声音,使形而上的我马上变得形而下起来。我想那些弯弯曲曲的遍布城市的水管,就像我们人类的大肠和小肠,它号叫是因为它饥饿,或者是因为忧伤而叹息。

现在,我们就生活在一个钢铁包围的世界里,很多时候,我们必须跟钢铁达成默契。米兰·昆德拉在他的《不朽》里写到一位女主人公阿格尼丝与电梯的关系。阿格尼丝走进电梯,电梯非但不听指挥,反而像害了舞蹈病一样抖动起来。因为她未与电梯达成某种谅解,所以她被电梯囚禁过半个多小时。有一次她只好走出电梯从楼梯下楼,谁知楼梯间的门刚刚关上,那电梯又正常如初,跟随她下去。

在植被惨遭破坏、动物渐渐稀有的今天,我们不得不直面一种新的人文环境。森林里的狼少了,但我们的身边却多了披着人皮的狼。贾平凹先生说豺狼虎豹的魂灵,依附在那些疾驰而过的由钢铁铸成的摩托车和轿车身躯上,如今同样威胁着我们的人类。

于是,我们必须在一种环境远离我们之后,赶快面对另一种环境,在一种诗意消失之后,寻找另一种诗意。我们能否像与动物建立感情那样,与那些钢铁机器建立感情?曾经,我们被某只通人性的狗,或某匹与人达成默契的战马感动得落泪。当项羽不肯过江东而自刎,他的坐骑也随主人投江自尽的画面反复出现在《西楚霸王》的片尾之时,我被人与动物达成的默契深深震动。那么,我们能不能与钢铁达成默契呢?

事实上,这种默契正在产生。比如报警器、遥控器以及一切自动装置,都让我们感觉到人性的温度。电脑在被我们过度使用时,会感到疲倦,甚至拒绝工作。它像人一样,讨厌龌龊的空气和恶劣的气候。某些车辆,在熟人的手里会特别地好使用,而在另一些人手里却特别不顺手。输入一个密码,人与机器之间便拥有许多的秘密。

当拒绝成为不可能,那么,我们就要考虑与钢铁的关系,甚至达成默契。

我们所有的激情

在期待世界杯开赛的日子里,我们是不是觉得时间过得慢了一点儿? 那些在过去战争年代才会有的久违了的字眼,比如狼烟四起、铁马金戈、驰骋疆场、再下一城、明修栈道暗度陈仓等,都会在电视的转播中回到我们的耳朵。这使天生就喜欢厮杀的人类,仿佛回到古代的战场,让我们的激情得到一次很好的释放。

在中国的球迷中,作家仅仅是一小部分。但是作家喜欢在各种媒体上发言,因而他们是球迷中不可忽视的队伍。除了中央电视台请他们侃足球外,作家们还在自己办的刊物上,大侃足球,仿佛不侃足球就吃不下饭,就没有必要吃饭。每次出差或开会,我和作家们在一起,他们大都在说足球。他们会说出某一个球的失误,说出某一个球应该怎么踢,说出某某球星的鞋长和球鞋的品牌;或者一听到某个球星的名字,就会晕过去。

上世纪 80 年代,你随便在街头抓一个人来问:"你喜欢什么?"回答几乎是一致的:"喜欢文学。"而今,你随便在街头抓一个人来问喜欢什么,没准回答的会是足球。在那个大家都喜欢文学的时代喜欢文学的人,肯定也会在大家都喜欢足球的时代喜欢足球。作家是一个轻易不会崇拜的群体,他们认为自己有思想,有主张,不随波逐流。他们还说流行的不一定是好的,比如流行感冒。但他们对足球几乎是一致的崇拜。他们崇拜足球什么,我不得而知。是它的胜败难料,或是它冲撞的精神,或是那些优美的姿势,或是那些充满火药味的字眼,或是超乎想象的妙传?我想在作家疲惫的写作过程中,在写作一点儿也不刺激(不能刺激别人,也不能刺激自己)之后,他们是不是在寻找另一种刺激?

我们喜欢和平,但我们却爱买上一把玩具枪送给孩子。我们平静如水地生活,但心底里却向往刺激。喜欢刺激是人类的天性。在酷热难耐的夏天,泡一杯浓茶坐在电视机前隔岸观火,坐山观虎斗,确实是一种难得的享受。我们把所有的激情都倾注在绿茵场上,假想那是战场,假想我们就在战场上,我们就是真的勇士,让球星的脚变成我们的脚,让球在进门的一刹那,体会高潮。

过去我们在书本里寻找刺激,现在我们在足球里找。

纸上的河流

　　我的家乡天峨县有一条著名的河流——红水河。这条河如今正在修电站，它将发挥更为现实的作用。但当年它却是我心目中流逝的岁月、忧伤的情感、大地的血脉、自然的回声……也就是说它并不是世俗的，而是高尚地脱离了低级趣味的河流。

　　对于种稻谷和打鱼的来说，这条河是充沛和富足的；对于用电的人来说，这条河是有力的；而对于写作者来说，这条河则人影幢幢狗声不绝。它被虚构、被幻想。这条现实的河流在《河池日报》创刊的时候，被搬到了第三版，做了副刊的刊名。密集的文字仿如奔流的河水，标题下的作者就像江上往来的渔翁，岁月在这上面流逝，情感在这上面忧伤，血脉涌动，自然显形，凡是我们在河上看到的，在这里一样也不少。

　　当时我很羡慕那些作者。他们的名字如雷贯耳，他们的文字挑逗我的梦想。我开始给副刊投稿，韦照斌老师编发了我的一首短诗《山妹》。这是我第一次登上报纸,收到了 8 元稿费汇款单。在领稿费的路上,我不停地咳嗽,期望能引起人们的注意。果然,邮电局管汇款的阿姨夸了我几句,我的身子顿时飘了起来,提前10 年把自己当成了作家。那一年我 19 岁,是河池师专的学生。

后来,我分到天峨县工作。工作之余我写些散文和小小说,不定期地把稿件寄到副刊。李昌宪、覃革波、黎平等编辑都发过我的稿件。有一年暑假,副刊部把我叫来,让我做了一个星期的见习编辑。那时我是多么想调进这样的单位呀。

1990 年 2 月,我已经在河池地区行署办公室工作了两年。经刚上任的陈祯伟总编努力,我终于调到了做梦都想来的河池日报社,成为吕成品、龙殿宝、谭莹莹、崖方文、韦素娥和韦国媛等编辑的同事。这时的副刊由李昌宪和黎平负责,在他们领导下,我认真地画版,校对错别字,挑选好稿。在来稿中,我发现了黄土路、韦佐等更为年轻的作者。我策划了同题小说《回家》和《本地姜》等栏目。有时为了想好一篇来稿的标题,我会花上一个上午而不觉得冤枉。对于副刊我是很投入的,仿佛这里就是文学的中心。就是 1995 年我离开它调到了广西日报社,我也还在向南宁人夸奖《河池日报》副刊。

的确,它值得夸奖。由于《金城》杂志的停刊,《河池日报》副刊成为当时河池仅有的一块文学阵地。那些狂妄自大的未来作家,包括我,要想在河池表现一下,那只能是在《河池日报》上了。

韦启良和李果河、聂震宁、蓝汉东、凡一平、吕成品、韦俊海和黄有新等作家几乎是副刊的常客。我曾经被吕成品的小小说《石头》感动，也曾被凡一平的小说《神鼓》震撼。蓝汉东的散文掷地有声，韦启良的散文准确干净，李果河的文章浪漫潇洒。那时我和凡一平只要一见面，谈论最多的就是《河池日报》上发表的文章。我本人在这块园地上也种植了一些粗浅的文字，侥幸获得过一些全区副刊好稿奖，甚至有过在出差的客车上被读者叫出名字的经历。于是觉得做一名"红水河"副刊编辑比做总统都还要荣耀。

　　这么一回忆，我突然发现岁月流逝得真快，当初美好的感觉在身上重新走了一遍之后却再也寻它不着。我老了吗？仿佛老了。我不纯真了吗？好像不纯真了。我抛弃文学了吗？没有！我还是我，只是在离开《河池日报》的近8年时间里，有太多的东西入侵我的心灵和身体，好的和坏的都有，也许这就叫作沧桑。我没有办法因为一种美好的感觉而阻止时间的流逝，阻止皱纹爬上额头，阻止白发夹杂青丝。算算自己也年近40岁了。从19岁到29岁，我是迷恋《河池日报》副刊的。一个人心系某张报纸10年，如果感动不了别人，那也会把自己感动得泪流满面。我仿佛看见这条纸上的河流正推着那些作者漂向大海。我是他们当中的一员，成天坐在远处埋头写作。每当笔头枯涩的时候，我会冷不丁地想起红水河（纸上的和现实的）。一想起它，笔头的墨水就会更浓，造句的速度也会更快。

宿命

我曾不止一次地拷问自己：是什么支配着我们的命运？是他人还是自己？是时间、自然，抑或是上帝？但是这种不停的追问，毫无办法，只是使人愈来愈走向混沌……

行走在匆忙的人群中，我常常会看到强者的欢颜弱者的哀叹。我会听到强者说：要创造人类的幸福，全靠我们自己。强者这样说着，随即举起他们的双手，似乎只要举起双手，便会拥有一切。而弱者呢？他们面对一系列应接不暇的灾难，总是低三下四地说：认命吧。那么命是什么呢？命指生命，另外还包含命运的意思，即指生死、贫富和一切遭遇。如果单指生命，也许我们会想到一个直接的答案：时间。时间每向前迈进一步，都会苍老许多面容，夺去许多人的生命。有时，我觉得时间是一只无形的巨手，它把地球上的所有生灵推向死亡之渊，这好像是时间存在的全部意义。但是，只要我们面对病榻上的呻吟声，面对那些英年早逝的人,面对战场上牺牲的战士,我们马上就会否认时间对生命的捉弄,命变得复杂起来。试想,是谁在一场秋雨之后,安排你大病一场,并且住院?是谁设计了那么一颗子弹,穿越树叶、天空击中了那个人的头部?是谁唆使某人远行,坐上一辆客车然后车毁人亡?为什么人有高下之分,贫富之别?一些人觉得校门遥不可及,一些人为什么又要退学走出校园?所有的这一切,我们无法解释,然后统称为命运。

命运因而显得摇曳生姿、不可触摸、神秘兮兮。唯心主义者认为命是生来就注定的。唯物主义者认为,人是可以改变命运的,比如反抗、挣扎、冲锋、防患于未然……但是,我们并不能凭此断言,唯物主义者的命运就比唯心主义者的命运好,后天的努力常常又会受到不明飞行物的狙击、扼杀。正是因为命运的无法预料,生命的路程才充满欢乐与痛苦、喜悦与惊恐。倘若初涉人世便看清了未来路途,还有谁有信心和兴趣,去走完那既定的路程?众生都难免一死,死的结果并不诱人,经过才是最具魅力的,重要的是经过,就像人们嘴边常挂着的那一句话:不枉在世上走了一遭。

但是有的人在这个世上走得极苦,他们的命运才是人类最可怕最普遍的命运。人啊,你可以飞黄腾达、投降叛变、委曲求全,但你不可能没有疾病,不可能超越一切飞来的横祸和意外。

曾经是蹦蹦跳跳的人,会突然就瘫痪了;曾经家财万贯的人,也会一日破产。苍天有时无眼,命运也会不公,许多生命因此遭受劫难,就像一场大雨从天而降,就像我们每时每刻必须书写偶然、突然、不幸、想不到……一类的词语。这些词语横亘于人类前行的路途,等候多时。

一位得了肝炎病的作家写道:我的肝虽然坏了,心却是好的。这话能安慰许多病人。如果引申,一切正在灾难中的人们都可以说:我们的命运虽然不济,精神却是强健的。

病者和弱者,必须时刻沐浴精神之光,才能找到热爱生命的种种理由。

第三章　流言蜚语

莫言获奖不算意外

这些年来,有关莫言获诺贝尔文学奖的呼声很高,以至于每年的10月份,我都要想起"狼来了"的故事。今年,当我们还以为是故事的时候,莫言真的获奖了。

他获奖不算意外,而是迟早的事。他也并不是因为获了这个奖才优秀,其实早就矗立在那里了,只是文学圈外的人不去关注而已。由于他的获奖,对文学一向冷漠至极的媒体、朋友和同事们频频向我发问,纷纷邀我入饭局,弄得好像是我获了奖似的,怪不得莫言要关机。鉴于对莫言的尊重,本人极不愿意此时急吼吼地跑出来"放炮",以免给人"广告植入"的印象。但黄祖松先生反复电联,说我是从《广西日报》副刊出来的,应该在副刊上就这一喜事发表看法,或者说说跟莫言的交往。我能拒绝吗?只能半推半就。

《红高粱》是我第一次看到的莫言小说。当时,我刚从河池师专毕业,分配到家乡天峨中学任教。这部小说的想象力、野句子以及对"亲人"的"丑化"才能,一下就把我震蒙了。这和我熟知的中国小说大不同,听觉、视觉和味觉稀里哗啦齐上阵,小说天马行空,严重刺激我的神经。我想:一个滔滔不绝者为何取名"莫言"?

后来,凡是看到他发表的中短篇小说,我都会找来一读。从他的小说里,我能汲取写作的角度、语言的放纵、想象的奇崛、批判的胆量、民间的智慧和感人的温度……毫不夸张地说,他的中短篇小说就像一记重拳,落在我胸口的力量丝毫不亚于他获得诺奖这一消息的冲击。他的长篇小说《丰乳肥臀》发表的时候,我曾经为这个很牛的书名激动过,但由于篇幅太长,终是没有看完。

第一次见到他是在辽宁《当代作家评论》主持的长篇小说对话会上。十个作家与十个评论家对话。那时候他已经在练书法了。我们去参观辽沈战役纪念馆的时候,他在纪念簿上题了两句话。第一句是肯定,我记不得了;第二句是警醒:"尸横遍野俱是农家子弟。"这第二句一下就拉近了我跟他的距离,因为我们都是农家子弟。他对农民的感情,由此可见。之后,在法兰克福的书展上、在"中国文学海外传播"会上我均听过他机智幽默的发言。他在饭桌上不太讲话,但一站在讲台上立刻妙语连珠。

他获奖不仅仅是因为接地气和贴近人民,因为很多作家也接地气也贴近人民,却不能获奖。他的长篇小说角度都很新颖,比如《檀香刑》写人怎么折磨人;比如《生死疲劳》写人死后投胎变成动物,一变再变,变了好几次,却从来没忘记自己的故事;比如《蛙》巧妙地切入计划生育这一敏感题材……他是题材的切割高手,可以用精、准、狠来形容。他同时也是敏感的,不管是面对历史还是现实,所以他的小说才一部接一部,而且都保持在水平线之上。最最重要的是他对写作的坚持。在纯文学作品被读者大面积抛弃的情况下,他没有去写剧本,没有去做房地产生意,没有去腐败,而是始终坚守在小说的阵地上。按他的名气,完全可以不用写那么多,但是他没有偷懒。

因为他的获奖,一下就治好了中国作家们的"诺贝尔文学奖焦虑症",也兼治了中国人的"诺贝尔奖综合征"。五到十年之内,中国作家们可以安心地写作了,不必再为这一奖项喧哗与骚动。他的获奖,也许能让全世界的出版界认真打量中国的文学,也许能像当年马尔克斯获奖引出"拉美文学热"那样引出"中国文学热"。当然,我说的是"也许",因为莫言只有一个,他没法用自己的才华来平均中国作家的水平。

不管媒体和读者怎么贬损中国文学,但中国文学的主力军一直在认真写作。因为这些人的坚持,我们看到了文学的希望。在举国上下都为超女、好声音欢腾的现实面前,因为莫言的获奖而暂时转移了大家的注意力。多么希望大家对文学的注意力能够持久一些,多么希望我们就此迎来对思想和内容的重视。

为野生词语立传

　　不知道从什么时候开始，当代小说频繁出现场景雷同的现象，作品中的主人公大都穿梭于咖啡馆、五星级饭店、迪厅或者豪华公寓。尽管如此，我对小说还没有失望，因为场景只是一个展示的舞台，核心应该是舞台上的表演。慢慢地，小说雷同的不仅仅是场景了，而是主题、故事和人物，好多新作都有似曾相识之感。就是到了这步田地，我对小说仍然充满期待，因为还有一些作家保留了小说的味道，至少某些表达的方式值得尊敬。但是，当小说创作的最小单位——词语，也大面积地在作家之间雷同的时候，我终于为语言的贫乏而感到害怕，相当思念长篇小说《马桥词典》。

　　字典或词典，常常是乡村孩童的第一本课外读物，也是我们的文字"圣经"。阿城在小说《孩子王》里就把字典当成主要道具，老师跟学生的赌注是一本字典，而拥有字典的人就等于拥有知识,拥有进入文明社会的通行证。在没有掌握更多的文字之前,我像文盲的父亲捡起报纸碎片那样崇拜字典,并在汲取知识的过程中努力使自己的文字合法,尽量争取读音准确,最终成为"字典"的合格公民。所以,当韩少功的"词典小说"发表时,我的第一惊讶是他的结构,羡慕甚至嫉妒他找到了小说不朽的外套。这是"一个人的词典",跟我们通行的普通话不同,是一片独立的语言森林。不敢说韩少功有跟普通话抗衡的野心,但可以肯定他有抢救和保护野生词语的善意。如果说福克纳和沈从文用风土人情分别塑造了约克纳帕塔法县和湘西,那么韩少功则用一个个词条砌出了"马桥"。他把语言从工具一家伙提升为目的,把"人说话"变成了"话说人",当我们读完"火焰""同锅""飘魂"这些陌生的词语之后,才发觉故事有了,人物有了,马桥从此站起来了。《马桥词典》的结构妙就妙在它不仅戏仿了字典,还是一部扑克小说,随便从哪个词语开读,你都不会产生错乱,甚至有重新剪辑的效果。本应用于开头的词条"官道"被作者故意用来压轴,这是小说的最后一页,却是我伤感的开始,如果没有"官道",就没有韩少功的"走进陌生",就不会有前面那么多精彩的词条。

对于一般写作者来说,小说有了这么好的结构基本上可以一劳永逸了,但是韩少功偏不,结构仅仅是张图纸,他并不因为有了"词典体"就对人物、故事、语言、细节、煽情等小说要素哪怕偷半点儿懒,而是尽可能地把《马桥词典》写成小说的全能冠军。寥寥

数语他就能勾画出生动的人物,比如在"不和气(续)"中对铁香的描写:

> ……她一会儿说自己腰痛,一会儿强调自己近日下不得冷水,一会儿拜托哪个男人去卫生院为她买当归,甚至在田间里吆吆喝喝地喊本义回家去给她煮当归煮鸡蛋。这一切当然足够让人们重视她身体正在出现的事态,强调她的性别;也足够引导男人们的想象和对她的笑嘻嘻的讨好。

某个人物在前面的词语里已经被丢掉,但是翻过几十页之后他又会出现在新的词语里,看似漫不经心、信手拈来,却埋藏了作者的缜密和细心。夜里踏到蛇的时候,我"恨不得把双脚跳到脑袋上去"。当村长被魁元咬掉的耳朵在一只烂草鞋里找到之后,"人们松弛了的双脚,可以大大方方朝地上踩去,不担心踩着什么珍贵的东西。脚下的土地,重新结实坚硬起来"。如此生动准确,相信韩少功已经尽最大努力用词语把他描写的对象牢牢圈住,而且每一个字词肯定都经由他的五官核实。

在"黑相公(续)"的词条下,韩少功说马桥人把围猎叫作"赶肉",下夹套叫作"做鞋",下毒药叫作"请客",挖陷阱叫作"打轿子",粉枪火铳叫作"天叫子"。为什么会这样叫呢?因为马桥人疑心动物也通人话,说猎事的时候即使坐在屋里,也要用暗语,防止走漏风声让猎物窃听了去。这种忌讳,就像节日里说不得"不吉利",是对语言的极度敏感。韩少功就像马桥人或者就是马桥人，一直都有语言过敏症。刚到海南时，他差一点儿就嘲笑把所有的鱼都叫作"海鱼"或者"大鱼"的渔民了，但是他立即敏感地发现，不是渔民叫不出鱼的姓氏，而是因为普通话把他们生动的方言排除了，如果用他们的方言来表达，不要说鱼的姓氏，就是鱼的部位他们都叫得呱呱响。（参见《马桥词典·后记》）

几年前，我跟他出访蒙古国，在北京登机时他发现飞机上只有英文和中文播音，一架直飞乌兰巴托的飞机上竟然没有蒙古文播音！这种语言霸权引起了他的警觉，当时他就在飞机上大发感叹。蒙古国的作家告诉我们，在蒙古文里一匹马从1岁到10岁有10种叫法，这个我不太在意的信息，后来在韩少功的对话和演讲里多次被当作例子，用来证明他的语言观。如果再听听他流利的英语对话，再看看他翻译的《生命中不能承受之轻》和《惶惑录》，那我们就不必惊讶他会写出《马桥词典》这样一部奇书。

由于语言的高度工具化，词语变得越来越简约越来越粗糙，一些复杂的感情和生动的场景再也找不到对应的字词。为了方便和通俗易懂，我们不得不马虎地删除多余的感情、活泼的动作、绝美的画面，赤裸裸地说出目的，类似于"嬲"（韩少功在《马桥词典》里为 nia 字找的替代品）这样的字词基本上没人使用。我们已经成了方言的文盲，就是韩少功这个为马桥方言立传的人，也不得不用普通话来注释野生的词语。离开了普通话，一个上海人就很难跟广东人交流。为了作品的畅销，今天的作家们争先恐后地用北京腔,在卷舌音里寻找文学的自信。然而,再丰富的语言,也经不起众多作家的哄抢,更何况我们在规范语言的时候,已经牺牲了许多字词的信号。写作除了故事、人物的陌生化,也需要语言的陌生化,更需要准确表达情感的词语。当我们的情绪真的无法表达,或者写得词不达意的时候,方言里也许就有我们的情感对应。凡是细心的写作者,都懂得 1 岁的马确实不应该跟 10 岁的马共用一个词语,但是我们却不知道那 10 个词语在什么地方。

　　因此,像《马桥词典》这样的小说就尤其值得尊重,它除了对汉语进行补充之外,还补充了我们的情感,让我们去到了普通话去不到的地方。

她们的声音久久地响起

——读哈金的《南京安魂曲》

多年前，作家哈金提出过"伟大的中国小说"的标准。我心怀好奇逐字阅读，生怕因为漏掉某字而从此写不出伟大的小说。那的确是一个迷人的标准，值得每位认真的作家重视。尽管哈金离开中国多年了，尽管他写作时用的是"英格力士"，但他的写作观看上去却一点也不遥远，仿佛他就住在隔壁。寥寥数语中，有他对小说创作的深刻体验。对于这样一个作家的作品，我当然翘首以盼。碰巧，《南京安魂曲》的策划和责编也是我系列作品的策划和责编，他们等该书一出炉，就用特快包裹寄来，以确保它的新鲜口感。

然而，这本书不是刚出炉的面包，而是极苦的咖啡。小说以中国妇女安玲的视角来讲述，她是金陵女子学院临时负责人明妮·魏特林的助手。1937 年 12 月，日军攻破南京城墙之后，美国人明妮在金陵女子学院里收容了数以万计的中国妇女和儿童，她用一个基督徒的慈悲心肠来保护那些双腿发抖的人,甚至连自己御寒的被窝都奉献出来。但是,在战争的极端环境里,日军比野兽还凶狠,他们不讲任何法则,释放出所有的邪恶,就连进入中立区的妇女和儿童也不放过。在极恶面前,上帝把拯救的任务交给了以明妮为首的信徒们。当12个女孩被日军当作妓女强行抓走之后,明妮发出这样的质问:"主啊,你什么时候才会倾听我的祷告? 你什么时候才会显示你的愤怒?"主没有显示愤怒,他在考验明妮的耐心。当其中6个女孩重新回到学校的时候,明妮相信这个奇迹一定是她昨晚热切祷告的结果。她和安玲都相信"上帝的精神是体现在人类中间的"。

　　小说的重点不在正面描写明妮跟日军的冲突,显然,哈金也不想用这个冲突来制造一根曲线,以吸引读者。他呈现给读者的是两条线索:一条是日军的极恶,一条是明妮的极善。这两条线不时触碰,然后又迅速分开。虽然两条线分多聚少,但是善与恶的较量却一刻也没有消停。这是两股原来各自存在的力量,明妮的善早就扎根在她的身体里了,有没有战争善都在那里待着。日军的恶,原本也待在他们的身体里,即使没有战争,也会在某个极端的时刻爆发。这是人性的两面,它们并不因为战争而形成,只不过在战争面前暴露得更充分罢了。因为善与恶始终在本书中较劲,这两条线哪怕不交织,它们也会形成对立。我相信这是哈金故意为之,不渲染冲突却处处都有冲突。

在阅读本书过程中,我曾不停地问,是什么力量让明妮如此善良?是女人的本性还是一时迸发的同情心?我认为不完全是。多少富有同情心的母亲,多少原本善良的人,在枪弹和刺刀面前早就放弃了善良,转而以求生存。但是明妮没有,她能坚持善良那是因为她的信仰!因为她相信上帝就在身边,所以她才敢于以弱对强,无所畏惧,即使玉兰被日军送到了北方七三一部队做实验,她也还天真地认为能救她。但是,哈金是节制的,他没有把明妮写成神,虽然有人叫明妮"活菩萨"。其实,明妮一直都在忏悔,她责怪自己没有保住那些被抢走的女孩,责怪自己没有看管好被日军逼疯了的玉兰,责怪自己跟丹尼森夫人斗气……她自我完善的企图,使这个人物一直处于生长状态。

在写明妮的同时,哈金也交代了叙述者安玲的故事。战争爆发前,安玲的儿子到日本留学,娶了日本太太盈子。战争爆发后,安玲的儿子应征入伍,随日军进入中国。这种复杂的关系,使安玲魂不守舍。后来,她的儿子被中国人当汉奸杀了,安玲连哭泣都得先拉上窗帘。战争结束后,安玲作为证人到达日本,面对自己的儿媳妇和孙子却不敢相认。安玲的女婿是国民党军队的情报员,后来去了台湾。他断定短时间内回不了大陆,于是写信叫安玲的女儿改嫁,自己在台湾重组了家庭。安玲的丈夫因为过去跟美国教授们的关系,不被信任……这是战争给一个中国家庭带来的悲剧,就凭以上人物关系,放在任何一个作家手里,都足足可以写出厚厚的一本。但是哈金却一笔带过,在洋洋洒洒的20万字里,他只给了安玲这个家庭大约2000个字,还散落于不同的段落。他这么写,就是要让安玲永远保持叙述者的角色,而不让她跳出来成为主角。在千千万万受难者面前,安玲是低调的。她和明妮一样,也是信徒,所以她要忍受这个痛。为了不给明妮多添哪怕一点点的苦,安玲欲言又止,最小限度地说出了自己的悲伤。难怪被日军糟蹋过的美燕会认为上帝对人类的苦难压根儿没放在心上,在她看来,基督教就是要削弱人们的抗争意识。美燕的观点就像是为安玲特制的外套,穿在她身上再合适不过了。

在那个时代,中国人没有留下证据的习惯。哈金写道:"谁也没想到会有一天在法庭上面对这些罪犯。"反而是外国人搜集了不少日军的暴行记录,成为审判战犯的有力证据。《南京安魂曲》是哈金为南京沦陷留下的一份心灵证据,虽然是虚构,却为读者展示了极善与极恶,并带领我们进入战争的现场,重新思考人类的信仰。

"一旦听她们讲过,她们的声音就会久久地在你的耳边响起……"这是哈金对苦难的描写,却也可以用来形容本书。

越认识越陌生
—— 纪念马悦然先生

11月21日,他的告别会在瑞典斯德哥尔摩市某社区的教堂里举行,这是他生前常去的地方,很小,只能容纳六十余人,但今天来向他告别的有130人之多。《北欧时报》记者告诉我,中国作家余华为他敬献了花圈。

关于他,我既熟悉又陌生。熟悉的部分都是从媒体上获得,比如他与中国文学有千丝万缕的联系,他翻译过好些中国古典文学和现当代文学作品,用中文创作了诗歌《俳句一百首》、散文《另一种乡愁》以及微型小说《我的金鱼会唱莫扎特》等。由于他是瑞典文学院唯一懂中文的院士,报刊经常把他的名字与靠近或试图靠近诺贝尔文学奖的中国作家排在一起,虚虚实实,真假莫辨,他不堪其扰,有一年愤怒发表声明。而陌生是在认识他之后……

时间:2013年7月的某日傍晚

地点:斯德哥尔摩市某中餐馆

人物:马悦然教授和夫人陈文芬,以及几位作家

"他至少能活一百岁。"这是我看见他时的第一句台词,准确地说是心理活动,因为那年他已经九十岁了,即使活到一百岁也只有十年时间。对于他来说,十年是一个残忍的数字,所以我把台词咽了下去。我们站在门口迎接他们。他们中步走来。他很高,面色红润,声音洪亮,看上去挺硬朗。聚餐时,陈文芬只允许他喝一点点,但他背一句中国诗歌喝一小杯,那晚他至少喝了六两高度白酒。我不想说他能喝,而是要表达他知道的中国诗歌太多了。他像喜欢诗歌一样喜欢中国白酒,像喜欢白酒一样喜欢中国。在"诗歌下酒"的间隙,他跟我们说四川方言、山西方言、台湾方言,我们都被他惊着了。文芬说他已经好久没这么高兴,也好久没见中国作家了。他似乎把我们当成了他久违的故乡人。临别,我们送他一瓶白酒,文芬要帮他拿,他不让,自己抱在怀里,乐得像个顽童。然后,转身走去,他的步子走得比来时还稳。

第二次见面,是 2017 年深秋。我出差瑞典,到他的住处看他。他的腿摔伤了,行动不便。我们聊了一个多小时。他说他在翻译《庄子》,《庄子》有多么多么的伟大。他谈的全是中国古典文学,只字不提当代作品。显然,他已经没有兴趣谈论当代。只要一谈《庄子》,他的眼睛就发光,声音也仍然琅琅。"他能活到一百零五岁。"我想。告别时他不听我劝阻,坚持拄杖送我到电梯

口。我回头一瞥，他的眼神里有万般的慈祥和温暖，仿佛在目送他的亲人。我认为那一眼他不只是在看我。

之后，他的身体一直不太好，也很少跟朋友联络。他把所有的精力都用在翻译《庄子》上。我的朋友偶尔去看他，拍一张他坐在书桌前的照片发过来，见他笔直地坐着，面朝电脑春暖花开。也曾有他们饮酒的照片，但朋友说他只能喝一小杯了。两年前，他曾托人带话给我，能不能在四川乡村帮他联系一到两位贫困生，给他们一点小小的资助。我只犹豫片刻，便决定不帮他联系，因为我看得出他笔直的坐姿是摆拍的，如果再给他加一点负担，也许他立刻就会从椅子上滑下去。文芬说三年前他就立下遗嘱："恩赐干活，日燃光芒。"他珍惜最后在书桌前的奋斗时光。他在翻译《庄子》，但《庄子》也在翻译他。我相信《庄子》里那些闪烁的句子一定缓解过他的疼痛。他是被中国文化深深浸泡过的人。也许，西医医治他的身体，中医医治他的心灵。也许，只能也许，因为我越认识他越感到他陌生。如果我们只看到他与那个奖的关系，也许就跑偏了。甚至，我觉得他不属于当代而属于魏晋。在他身上，我看到了日渐消失的古代文人气质。他终是没有活到一百岁，但像他这样的贤士，用我们的善意是可以给他加上十岁的。

我是在他晚年时认识他的，不是以文学为切口，而是以友人的身份。若按交情的深度，交往的密度，了解的程度，轮不到我来写这篇文章。但我期待了一个多月,只看到新闻没看到文章。我想一个礼仪之邦,总得有人为他对中国文化的挚爱写几行文字吧。正写着,就接到文芬的微信。告别会已经结束,她突然想起我是悦然先生见面的最后一位中国作家。为此,我的胸口像被什么狠狠地戳了几下。

关于凡一平的流言蜚语

在南宁的大街，只要你看见一个长得有点儿像弥勒佛的人，那十有八九就是碰上凡一平了。他胖墩墩的身材顶着颗打蜡的脑袋，两片耳朵贴着脖子下垂，如果他胆敢在寺庙前盘腿一坐，我就胆敢保证：不到 5 分钟他的身上全都是善男信女们的零钱。一次，他穿着那种流行的唐装到青秀山烧香，远处的两个和尚忽地站立，待凡一平走近他们又颓然地坐下。为何几十米的距离能把两个和尚的肢体弄得那么复杂？原来他们误把凡一平当成了大师兄。凡一平确实长得像佛，但是他干的事全都没有佛的清规戒律，所以有朋友就开玩笑，说凡一平上辈子是佛，这辈子拼命要把上辈子没干的事补回来。

今年上半年，根据他的小说改编的电影《撒谎的村庄》在世界长寿之乡——巴马县采景，他随导演、美工一同前往，发现村村寨寨都有假和尚在骗钱。回到县城，他把这事郑重地向县领导汇报,希望有关部门整治一下,以免村民的年收入下降。县公安局当晚下令抓骗子,警察们奔赴各村屯"收缴"假和尚。万万没想到,正在马路上散步的凡一平竟然被两个警察扭住,接着就是一声呵斥:"你以为你戴了一副眼镜,我们就认不出你啦!"凡一平赶紧拨通县领导的手机,才没有被送到派出所去喂蚊子。后来,《撒谎的村庄》开拍,剧组请当地一位 104 岁的寿星演曾祖父。凡一平到剧组探班,那个没有一句台词的"曾祖父"握紧凡一平的双手,热泪闪闪地说:"凡翻译官,我都 60 年不见你了,当年你带来的皇军都走了吧?"弄得青年作家凡一平一头雾水,连声说:"我不姓凡。"

凡一平写作之余喜欢喝两杯,他贤惠的夫人当众表扬:"在家里,凡一平滴酒不沾。"话音未落,就有人反驳:"但是,只要他想喝酒就立刻出门。"碰上有经济实力的朋友请客,凡一平走进包厢便对着服务员大声嚷嚷:"谁说要喝茅台了? 谁说的?"本来想请他喝二锅头的朋友只好改上茅台。当然,更多时间他在默默地喝啤酒,有时候满桌宾朋都喝茅台,却只有他一人在喝啤酒。为什么呢? 因为这个请客的朋友不是富人。凡一平经常用喝什么酒来调控朋友们的经济,以免造成更大的贫富悬殊。喝着喝着,他就拍响自己的将军肚,说:"我容易吗? 之所以喝得像个将军,那都是为了帮朋友们节约酒钱。"一天晚上,凡一平患重感冒,他夫人正好在医院的妇产科值夜班,就把他叫到产科去打点滴,很快凡一平就躺在床上睡着了。深夜，医院领导查房，凡夫人急中生计，用床单把凡一平盖住。领导走到床前，指着隆起的床单问："快生了吧?"凡夫人怕露馅，赶紧把凡一平推进产房。接生的护士立即器械伺候，其中一人惊叫："哎呀，不好了，孩子的腿先出来了。"另一位护士掀开床单，摇头感叹："时代不同了，连剃光头的都怀孕了。"被吵醒的凡一平忽地欠起身子，满脸惭愧地说："对不起，我刚搞化疗。"

　　喝高了，凡一平就说真话，那是彻底的掏心掏肺，除了影响家庭团结的秘密不说什么都说，连私房钱都招。于是，就有人编笑话，说抗战的时候，凡一平被日本鬼子抓住。鬼子对他严刑拷打，分别用了老虎凳、拔指甲、灌辣椒水等酷刑，但是凡一平始终没供出我八路军行踪。于是，鬼子就用美人计，凡一平还是没招。鬼子问到底用什么办法你才招呢，凡一平结结巴巴地说酒、酒……这当然是笑话，抗战的时候凡一平的爹都才十来岁，他还早着呢。真实的情况是凡一平微醺之后，会不停地重复一句话，这句话必定是他近期内心里的主题，是非说不可、不吐不快的那一句，或表扬或批评，反正他会借酒发牢骚，而且都是好台词。一次，《健报》的副老总胡红一请他的领导李启瑞喝酒。喝前，胡红一再三叮嘱凡一平，要他在领导面前说几句《健报》的好话。几大杯下肚，凡一平开始夸《健报》，他说："李社长，《健报》办得真好，每个星期只要我一看到《健报》，就知道是星期三。"他把《健报》当日历本不停地夸奖，反反复复就那一句。掏钱买酒的胡红一不高兴，就把凡一平的话录了下来，第二天放给凡一平听。凡一平听了一阵，说你这录音机怎么老是倒带，能不能让我听到下一句？胡红一说你哪有第二句呀。

前年，凡一平准备用多年积攒的稿费买一辆轿车，具体买哪一款哪个牌子始终定不下来，他就征求朋友们的意见。有人建议他买高底盘的，有人建议他买牌子响的，给他出主意的人各怀心思，其中不乏超级馊主意。但是凡一平心里装着计算器，坚持要买省油的车。胡红一说你看看你这身份，你这体积，不买辆别克根本就说不过去。凡一平说别克太耗油。胡红一说难道你有本事娶巩俐还怕她饭量大吗？长期对胡红一保持高度警惕的凡一平被说动了，第二天就去订购一辆别克，排气量 2.5，和厅级干部的座驾级别相等。提车的那一天，他兴冲冲把轿车开到供职的广西民族大学，以为会引来学生们的围观或者惊叹，却不想学生们连瞟都不瞟一眼，这大大打击了凡一平澎湃的情绪。当晚，他就在餐桌上跟朋友们描述："我的车刚进校门，几十个学生哗地就拥了上来，有人说难道我们民大又调来一位副校长了？"车还没过磨合期，他已经开着回了十几趟老家。他的老家在都安县，离南宁也就 100 多公里。一次，我跟他去都安开会，行至县城收费站，他看见收费员长得挺漂亮，就用卷舌音问："小姐，前面是什么城市？"收费员瞄准凡一平的光头，立刻把普通话改成壮语，说："我剁你妈的,你一个星期回来三次,还要问我前面是什么地方!"凡一平的壮语也脱口而出:"小姐,想不到你还会说外语。"凡一平是壮族,壮语说得比普通话溜。有导演到南宁跟凡一平谈小说改编事宜,前几次他都用普通话跟他们谈,价格明显偏低。一次,他带了个壮语翻译跟导演谈判,他只说壮语不说普通话,弄得那个导演以为他是外国人,其改编费一下就提高了50%。

平时,凡一平把车停在他前单位的院子里,整个院子就他的车和原单位厅长的车一模一样,而且两人的车位恰好排在一起。某一日,凡一平怎么也发动不了车子,就打开车前盖假模假样地检查,终于看见几根线被老鼠咬断了,于是就对着发动机骂老鼠:"你他妈的干吗要咬我的线?干吗不咬旁边这辆?难道你也晓得那是领导的车?领导的车有公费修理,你嘴巴痒干吗不拿他的车来练呀?"骂了几句,凡一平忽地回头,发现领导就站在身后,脸色立刻灿烂:"嘿嘿,那是不可能的。"

凡一平也有穷的时候,那是1995年,他还没开始写剧本,名气也还没有这么大。当时他打的回家,都在离家200米远的监察厅门前下车,再吭哧吭哧地走回去,不管阳光有多刺眼气温有多高,也不管是刮风还是下雨,他都要走200米,原因是的士一过监察厅门口就会跳表,每一跳就多两块钱,所以每一次凡一平都掐准火候,总是在的士跳表之前下车。一次,由于他的目光被窗外美女牵引,的士"哗"地驶过监察厅门口。凡一平对这个临时停车点已经有了感应,忽地大叫:"停停停。"的士"吱"地刹住,计价器"嘎嗒"一跳。凡一平看见那表已经不可挽回地跳了,再也不能倒回来了,就粗着嗓门对司机说:"走走走……"

　　那时,凡是有点儿钱的人手里都拿着一块砖头,又名大哥大,价钱 2 万元。这么贵的通信工具,凡一平当然买不起,就买了一台 6000 元的子母机。平时他把子机揣在怀里,由于子机大而且重,致使他身上的西服长期一边高一边低。碰上崇拜他的文学青年,他就掏出子机来炫耀,说我也买了个大哥大。粉丝们不信,凡一平说你拨个试试。粉丝们接过子机一拨,竟然通了,就跟北京、上海的朋友展开来聊,直聊到凡一平斜着的西服肩膀归位了、平了也没收线。偶尔,子机的信号不好,粉丝们聊着聊着就听不到对方的声音,凡一平一边固定粉丝的姿势,一边忙着抽子机的天线。天线越抽越长,以至于好几次都捅烂了饭店里的吊灯。为了向熟人、朋友证明他的子机就是大哥大,那个月他的电话费比平时翻了几番。母机对子机的覆盖半径只有 500 米,遇上别人请客,凡一平都点离他家不超过 500 米的饭店。那几个月我和黄佩华还有他来来回回地在半径 500 米之内的地盘上吃饭,已经吃得毫无胃口。有时吃着吃着,凡一平的子机响了,他掏出来一听,声音不清晰,于是就一边"喂"着一边往家的方向跑,还一边往上抽天线,直跑到声音清晰才停下来,那个造型就像电影《英雄儿女》里王成对着话筒喊:"向我开炮!"

凡一平的父母为中国人民培养了两个优秀儿子,一个是作家,一个是科学家。科学家是他的哥哥,几年前被美方聘过去工作。他哥哥经常打电话回来问他母亲需不需要钱,坐在电话机旁的凡一平此刻必定屏神静气,暗暗祈祷,希望他母亲说一声"相当缺钱"。可是他母亲不会说假话,总是告诉他哥哥:"一平现在比你还有钱。"前年,凡一平的母亲装心脏起搏器,要花2万多块钱。他哥打电话问要不要寄钱,母亲说不用。一旁听着的凡一平顿时感到心脏隐隐作痛,出门就跟朋友说我妈的心脏还没好,我的心脏倒是先痛起来了。那个时期,他一有空就把手放到胸口上,学范伟的台词"拔凉拔凉的"。直到他哥寄来2万美金,他才把手从胸口拿开。一次,他哥寄了3000美金回来,让凡一平转交给一位准备办喜酒的朋友。凡一平也不换算,直接把3000元人民币送了过去。那位接到3000元人民币的朋友感激涕零,说国内结婚哪有送这么多的。凡一平经常把美金和人民币混为一谈,总以为中国的GDP(国内生产总值)已经超过了美国。一次,他的小说卖了电影改编权,收入1万美金。回到家里,夫人问他卖了多少,他说1万元。说着就把1万元人民币掏给了夫人。几天之后,胡红一在《南国早报》报道凡一平卖电影改编权的事。凡夫人拿着报纸问凡一平,还有7万元人民币怎么就蒸发了?凡一平不停地拍打脑袋,说胡红一呀胡红一,我叫你别报道,你偏要报道;你这么一捅娄子,今后我哪还有机会跟你们打牌呀!

10年前,凡一平考上了师大在职研究生,揣着一本存折直奔桂林去缴学费。学费没缴先打牌,当晚就把本本上的钱花光了,于是他连研究生也不读,扭头就回南宁。为了不让夫人发现这个秘密,每到研究生授课时间,他就要提着行李假装出门,找个地方住几天,然后再回家。夫人觉得他读书辛苦,常常熬鸡汤给他补身体。夫人熬了几十只土鸡,就想看一眼凡一平的研究生文凭。可是早盼晚盼,那张文凭仿佛含羞似的迟迟没来。凡一平再也不好意思喝他夫人熬的鸡汤,就说文凭拿不到是因为外语没考过,看来壮语还是不能当外语。

　　凡一平结婚结得早,年纪不大女儿却考上了大学。每次他开车送女儿去学校,到了校门口,女儿就喊停车。凡一平纳闷,问女儿什么原因,女儿说你看你长什么样子,你送我进去,不认得你的同学还以为我傍大款呢。凡一平说这好办,你把宿舍里的女同学全部叫出来,我请她们吃饭,告诉她们我是你老爸,就这么定了,啊。第二个周末,凡一平点了满满一桌山珍海味,伸长脖子等那些女同学赴宴,脖子等酸了,只见他女儿一人进来,埋头就吃。凡一平说你怎么就吃了? 等等你的同学吧。女儿说我没叫她们。凡一平说为什么,女儿说你哪是请她们吃饭,分明是想把她们变成我的后妈。凡一平一拍桌子,说求你这么一件小事你都办不了,你爸我容易吗?

　　前年,电视连续剧《我们的父亲》在南宁拍摄,导演毛卫宁跟凡一平很快就成了酒友。为了感谢凡一平陪他喝酒，毛导安排凡一平客串第三者，跟史兰芽、刘子枫演对手戏。两分钟的镜头足足拍了7小时，凡一平紧张得面部的肌肉都不会抖动，身上的衬衣全湿。拍完、喝完，满地乐影视公司安排凡一平在剧组居住。第二天早上醒来，凡一平的第一句话就是"拍了一天的戏，我连史兰芽的手都没得碰一碰"。经过酒精的浸泡、8个小时的睡眠，凡一平竟然还记住这码事，可见他客串这个角色是什么动机。

一次，凡一平到成都跟影视公司谈改编他小说《最后一颗子弹》的事，餐桌上朋友们不断说着凡一平的笑话。凡一平不温不火，任朋友们添油加醋，说得不到位的地方他就补充，逗得一桌人笑翻了天。第一次接触凡一平的影视公司老总经过详细观察，终于做出一个大胆的决定，说凡作家，我看你这个人挺厚道、真实的，那改编费我多给你加2万元。餐桌上顿时响起掌声，凡一平的嘴角几乎要笑裂，他说既然你肯加钱，那我就再说一个我的笑话……

这就是凡一平，电影《寻枪》《理发师》的原作者，我的师兄、同事加朋友。由于他太有趣，朋友就特别多；由于他能忍受，认识他的人都愿意拿他来编笑话。他真的就像个弥勒佛，是朋友们开心的按钮，也有人说他是壮族的"阿凡提"，本人的故事恐怕要比他的小说流传得更广。面对种种调侃，凡一平当然又是一笑。

偶尔一笑,也是微微

——付秀莹印象

有些人就像有些题材,你越不熟悉就越想写,比如付秀莹。

听说付秀莹是六七年前的事了,当时圈子里都在窃窃私语,说她的小说写得不错。可以肯定,我不是在报纸上也不是在杂志上看到关于她小说的好评,而是在茶桌边在私下里听说。这种窃窃私语的传播类似于谣言,很能蛊惑人心。于是,每每翻开新出的文学杂志,看见付秀莹的小说就多看几眼,发现她的小说有超凡脱俗的态度,有真真切切的淡然,有守望乡村的坚定。

然而,在她成名的那几年,我正埋头于剧本和长篇小说的写作,跟她供职的以搜罗中短篇小说为己任的杂志几乎没怎么打交道。直到2013年写了一个短篇小说,被她供职的杂志选载。作品发表时,旁边配了邮票那么大一块点评。寥寥数语,解读到位。一打听,才知道是付秀莹所写。从此,像欠了她一笔债。

2015年,《小说选刊》杂志社与广西作家协会举办了一次"文学走进基层"的活动,付秀莹和几位同事不远数千里来到广西象州县和金秀瑶族自治县,为基层文学爱好者免费讲课。那是我第一次见她。她不扎堆,不吃夜宵,不喝酒,仿佛不食人间烟火。除了上课滔滔不绝,平时不太说话,看上去很安静,偶尔一笑,也是微微。到村庄采风,她对南方疯长的植物充满好奇。这一次,她终于见到了传说中的番石榴,也就是加西亚·马尔克斯所写的《番石榴飘香》中的那种番石榴。她摘下来咬了一口,可惜不是番石榴成熟季节,味道肯定青涩。但她非常高兴,为认识这种植物。她对植物的兴趣使我想起她小说中的某些描写,就是那些关于植物、天空、大地和节气的描写。这是当今浮躁的读者和作家们刻意省略的部分,但她却以极大的耐心慢慢地描写,慢慢地品咂和回味,试图阻止我们视觉、听觉和味觉的衰退。

在大自然面前,付秀莹是谦虚的。在前辈作家面前,付秀莹也是谦虚的。某次会议,某位我们都尊重的作家把付秀莹拉到一旁,跟她说长篇小说《陌上》。因为我要等那位作家,所以站在不远处看着。她们说什么我听不见,但可以看见付秀莹的表情。那是低调的虔诚的表情。某一瞬间,付秀莹的脸竟然微微一红。我不知道她的脸是因为表扬而红,还是因为其作品被点到痛处而红。反正,她的脸红了一下。我把这种红,理解为谦虚。

今年5月,"中国·湄公河国家文学论坛"在南宁举行。付秀莹来了。在一次小型聚会中,她的手机丢失或者被偷。作为会议的承办方,我向她表达歉意,并问她要不要租一个手机暂时用几天。她说不用。在这个手机已经变成人体器官的时代,她对手机的丢失竟然没有一点焦虑。难道她不害怕绑定的银行卡被盗刷?难道她不担心别人找不到她?难道她不忧虑微信号、QQ(一种网络聊天工具)被别人利用?没有。她一点都不着急,满脸淡定,好像从来没用过手机似的。于是,大家跟她开玩笑,说她的手机内容健康,没有艳照,没有牢骚,没有不良交易,没有秘密,否则她不会这么淡定。她微微一笑,就像她的小说那么安稳。

我是从乡村里走出来的作家,但是写着写着,我的小说题材就像我这个人一样渐渐地转移到了城市。因为题材的转变,我常有愧疚之感,仿佛把自己的穷亲戚撂在了乡下。但是,自从看了付秀莹的小说后,我的愧疚病略有好转。有她这么优秀的作家继续描写乡土,像我这种流浪汉似的作家少写一点乡土也就无妨。正是因为她对乡土执着的书写,才对冲了乡土作家的流失,才使那些题材进城的作家的心灵得以舒缓。她坐在跷跷板的那头,保住了小说题材的生态平衡。

但愿她能把芳村写得像"高密东北乡"那么有名,更希望她不要从跷跷板上跳下来,以避免读者在小说中再也找不到故乡,那种琐碎而瓷实的故乡。

阳光男人

要不是因为有太多的顾忌，我真的愿意叫他一声"阳光男孩"，虽然他早已过了被别人叫作男孩的年龄，但是我相信任何一个跟他接触的人，都会有这样叫他的冲动。

按照自然的规律，一个人只要写了好几本诗集（比如《陌生的十字路口》《笨拙的手指》等），把好几个民刊办出了名，出过好几次国，获过好几次外面的诗歌奖，编辑过好几本"新诗年鉴"，而且还因为"新诗年鉴"引发了诗坛继朦胧诗之后最大规模的讨论，那么这个人应该算得上是德高望重了吧。他完全有资格在额头上贴几道标签，走路的时候摆出大师的也就是鸭子的步伐，跟文学青年特别是女青年讲话时拿拿腔调，心里完全可以暗暗地使劲，使自己看上去饱经沧桑，显得多么有思想……但是这个名叫杨克的人却没有按照我们设计的模式去做，甚至没有哪怕是一点点我们期望的迹象。像是故意跟我们过不去，他完全违反了"异化"的

277

规律。就在昨天,他还在广州的大马路上跟一位电视台的熟人就"没有人看你们的电视和没有人读你们的诗"这个问题,争论了一个多小时。难怪那些老谋深算的人常常拍着他的肩膀意味深长地说:你真年轻啊!

年轻有什么不好?我们几个广西的写作者在南宁聚会的时候,经常会想起从广西去到广东的杨克,除了有人学着他的腔调说一句"你们广西不卯得的"之外,大家还惊讶于他那张似乎永远也不变的娃娃脸。一些步杨克后尘的青年诗人或者像我这样写小说的小字辈,眼看着一个一个地超越了他的年轻,变得比他还老气横秋起来,真是急死了。而杨克却好像从不把时间的更替当那么一回事,不时地回广西来晃一晃,让我们这些早熟的人心生羡慕,然后又不得不总结一下他年轻的真正原因——那就是因为他的心态好极了。

1994年广东省青年文学院在全国客聘了8名专业作家,签完合同之后,作协派杨克带着这支来自五湖四海的队伍沿珠江三角洲走了一圈。每到一处,我都是跟杨克住一个屋子。晚上,当大家都睡去的时候,杨克开始跟我谈论文学,准确地说是在谈论诗歌。那时他谈得最多的就是诗歌比小说牛逼,民刊比名刊牛逼,广东比广西牛逼,而且对我这样有想给名刊写小说的强烈愿望的人,不无讥讽之意。偶尔我会反驳他几句,但大多数时间我都在应承着他的观点,并发觉他有一种要把自己的观点放之四海的强烈愿望。

十几天之后我们回到广州,大家余兴未消,于是就下棋,参加者有余华、韩东、张旻、杨克、张柠和我。玩到凌晨3点,杨克带着大家到宾馆门外的一个小摊吃夜宵。当每个人的肚子都感到舒服的时候,便不断说一些广东的好话。余华望着灯火通明的马路说广州真好,这么晚了还有夜宵。本来就展着笑脸迎接大家表扬广东的杨克,脸忽的一下笑得更欢了。他说这就是国际大都市的好处,哪像你们北京,晚上10点钟所有的商店就关门了。杨克的那一笑,简直可以用灿烂来形容,即使是他得了诺贝尔文学奖也不过如此。我们都知道这笑里是有一丝甜蜜和得意的,因为他一直就以生活在广州而自豪。当时我真佩服他的联想能力,因为在南方人眼里,那只不过是一个普通得不能再普通的小吃摊,卖一点儿炒粉加几瓶啤酒,他怎么就把这和国际大都市想到一块了呢?

后来,我认识了从福建来到广州也跟杨克成为朋友的谢有顺,我们以一种理论家的表情在分析杨克的笑容时,惊讶地发现他是一个干一行爱一行,在一处爱一处的人。比如他现在身在广州,那么没有什么比你表扬广州更让他高兴的事了;比如他是写诗的,那么你表扬诗歌这种形式肯定会比表扬他的诗更令他兴奋。他总是先为自己生活的环境做广告,再为自己从事的诗歌争地位,然后才来跟你理论自己的诗写得好不好。或者说他根本就不跟你理论后面的事情，整个一个"先诗歌之忧而忧，后广州之乐而乐"。

不过杨克的乐好像永远大于忧，我很少在他的脸上看到什么沉重的表情，就是去打官司的路上偶遇了张梅，他也是一副笑眯眯的样子，不熟悉他的人还以为他见了美女就把官司给忘了。而实际上，杨克是一个可以从任何事情里找到乐趣的人。去给单位打官司，他可能会想这是去体验生活；朋友欺骗了他，他会得意于自己终于又认清了一个人的本来面目……当然这只是我的猜测。有的事情，我们就是把眉头拧成了疙瘩，也找不出一丁点儿去做的理由，但是杨克还是要硬着头皮去做。比如用自己的身份证一次又一次地去为那些没有广州身份证的人办手机、办汽车入户、办存折挂失……你难道能够说这是因为杨克要在别人的面前显示自己有一张广州身份证吗？我想不是，唯一的理由就是杨克比较善良，比较相信别人，有侠义心肠。好多曾经写过文章或者诗歌的人到了广州之后，就慕名去找杨克。千万别以为他们去找杨克是为了谈诗，而是要杨克帮他们找一份工作。那时候，杨克仿佛是他们的马仔，为他们打电话，找熟人，直到为他们找到一份工作或者给上一个答复。

正因为杨克的乐善好施与侠义心肠，他在诗歌江湖上结交了一大批不同年龄的好汉，当然也不乏崇拜他的女性。他当年的一些朋友都因心态的苍老而离开他去干那些急功近利的事情，只有他还守候在诗歌的码头上,迎候那些愈来愈年轻的诗人。他跟那些70年代、80年代生的扎堆,依然是那么激情澎湃,使我不得不相信"诗人永远年轻"这一句话。而那些70年代、80年代的也丝毫没有把他当成外人或者前辈,前提当然是他们都有一颗年轻的心。

这几年,杨克编了好些诗歌方面的书:《〈他们〉十年诗选》(与小海合编)、《九十年代实力诗人诗选》、《中国新诗年鉴》系列(已出1998年、1999年和2000年的)、《开始》等。尽管编这些书有理解他的老板和出版社的支持,但是他仍然为此耗费了无数的精力和时间,别的不说,光是把编出来的书寄给作者和批评家们,每一次他都要在邮局耗上五六个小时。在讲究"时间就是金钱"的今天,特别又是在杨克所得意的广州这样的国际大都市,他竟然舍得如此消耗自己的时间,这令好多人肃然起敬。做这样的事情,杨克不是不清楚他的付出,只是当他的书带动了一大批诗歌年鉴出版,被《南方周末》等媒体选为年度最有价值的十本书之一之后,杨克又从这个苦差上找到了乐趣。

有乐趣的人才会永远年轻。除了诗歌,杨克还有很多乐趣。比如他还有半年时间才出国,但半年前他就开始张罗着给朋友打电话了;比如他写了一篇小说在某某杂志发表了,他会兴奋地告诉你,高兴的劲儿绝不亚于写出一首好诗,当然他还会不失时机地教育你,说其实写小说也没什么难的,写诗的人可以写小说,但写小说的人不一定能写诗；比如那个诺贝尔文学奖的评委马悦然教授在收到他的诗集之后，给他回了一封电子邮件，他会情不自禁地告诉许多人；再比如当我花了1400元钱买到一件衣服，而他只花700元就买到了时，他会按捺不住内心的喜悦，从广州打一个长途电话给我，不为别的，只为了告诉我同样的牌子，你白花了一半的钱。最令我感动的是去年秋天的一个深夜，我们一群人正在谈一个根据我的小说改编的电视剧本，大家一边喝一边谈，都有些醉眼蒙眬了，突然手机响了起来，传来杨克的声音：你知道吗，今年的诺贝尔文学奖给了高行健。那一刻，我真的为有杨克这样的朋友而自豪，为他惦记着我而愿意把有关文学的任何消息告诉我而感动，哪怕这是杨克为传播这个消息而打的最后一个电话。

我一直认为杨克是一个透明的人，率真的人。如果我们按世俗的眼光来衡量他，也许会认为他太善良了，太年轻了。但是当我们抬头看一看我们的去路，也就是用终极关怀什么的来衡量他也衡量我们自己的时候，我们才会发现，衡量一个人是没有统一标准的，那要看你这一辈子把什么样的追求放在首位。如果你的首要追求是快乐是年轻，那么你就能够理解杨克。在焦虑和抑郁症肆虐我们的今天，能够保持杨克那样的心态，应该说是一种造化。

男人的供词

只要几个月不去北京,我就会读一读邱华栋的小说,原因是他的小说里有北京气息。北京一直是他的写作领地,甚至是他的写作招牌。如果去掉北京这个背景,他有关现实的小说会是什么模样?曾经揣测,却没答案,就像去掉莫言小说里的高密东北乡,我也想象不出他小说的模样。当拥有乡村背景的作家们纷纷在小说里建立类似于沈从文"湘西"的写作根据地时,华栋却旗帜鲜明地在北京建立起他的写作根据地。不必怀疑这个根据地的巨大作用,因为它现在是中国的制高点。如果说战争可以用农村来包围城市,那么写作,在全球化进程中早已用城市覆盖了农村。

所以,华栋是超前的,20多年前他就坚定了城市写作的信念。他写过"时装人"系列,一共50篇。他写过"社区人"系列,60篇。今年,他又出版了一本新作《十三种情态》。这是13个短篇小说,也是13种情感状态。有婚前的走神,有情感的算计,有出离的调整，也有心灵的雾霾或者迷糊。总之，小说里的人物都是一些心理有问题的都市白领。他们急迫地寻找感情，用以疗伤，却不免又被伤害；他们想从床上获得安慰，却难免又陷入被掏空的境地；他们以婚姻固定自己，却还需要一次远游来加以确认……

《十三种情态》里的女人，大都伤痕累累，她们是都市传奇的一部分，或者说是新闻事件的延伸。《入迷》里的凯蒂，《大叔》里的任露露，《十渡》里的姚夏雨，她们个个都被男性伤害得够彻底。而那些没被伤害的，稍显正常的，比如《降落》里的薛媛，也要在去会男友的飞机上做一个被虐的噩梦。开始，我以为这是华栋近期的都市观察报告，但慢慢地，我觉得这是华栋对女性的同情或者担忧。显然，作者身患"女性被虐恐惧症"。有了这种症状，他就得在作品里找到治疗的办法。办法只有一个，那就是男人。比如："半年多之后，牟宗思和她（凯蒂）结婚了。又过了一年，凯蒂回到美国，生下了一个女儿，那是他们俩的孩子。他们的感情很好，谁也不再去、不可能去触碰那段可怕的记忆，但正因为有了那段记忆，他们的关系变得牢不可破了。"

然而，华栋笔下的男人不全都是牟宗思这样的男人。《云柜》里的孔东对施雁翎"借精生子"的请求充满猜疑，甚至"疑"到小说有了十种以上的结局；《龙袍》里杭一柏对官晶晶以及那件龙袍充满了恐惧，最后不得不于凌晨 4 点从官晶晶的床上逃向大街；《心霾》里的汪峰始终怀疑情人谢芳在敲诈他，而他所怀疑的敲诈一直没有出现;《溺水》里的周良玉因为自己阳痿,便怀疑老婆出轨,在跟踪老婆时连人带车翻入水渠……这些充满猜疑、算计和恐惧感的男人,能治好"女性被虐恐惧症"吗? 答案当然是不。也许华栋根本就不想在小说里寻找什么药方,而仅仅是呈现。但即便是呈现,他也泄露了天机。

这个天机就是男人们的心机。他们为了自由地行走,拒绝女人的婚姻,却不拒绝一夜情,比如《降落》中的摄影师沈皓然;他们想直接输送精子,却绝不借精子,比如《云柜》中的孔东;他们想滚床单,却又害怕像雄蜘蛛那样事后被雌蜘蛛当作营养物吃掉,比如《龙袍》里的杭一柏;他们有家有室,却隔三岔五出来偷腥,偷完之后又怕敲诈,于是每一次都快刀斩乱麻,甚至玩小心眼,然后庆幸家庭没有被破坏,自己还算完整,比如《心霾》里的汪峰……当汪峰不能自拔时,他的朋友李毅然说:"所以,老兄,淫近杀啊,可要当心了。现在到处都是圈套,尤其是针对你这样的成功男人的。"

因此,我们看不到信任,看不到"正面情态",处处都是欲望加防备,爱情加算计,婚姻加出轨,付出加索取。与其说作者没找到"女性被虐恐惧症"的药方,还不如说男人们已无药可救。我一直佩服把女性写好,把男性写坏的男作家,因为这是批评与自我批评。相信华栋也是一位勇于批评与自我批评者,否则他的这本小说不会毫不留情地撕开男人,并同时撕开了自己。

15 年前,华栋曾经写过一部长篇小说,叫《正午的供词》,从此我相信他有把所有小说都写成供词的可能。

一个画家的路线图

——郑军里印象

如果一个陌生人要在一群人里找一个教授的话,那他准会把郑军里给揪出来。原因是他长得太像教授了,或许他就是按着教授的模子长的:标准的五官,标准的不苟言笑,标准的举手投足。在这个教授都长得不像教授的年代,在这个绝对不能以貌取人的社会,郑军里教授偏偏就像个教授,不给别人一点点意外。

但是,他的画却不像他的外貌那样温和。画人物,不是一个眼睛高就是一个眼睛低;画动物,不是腿短,就是身长。反正总之,他画得人不像人,马不像马,就那么几点,就那么一坨,把墨汁当钱存,舍不得在纸上哪怕多泼一点点。然而,只要你的目光不小心落到他的画上,就一定会像皮鞋粘住口香糖那样被粘住。你会发现在几团颜色和断断续续的线条里,有人的准确状态,有马的奔腾气息,一种叫作气势或者意境的东西渐渐产生,扑面而来。这便是郑军里的画,他把别人在山水花鸟画里的大面积留白,放到了人物和马的身上,把卡夫卡小说里的变形夸张搬上了中国宣纸。当某些画家还在为画得不像而摔杯子砸碗的时候,郑军里却敢于向"不像"大胆地迈进,追求神似形不似的散文效果,变形夸张到有点儿无厘头。他用画再次证明画就是画,不是生活再现。

千万别怀疑郑军里的基本功,他可是地道的学院派,先习油画,后学中国画,擅长工笔人物,一看就知道是严格学过素描的。他不是化肥催生的禾苗,而是在南宁街头慢慢长起来的树,年轮细密,材质过硬。具体的表现就是他曾经被这个世界惊吓,曾经有过挫折和打击,就像树沐浴风雨。10岁那年,"文化大革命"开始了,由于两派武斗,城市的上空不时响起噼噼啪啪的枪声。喜欢书法的父亲不让他出门,他就和哥哥郑军健(后来成了书法家)躲在家里练字、看画。这个对无数家庭造成过伤害的运动,让他有了足不出户的理由,给了他尽早接触书画作品的机会。为了躲避不长眼睛的子弹,他拥有了临摹书画的大把时间。对于幼小的心灵,只要有个妖魔鬼怪吓着,都会激发灵感,更何况是近在咫尺的枪声。在极端的环境下,他画画的灵光偶尔一闪,立刻就引起了他母亲的惊讶,于是托人给他找了一个画画的启蒙老师——徐杰生。那时候,画画并不热门,老师要碰上一个真爱画画的学生,比现在买彩票中奖的概率还低。因此,徐老师遇到爱画画的郑军里,其兴奋程度丝毫不亚于郑军里遇到他这个老师时的兴奋。郑军里的基本功就是在徐老师这里打下的。

当时的郑军里只是把画画当业余爱好,并没有胆子把它当成职业。他的命运还得跟随形势,画笔和画夹不得不陪伴他来到插队的地方。在这里,或种菜或插秧,干的全是农活。每天晚上,别人因为体力透支睡得鼾声四起,他却偏要冒着让上帝发笑的危险思考。他看不到广阔天地大有作为,反而加倍地觉得孤独、无奈,甚至对未来一片茫然。要不是因为画画这点儿爱好,他都不知道如何打发鸡鸣狗叫的长夜。宿舍的泥墙上,贴满了他抄写的鲁迅诗词,挂满了他画的农民素描。白天,他是接受贫下中农再教育的知识青年;晚上,他是个用画画解闷的彷徨者和孤独者。为此,他被点名批判,说他有成名成家的思想。彷徨者和孤独者身上又多了一种挫败感。

凡是成功的人,都会毫不吝啬地肯定童年的不幸、命运的挫折,他们甚至高喊"感谢生活"的口号。如果我们不承认弗洛伊德的理论,那么,生活的磨难就一定是艺术的催化剂。假如没有枪声的刺激和插队的挫败感,我就很难理解郑军里身上那股勃勃的生机,以及他内心强烈的艺术冲动。

插队两年后,他被南宁市文化局抽调,跟一些会画画的人画"解放广西"系列,他的作品参加了广西美展。1977 年,他考上了广西艺术学院美术系。这时候,比他肚子更饿的是精神饥渴,比做学问更渴望的是艺术长进。他有一种强烈的不满足,却又不知道去哪里抓食,只能从新杂志的封二、封三上,了解那么一点点外面的信息。但是，这点点信息满足不了他庞大的精神之胃。于是，他找朋友，请他们用照相机拍下四川美院和中央美院的画作，然后把底片寄到广西。往往底片一到，他就连夜冲洗，生怕慢一两秒钟看到那些画，就跟不上时代的步伐。底片带来了当时中国最前卫的画作，也有力地冲击了他的观念。他再也坐不住了，用饼干当正餐，没日没夜地画，就希望能像中国赶超英美那样赶超别人。回忆那段用功的经历，现在他都还佩服自己。他说到目前为止，他用来画画的时间，起码是现在美术系学生画画时间的三倍。他又一次证明，即使再聪慧的人也必须勤奋。

他的新观念和扎实功底为他赢得了机会。1982年，中国画研究院在各地选拔优秀画家进京学习，他被选中。这个班一共20人，由著名画家黄胄带队。因为黄胄的关系，他们在故宫和中央美院附中幸运地看到了部分历代著名画家的原作。那才叫真正的大开眼界！曾经学习的范本近在眼前，甚至可以临摹；曾经景仰的大师，比如黄胄、叶浅予和蔡若虹就在身边，可以当面请教。忽然置身于这样的环境，郑军里不仅仅是陶醉，还感觉到了压力。他知道凭经验、凭技术都画不过人家，唯一可拼的就是广西少数民族题材。学习半年之后，他回到广西，立即就组织几个画家到南丹的白裤瑶地区体验生活、写生。乡下的食品如何难吃，跳蚤又如何欺负他就不必说了，关键是他在这里看到了山民的粗放和野性，找到了适合他艺术表达的对象。这是个特殊的文化时期，中国敞开国门,各种艺术观念像八面来风,打得艺术家们晕头转向。但是,很快,作家们纷纷把写作视野投向荒郊野岭,寻找文化之根。导演们掉转镜头,瞄准了沉默的大地,特别是广西电影制片厂的导演,他们正在为拍《一个和八个》《黄土地》做准备。各种艺术门类在没有红头文件、没有领袖号召的情况下,全都步调一致地投身乡野,寻找对抗外来文化的力量。郑军里与他们同步,这标志着他拥有了跟全国画家一起赛跑的机会。

零敲碎打地画画,他很快就不满足了,总觉得应该有个大系列。但这个大系列是什么,他还不是很清楚,只是隐约感觉到了内心的强烈冲动,就像地震的前兆。一直,他都是个在艺术上喜欢探险的人,抽象的画法、现代派的技巧,他从不拒绝,甚至于尝试用刀叉吃中餐,用黄油拌米饭,穿唐装打领结。所以,在他的中国画里从来不缺西方的绘画造型,各种画派都曾经光顾过他的画作。当技法和颜料在他的画作上慢慢改变时,他发现了一个真理,那就是笔可以改、纸可以变,独独我们的文化精神和内涵不能变。大系列就这么一下撞上来了,叫作"华夏风流人物"系列,从盘古开天地画到清代的曹雪芹,每幅76厘米×76厘米,共120幅。那时候他刚有两间小房,住着妻子、孩子和保姆。要是有人睡觉,他就趴在地板上画。如果床铺空出来了,他才有直起腰杆的机会。120幅,每幅的构图既不能重复又要饱满,智力的挑战远远大于体力的支出。在没有任何定金、尚不知道画作出路的情况下,他整整折腾了一年时间，才把120幅全部完成。

这些画作在静静地等待出路。1986年底，周氏兄弟原计划在中国美术馆搞画展，但是出国之后就没回来。文化厅负责画展的人不想失去这次机会，听说郑军里有个系列，就来找他，问他敢不敢去北京搞画展。机会终于来了，当郑军里的画运到中国美术馆时，馆长很不高兴，说不是搞周氏兄弟的吗，怎么来个姓郑的？广西方面低声下气，说领导、老师，你先看看画吧。展开郑军里那像列车般整齐的120幅画作，馆长的眼睛顿时亮了，说这是今年中国美术馆最好的画展。"华夏风流人物"系列展出之后，在北京引起不小的震动，好多名家都来看画，其肯定的言辞接近于肉麻。报上说一个29岁的广西青年给北京画坛投下了一枚原子弹。中国美术馆选出其中7幅，作为永久收藏。郑军里被中国画研究院聘为首位院外画师。座谈会、讲学活动一个接一个。他的画名传播到了台湾地区和新加坡，求画的、拜师的纷纷找上门来。他终于从著名已婚青年变成了著名画家。他再一次证明机会只给那些有准备的人。

他刚一出名，市场经济就来了，有人给他开大价钱。但是，他不喜欢画的，给多少钱也不画。他所有参展过的与发表过的作品一幅也不卖，全都留着，似乎是要给后人留下完整的系列的研究实物。这个时期，他又把目光转向了"少数民族人物"系列。每年，他都要到广西最偏远的少数民族地区去采风、写生。和当时到南丹县采风时所画的作品不同,现在他的民族人物系列不单单是粗犷和力量,里面有了更复杂的内容,也就是说他的画开始有了深层次的思考。他从对历史人物的思索转入对今天少数民族人物的思索,其技法更为娴熟,每一笔都是物像结构,没一点儿废笔与败笔。马要动起来,人要活起来,他们的脸上和肢体都要有今天的生活内容。在他的笔下,绝不允许今天的人画出古代的脸、昔日的体态。就连颜料他也改进,有时是广告黑和宿墨,特别粗糙的颜料。他坚持用现代技法画现代人。大部分中国画画家都愿意画山水花鸟,他却把画笔对准了人物,对准马匹,对准生活和内心。他比过去沉静了,当前的任务不再是出名,不再是为冲出广西而激动,而是要给中国人物画添加新内容,给后人留下值得学习的东西。

他从10岁开始习画,至今已经40个年头了,现在他是全国政协常委,中国美协会员,广西美协副主席,漓江画派促进会副会长,广西艺术学院中国画教授、硕士研究生导师。这些霓虹灯一样的光环,并没有干扰他的画画。他笔下的题材从"历史人物"到"唐宋诗意",从"民俗风情"再到"民族人物系列",一变再变,他又一次证明只有不停地探索才能立于不败之地。

表面看,他没什么特别之处,只是用行动证明了几个普遍道理:画就是画,不是表演艺术,即使再聪慧的人也必须勤奋,机会只给那些有准备的人,只有不停地探索才能立于不败之地。每个人都有证明这些观点的机会,但要真正做到,蛮难。所以,我要说郑军里其实有过人之处。

画家谢麟的白与黑

某天早晨，我从一张彩报上看到"谢麟油画入选法国国家沙龙展"的消息，就不假思索地认为，画家们又在炒作了，目光本能地要从报纸上撤退。但是这一次，我没有撤退成功，视线被旁边的那幅画粘住，就像刷了胶水。这是怎样的一幅画呢？没有写实的线条，没有完整的门窗，只是横截面，是一片黑与白的混淆。陌生，非常陌生，甚至有"后现代"的迹象。但目光稍微停留，一座村庄便海市蜃楼般浮现，黑色的屋檐、白色的墙壁。天空是白的，大地是白的，在黑与白之间，洇出一道道褐色的水渍。因水渍的动感，整幅画像在雨中，又仿佛水中倒影。可是，画面没有一滴雨，那些水渍只能是历史的遗留。一座古老的村庄！我在什么地方见过，却说不出详细地址；我好像就在里面住着，却又像遥远的记忆。如烟，似梦。是醉眼里的一团景物，是大写意的一片黑白。

这就是谢麟在巴黎罗浮宫参展的油画——《山村印象》。

我有了一种被冒犯的感觉。这太不像传统意义上的油画了。因为写实一直是艺术的正宗，像与不像往往是至高标准。在这个标准里，作家们跟生活比真实，画家们跟相机比技术。尽管有凡·高的"印象"、毕加索的"立体"、卡夫卡的"变形"、达利的"超现实"，但在俺们说普通话的地方，艺术家们还得老老实实地向生活学习，向现实致敬。这么冷不丁地冒出一个不守规矩的，确实有点儿抢眼，真的有点儿兴奋。于是，被冒犯变成了被撞击，心里有了惊讶。

惊讶是多方面的。要知道，谢麟是一位"广西画家"。只要被"广西"这两个字命名，立刻就有被"桂林山水"和"边缘省份"格式化的危险。的确，因为桂林山水戳在这里，广西出几位水墨高手，地球人都不会怀疑。但是，广西油画家要在画坛伸出头来，如果不是钢脑壳，那基本上就别想。不管你服不服气，艺术是有中心城市的。广西山水再美，它也不可能成为艺术中心。因此，谢麟的创作注定经历了长时间的探索。他苦恼过，思考过，但始终没找到自己的独门绝技。直到《南丹组画》的出现，他才把自己和别人来了一次彻底的区别。这是一组黑白分明的油画，大块面、粗线条，房屋是黑的，人物是黑的，牛也是黑的，只有窗口、门口和透光的地方才刷上白。别的颜色都被他抛弃，画面上只剩下黑白两色。很显然这不是真实的物象，就像世界上绝对不只有好人和坏人。但是，敢把人分为好与坏者，必有其可爱和天真。而敢把世界分成黑白两色的画家,其内心必有无限的黑暗与光明。只有黑到极致才会让白更白,也只有白到极致才会让黑更黑。这是一种毅然决然的姿态,画家放弃了真实,却创造了比真实更有力的画面。也就是说从这一组画开始,谢麟对现实进行了过滤,把更多的想象留给了观者。表面上他走向了简单,而实际上他却丰富了画作的内涵。

谢麟说他这一系列油画的灵感,是从南丹白裤瑶那里获得的。这么一说,他就不得不庆幸自己身处边缘了。广西南丹白裤瑶是瑶族众多支系中的一个分支,因男子常年穿白裤而得名,总人口约 3 万,被联合国教科文组织认定为民族文化保留最完整的民族分支,也被称为"人类文明的活化石",是一个由原始社会生活形态直接跨入现代社会生活形态的民族,至今仍保留着很多独特的习俗。20 世纪 80 年代,在"越是民族的就越是世界的"口号支持下,各个艺术门类争相"寻根",比赛"亮家底"。白裤瑶居住地一下就成了艺术圣地。每天都有穿着干部服装的人来到这里,他们不是搞选举,也不是抓经济,而是来这里写小说、画画和搞摄影。作家们搜集传奇,摄影家和画家们捕捉表情。谢麟也不甘落后地加入了这支寻宝大军。他先后五次深入瑶寨,与瑶胞们同吃、同住,近距离地接触他们的风俗。

不是所有的"活化石"都能成就艺术家,远古风俗和原始建筑也并不都是艺术的灵丹妙药。文艺家们一窝蜂地来到白裤瑶居住地,又一窝蜂地撤退。有的带走故事,有的带走服饰。但大多数好奇者都像徐志摩《再别康桥》里写的那样:"悄悄的我走了,正如我悄悄的来;我挥一挥衣袖,不带走一片云彩。"而谢麟,也许是从这里带走最多的人之一。他带走的不是云,而是创作观念。当他坐在白裤瑶漆黑的屋子里,看着那些透过窗缝的光线时,灵感之神忽地降临了!这种黑白关系,让他想起白裤瑶男人的服装,上黑下白(黑上衣、白裤子)。白裤瑶男人之所以只穿这两种颜色,是源于他们对祖先的纪念。谢麟由此出发,想到天地、乾坤,想到了人与自然和老子的阴阳思想。为了这个发现,他等了若干年。有了这个发现,他的创作发生了质变。可以说,是白裤瑶屋子里的阳光让他产生了"顿悟"。这个"顿悟"不是捡来的,而是这片神奇土地的恩赐。当然,灵感从来都只恩赐有备之人。

谢麟在"知黑守白""大色无彩""大象无形""大道无法"等理念之下,创作了《晾布》《舂米》《织布》《晒棚》《正午》等一系列黑白分明的油画作品。尽管这些作品已让人眼睛一亮,但他似乎还没有完成使命。他渴望把中国传统文化及审美精神在油画中体现出来,让这种外来的艺术语言具有东方的文化精神及审美品格。黑白两色虽然具有东方传统艺术的审美特征,但仅仅把这两色放到油画里,尽管是个大胆的创意,却不是他最终的目的。在经过黄姚古镇写生之后,他的《山村印象》系列诞生了。在这一组作品里,他弱化了黑,强化了白;弱化了写实和粗犷,强化了写意与柔软。至此，谢麟完成了油画和国画的巧妙嫁接，完成了写意与写实的结合。他终于把白裤瑶村庄升华为中国村庄，终于把东方西方的绘画风格同时放进了一个画框。

他的画让我想起一个现代艺术流派——极简主义。极简主义出现并流行于20世纪50至60年代，主要表现于绘画领域，主张把绘画语言削减至仅仅是色与形的关系，主张用极少的色彩和极少的形象去简化画面，摒弃一切干扰主体的不必要的东西。作为一种生活方式或时装风格，极简主义直至20世纪90年代才变得时髦。90年代有一句口号"Back to basics（回归本始）"，足以与80年代的"回归自然"成为姐妹篇。回归是感到前无去路的困惑的当代人的唯一选择，而这一困惑就是谢麟作品的潜在市场。

回到起点

　　如果你要在广西做一件稍微和文艺沾边的事,那你一定会知道胡红一。这是因为胡红一首先是一名嗅觉灵敏的记者,然后才是一位写作者。从来没有人简单地把"作家"这顶帽子扣到胡红一的头上,原因是他涉足的领域实在太多,任何定语都可能丢掉他的另一部分成绩。于是我们常常说:他是小说领地的新闻记者,是新闻记者里的剧作家,是剧作家当中的词作家,是词作家中的小说家。他匆忙的身影穿梭在这些行业中,以至于在很多重要的场合,圈子里的人一看不到他就觉得不正常。

　　胡红一不是广西人,他从河南驻马店过来的时候,身上只有900块人民币,当他租到房子买下一张能够安身的床之后,衣兜里就只剩下毛票了。那时候,我在餐桌旁一边听他讲笑话一边为他的下一餐担忧。但是他却从不为此发愁,好像只要有眼前的这几盘饭菜就足以管一辈子似的。后来的事实证明,他确实是一个乐天派。当他在广西挣到了第一笔稿费和领到第一笔微不足道的工资之后，首先想到的就是请客，根本不考虑在请完客之后那剩下的20多天去哪里找伙食。好在他是一个能言善辩的人，凭着他的北方口音和认识过几个名人的资本，他在好客的南宁市基本上没有饿着，而且还越活越滋润。这从他喝酒的档次可以看得出来。刚来的时候，他喝的基本上是二锅头一类的酒，但现在他除了茅台和五粮液别的就基本不喝了。

我是眼睁睁地看着胡红一如何在短短的五年时间里，把酒的档次一点一点地提升的，这和他的收入以及名气的不断升高有关。当他手里积了几个小钱以后，便开始武装自己了。首先他要买一部手机，但算来算去他手里的钱尚差两千元，卖手机的人告诉他只要再等两个月，手机的所有费用就下调到万元以下了。已经被手机深深迷住的他，哪里还能耐心再等两个月，就是两个小时他也不愿等了，于是转身去跟朋友借钱，在一个小时之内就把手机揣进了怀里。我敢肯定，这是他进入广西南宁后除了床之外添置的第一份家产，仿佛这能为他证明一些什么。慢慢地，他在报社里写了几篇好稿，跟着朋友搞了几个策划，衣兜里渐渐地鼓起来，心也跟着膨胀。暑天里，他再也受不了南宁的热，非得跑到一个著名的商场里去蹭空调。这一蹭，那些名牌服装把他衣兜里的钱全给蹭光了。他全身上下，没一个地方不是名牌，把自己装扮得像那些影视明星。在四星级宾馆大堂旁的咖啡屋，只要他一端起杯子，和那些有钱人没什么两样。在一些重要场合，人们常常把他当作名人尊为作家，但却不知道他写过什么作品，更不知道此时他如果再不去一趟电信局，谁要是打他的手机，那准会听到欠费停机的提示音。

跟胡红一交往过的人，几乎都会被他的口才迷惑。他会把极其平庸的事件，说得绘声绘色，特别在调侃别人的时候，他的语言往往超出那些文学大师，要主题有主题，要细节有细节，更不缺少夸张。我本人就常常成为他调侃的对象，也曾为此提醒过他，但是他是一个什么都管得住，就是很难管住嘴巴的人。兴之所至，他连自己最亲近的人都要调侃，更何况那些"得罪"过他的人。他们在胡红一的嘴里几乎体无完肤。曾经好几个杂志的编辑到南宁跟我约稿，我顺便带上胡红一。在听过胡红一的瞎侃之后，编辑们无一例外地反问他：为什么不写小说？他说我和别人不同，别人的小说是用笔写的，我的小说是用嘴巴说出来的。他在各种场合不停地说着，而且说得头头是道，一些搞评论的朋友都被他蒙住了。一个还没有完全被他蒙住的人突然发现了一个本质的问题，那就是胡红一是唯一一个没有作品的作家。这个问题击中了他的要害，他开始用这句话来调侃自己，企图在调侃中抹去心灵的隐痛。但是我和剧作家张仁胜并没让他得逞，而是时不时地催逼他写作。他以天气过热没有空调为由，拒绝了我们的要求。后来他买了空调，我们说现在总该写了吧，他又以没有手提电脑为由,再次把写作置于脑后。

有一天,他终于买了一台进口的手提电脑。我们都暗暗地期待着他能尽快地写起来。但是除了看见他整天把手提电脑挎在身上之外,就没看见他有更多关于电脑的动作,好像那个手提电脑仅仅是一种象征。有人开始调侃他,说整天背着电脑又没看见你写。他辩解道:怎么没写? 买到手提电脑的第一天,我就到国际大酒店的酒吧里写了一个下午,写出来的稿费还抵不上那个下午的最低消费。我知道,胡红一又在为自己寻找不写作的借口了,理由是没有书房。我对他说这个理由不充分,就像农村的孩子不能因为没有鞋子而拒绝走路。他笑笑,除了不写作什么都干,太阳照常升起,他的收入也在不断地增加。这使我一次又一次地犯傻,心想,是不是在这个世界上最不应该干的事就是写作。

然而,在胡红一的心灵深处,始终有着写作的情结,有着被人称为作家的虚荣。一次,我和他以及张仁胜在一家酒楼里吃火锅,我们一边吃一边为他飘浮不定的情绪深感不安,都觉得这样吃吃喝喝的,总不是个办法。张仁胜说今天你最好做出一个决定,是跟东西写那种纯粹的小说呢,还是跟我写写"五个一工程"的作品? 当时胡红一毫不犹豫地回答张仁胜,我还是写你那种的吧。过了不久,自治区党委宣传部给了他一个写广播剧的机会,他的创作潜能一下子被激活,在当年就轻松地拿了一个全国"五个一工程"奖。像是受到了鼓舞,他从此一发不可收,把张仁胜在广西的活儿一概揽了过来，什么歌词，什么电视短剧，什么晚会台词，什么电影剧本，全都干上了，拿了好多党和政府给的奖不说，居然还得了国际电影节大奖。以至于有领导在广西文艺界一次很重要的会上，半开玩笑地把胡红一叫作"胡三得"，说他来了广西之后，得名得利得老婆。而我却以他的调侃为榜样，说他是驻马店的枳，一到了南宁就变成橘了。他带着窦娥一样的冤屈，无奈地笑了笑。

　　突然有一天，我接到胡红一的电话，他说他开始写小说了，说是要把他写的电影剧本《真情三人行》改写成小说出版。这个电影我清楚，从他写剧本到张罗着拍摄，差不多经历了一年半的时间。电影出来之后，得到了专家和观众较高的评价，而让他最得意的是该片在南宁首映时，竟然把几个领导感动得哭了。我想这应该算得上是胡红一的最高成就了。两年前，他在没有拿到全部稿费的情况下，数次修改剧本，以不计得失的精神把剧本交给别人，这在以不讲信誉著称的影视界，无疑是一种冒险。但他的真诚终于换来了电影的开拍，为此他比那些投资的、当导演的、当演员的还要兴奋。他比他们更把这个电影当一回事，到处奔走呼吁，让大家来关心这个电影。当时我就觉得他的投入以及兴奋程度，与他在该片中的编剧位置不太符合。然而我知道，他就是这样一个喜欢兴奋的人，有时候甚至为和自己一点儿也不搭界的事情而兴奋，比如朋友丁工开了一个酒吧，他比自己开一个酒吧还兴奋;比如别人写出了好作品或者卖了影视版权,他像自己卖了版权一样喜形于色,掏自己的腰包请客庆祝,而且还在他编辑的版面上大肆宣传。一个能在朋友的身上分享快乐的人,肯定会把自己制造的快乐用足用够。况且,这种快乐马上就要延伸到这部叫作《真情三人行》的小说上。假若说他对同名电影的兴奋有些过头的话,那他对这部小说不管怎么兴奋都不为过,就是三天三夜不睡,就是喝去一整箱茅台都是应该的,因为这是他一个人的孩子,而不是与别人共生的。

和他一起兴奋的当然包括我,原因是多方面的。他从没有作品到有作品,从没有代表作到有了代表作,成为名副其实的作家仅仅是五年的时间。这五年,他在生存的压力之下,一边采访、开会、策划、泡吧、喝酒,一边写作,没有后门可走没有后台可靠,完全凭自己一颗聪明的脑袋征服这座他陌生的城市,不得不让我正视在他嘻嘻哈哈的游戏态度后面埋藏着的毅力。此外,还有一个令我兴奋的原因,那就是他终于回到了小说的路上,并且开始学会了拒绝,能够抵挡住别人的茅台的诱惑,安心地坐在家里一口气把几万字的小说写完。我仿佛看见一颗文学的种子,在经历了太多的飘荡之后,最后落定在一个地方。这个地方,也许就是他当初设想的所有人生意义的出发点。

从终点又回到起点,许多人是兜了一圈子之后才找到方向的。

她像跟踪杀人犯一样跟踪稿件

那时候，我还不知道《收获》的编辑钟红明长什么模样，什么血型什么爱好，是否党团员（其实现在也不知），只听说她毕业于复旦大学中文系，挺负责的，于是就大起胆子鼓起勇气，像寄情书一样把稿子寄给她。十几年前的文学编辑可是一份很牛逼的职业，而像《收获》这样大刊的编辑那就是牛逼中的牛逼。所以，我把稿件塞进邮筒之后就没抱任何希望，甚至已经做好了接收退稿的准备。没想到，小说竟然发表了，还额外收到钟红明的来信，说主编李小林也喜欢《没有语言的生活》。这是多么深刻的鼓励！我恨不得立即请她吃饭喝酒。

可是，十几年过去了，我也没机会请她吃喝。原因是见她一次太难。有时在会上碰到，她被别人包围，根本轮不到我埋单。她也曾来广西参加"三剑客"研讨会，但那是主办单位做东，我也把钱省下了。像我这种农民出身的，百分之百地继承了母亲的感恩传统,就懂得请人吃饭。而钟红明偏偏又不以吃喝为乐,怎么办呢?我总不能请她桑拿吧?因此,我一直欠着她的情,偶尔见面就像杨白劳见了黄世仁,心里一点儿也不踏实。好在,她并不计较,她压根儿就不是一个斤斤计较的主,不像有的编辑,还没发表你的作品就先告诉你这个作品如何如何难上,如果没有他的努力就没你这个作品的前途……更不会因为发表了你的作品,就给你跟他套近乎的机会,他还是他,你还是你,千万别借一篇作品就想把他弄成你的亲戚,下一篇如果写不好,照样灭你。

她跟作者这种清清楚楚的关系,让我看到了文学的正常状态。这或许就是《收获》的优良传统,主编李小林、副主编肖元敏和程永新我连面都没见过,但他们该表扬你的时候照样表扬,客观公正,这让我肃然起敬,并对《收获》一直保持好感。多少次我路过上海,都有到编辑部去看一看的冲动,听说那幢小楼古色古香,院子也很雅气。但是,我把这种强烈的冲动按住了,原因是我不忍心打扰他们,也想保留我对文学殿堂的最初想象,更愿意跟编辑们保持一种若即若离的关系。直到现在,我都认为《收获》的编辑们都是钟红明这种秉性,工作和人情分开,发表和吃喝分开,最好互不打扰。我甚至以她为标本揣测上海人,进而喜欢这种作风。

我一直都以为《收获》这种大牌杂志是不会缺稿的,编辑们只管跷着二郎腿喝茶、看报纸,好稿件就会一头撞上来。但是,几年前我在北京的青创会上碰到了钟红明,她专程从上海赶来,敲开一个个并不著名的作家房间,跟他们约稿,忙得差点儿漏掉了饭局。这时我才知道,哪怕是《收获》的编辑,想要拿到有质量的字,也得像我那位打鱼的大哥一样把网宽宽地撒开,大海里面捞针,体育彩票里选号。就是作家协会主席,他也不一定知道哪里有好作品,就是组织部也不敢保证级别高的作家就能写出名著,还得靠编辑们到作家的汪洋大海里面去捞。近二十年来,钟红明捞到了史铁生、王朔、刘恒、张炜、方方、李锐、朱苏进、刘醒龙、邓一光、池莉、徐坤等名家的作品,同时,还提前把目光放到非名家身上,而且是放到需要国家扶贫的地方,陕西的杨争光、江西的熊正良、广西的鬼子和我都是最好的例证,好像她比我们更相信我们能成为作家,所以,在文坛还不知道我们的时候,在我们都还没学会签名的时候,她就把我们推上了《收获》,硬是把我们变成了"著名作家"。她像跟踪杀人犯一样跟踪稿件,有时一跟就是几年。在我写《后悔录》一年半的时间里,她从不给我电话,但经常会给我发无字的短信,表面上是按错了手机键,潜台词却是催稿。就在我快要完稿的最后几天,又收到了她从北京发来的无字短信,为我这个小说的发表争取了时间。她这个人记性特别好,盯稿也特别有耐性,几年前,我跟她说要写一个什么样什么样的小说,后来我都忘记了她还记得,要是把她调到公安局去搞侦破,恐怕破案率都会翻番。

当然，她还是一个才女，看看她写的文章点评和跟作家们的对话，你就知道她掐住了作品的关键，就像捏住了蛇的七寸。有了这种擒蛇的本领，她才敢约无名小卒的稿件，而不像有的编辑什么险也不冒，专约既没有缺点也没有优点的名家三流之作。当然，她还是看字看得最多的人之一，哪怕是国庆节值班也还左手《史记》右手金庸。文学作品看多了，似乎再也不能让她过瘾了，于是，几年前她开始利用业余时间读法律，还弄到了一个什么学位。毕业后，她天天盼着打官司，相当渴望试试自己的刀锋。偏偏她的人缘关系好，又不抄袭又不诽谤，所以官司一直没碰上，这身本领就像十口之家住8平方米那样施展不开。去年，巴金老人不幸逝世，《收获》为了纪念巴老，仍然把他署名为主编，就有人起诉《收获》，说是欺骗读者。钟红明摩拳擦掌，终于有了一展业余所学的机会，代表《收获》出庭。一审《收获》胜诉，但对方不服，又上诉，法院二审。钟红明在庭辩结束之后，给我发一短信（这次可能是真按错键了），说原以为打官司都在法律和逻辑之中，没想到对方说的全不要逻辑，这官司即使能赢也受了一肚子"不逻辑"的气。她终于碰上了比文学更复杂、更荒诞、更魔幻的现实。有了这样的经历，再回头看文学作品的时候，她会不会更苛刻呢？现在好多小说写得都像童话，和现实一点儿都不搭界。如果她用现实的生动来要求小说，那好多作者恐怕就要遭遇退稿。

我从第一次给钟红明投稿至今，已有了14个年头。14年里我只见过她 4 次,平均每三年半见一次,都是在会上,都很匆忙,说的都是报纸上的话。如果不是佩服她、尊重她、感谢她,那我还真的写不了这么多字。

他把一座城当作一个人来写

聂震宁老师的小说集《长乐》出新版了，出版社邀请我出席新书发布会和研讨会。出发前，我在微信朋友圈喊了一嗓子，圈内的广西作家们鼓掌的鼓掌，放鞭炮的放鞭炮，发红包的发红包，热闹得像过年一样。他们纷纷把祝福的话挂在我的肩头，塞进我的衣兜，委托我一定带到北京来转交。他们说："尊敬的震宁同志，你帮别人开了那么多研讨会，今天终于轮到你开了。""聂哥，在你召开作品研讨会之际，敬你一杯大的。""聂老师，一直记着你的《长乐》《暗河》。""聂，我是你永远的粉丝。"不用点名，聂老师也会知道哪一句是哪一位说的。他们之中有你的同代人，也有曾经受你作品影响的年轻作家，更有你的暗恋者。

30 年前，广西河池地区还处于封闭状态，那个遥远的山清水秀、民风淳朴的地方，那个被我概括为"没有语言"的地方，有幸被当时的河池青年作家聂震宁带进了中国文坛。我所熟悉的宜州、南丹、天峨、巴马等地,像"陈奂生"那样跟着聂震宁老师的小说,登上了《人民文学》《小说选刊》《天津文学》《清明》等杂志。有好长一阵子,我们像湘西拥有沈从文那样兴奋,自豪。虽然我没法计算出聂震宁老师对河池年轻文学爱好者的影响指数,但我确实知道,有好多文学爱好者以他为榜样,像今天人们谈论某位明星那样谈论他。我也无法计算出他与后来河池形成的作家群到底有多大的关系,但我必须承认他关于文学创作的金句,他邀请全国著名作家到河池的演讲,都曾经在我的身上发生过化学反应。如今,河池地区改为河池市,市领导在介绍河池的时候常常说河池没有什么特产,但出产作家,比如曾敏之、周钢鸣、包玉堂、聂震宁、蓝怀昌、杨克、梅帅元、鬼子、凡一平、红日、黄土路等等。如果把这些作家比喻为一枚枚土鸡蛋,那聂震宁老师无疑是闪闪发亮的那一枚。他曾以一己之力提升了河池文学的质量,拉近了河池与中国文坛的距离,也曾让他的追随者从他的履历表上看到希望。在当年,河池这个文学器官与整个广西并不协调,它仿佛比身体还大,它是典型的局部大于整体。

很高兴,聂震宁老师离开了河池,之后又离开了广西,否则我们没有那么快冒出来。在一次交谈中,他曾鼓励我说,你们不是写得不好,而是头上的层面太厚。这个厚就是指我们的头上有好几层作家,王蒙老师等算一层,伤痕文学一层,寻根文学一层,改革文学一层,先锋小说一层,新写实主义一层,此外,广西还有一

312

两层。聂老师的调离就像是从我们的头上抽去一块厚木板,使我们得以节省成长的力气。每每见到他,我们总是心存感激,有关他在出版界的传说会不时地传到广西,让我们听到以后辗转反侧,莫名兴奋。

据我观察,聂震宁老师的身上有多项才能,但最为突出的是两项:创新能力和细节能力。多少年前,当我读到"长乐是一座城,但它也像一个人"的时候,我知道一部好作品诞生了。这是一个令人羡慕的叙述角度,整个长乐城被拟人化。这是物化的阿Q,或者说是阿Q的物化。这个角度是一个作家在作家心目中跃升的标志。如果说之前他的写作是在提升我们那个旮旯的文学质量,那么从这一篇开始,他是在提升他自己。虽然表面上他还是在写河池某县,但这个写作者已经不属于河池了。好作家就是这样:他用写地域的小说来证明自己不再是一个地域性的作家。至于细节,不仅贯穿于他的小说,也贯穿于他的生活。我们与朋友聊天时常习惯用食指指人,但我发现聂老师指人时常用大拇指。米兰·昆德拉在作品中曾经写过一个食指长得比中指还长的人,原因是他常常对人指手画脚。显然,聂老师在文友面前不喜欢用食指,他在很多年前就提前使用了微信上的点赞手势。

所在,今天,我模仿他惯用的手势,为《长乐》的新版点赞。

他让《山花》更烂漫

认识何锐先生是从他的声音开始的,就像王熙凤在《红楼梦》里的出场,但何锐先生的声音没有那么"银铃",是男低音,短促而模糊,除了南方人拼音里的 n、l 不分,zh、z 不分,还伴随着长久的停顿,经常在我耳朵竖起的时刻忽地断线。所以我常跟凡一平说:"天不怕地不怕,就怕何主编说普通话。"

这只是一个玩笑,我们苛求他普通话的水平,实在是五十步笑百步。在中国这座敞开的语言大学里,我跟何先生同属"西南官话"系。有时候,他说着说着忽地就蹦出一个词,让我熟悉得不能再熟悉,冷不丁地就回到了童年,比如用钱的时候他会说"惜倒用",约稿的时候他会说"写一个",而不是"写一篇"。他的方言就是我的乡音,听起来近,舒服。

大约是 1995 年春天,我收到了改版后的《山花》杂志,很雅的封面,很新锐的作家阵容,但是把整本杂志读完,我也没看到一句西南方言,甚至也没在上面找到西南作家的名字。一个说方言的人在接管《山花》之后,任务的第一条就是去方言化,把所有的版面全部让给了中国的名家和准名家,让我一下就看出了主办者的野心,那就是想把《山花》办成全国的文学杂志!从来,文学除了论资排辈也讲地理优势,稍有名气的作家要不是被"威逼利诱",是很难把稿件投给边缘刊物的,而难就难在每一个试图冲破地方的刊物,首先就得拿到名家的稿件。

何锐先生是怎么拿到名家稿件的我不得而知,但是我知道有相当一部分作家当时之所以愿意把稿件投给《山花》,是因为《山花》发的是双稿酬:一份由编辑部寄出,另一份则由协办方贵阳卷烟厂发给。在纯文学作品稿费普遍偏低的情况下,这样的双稿酬确实能刺激作家们的神经。为此,何锐先生没少喝酒。别的主编一上任便搞栏目策划、刊物营销,但何主编一上任却是学习喝酒,把自己严重的胃病忘得一干二净。只要一听到某个企业对文学有哪怕芝麻那么大一点儿兴趣,他就直奔经理办公室谈文学,称兄道弟地喝。好几次他都把自己喝趴下了,以为能拿到办刊的赞助费,却没想到那只是企业例行公事的接待,根本没把文学当亲戚。直到遇上贵阳卷烟厂的陈迅,何锐先生才算真正找到了知音。陈迅厂长没跟他喝一杯酒就答应协办《山花》,并承诺只要刊物办出了名,经费便逐年递增。

一个50岁出头的人还揎拳捋袖为一本文学杂志拼命,用今

315

天的价值观念来衡量肯定让人有好多的想不通。但仔细一琢磨，只能说他对文学已经上瘾。何锐先生是 1979 年调到《山花》杂志做诗歌及理论编辑的，从做编辑到当主编中间足足有 15 年的时间。这 15 年既是中国文学的，也是他人生的黄金岁月。其间有那么十年，随便翻开报刊上的"征婚广告"，即便以字数收费，你也会看见寥寥数语中写着"热爱文学"。可惜那样的文学行情没能坚持下来，就像当时的股市忽地就熊了。因此，好多地方文学刊物的负责人一见面不再是问"吃了没"，而是问"杂志亏没亏"，彼此一握手立刻就摇头，说："如果你想害一个人的话，那就让他去当文学杂志的主编。"对于一个既把青春献给了文学，又见证过文学辉煌的人来说，碰上这样的困局绝对是心有不甘的。因此，他要用自己的行动，用一本杂志来挽救文学，至少是局部的挽救。

《山花》上的栏目越来越多，什么"联网四重奏"，什么"三叶草"等，有的是何锐先生拍着脑袋想出来的，有的则是作家们出的主意，反正总之，何锐先生广交朋友，在一年多的时间里迅速团结了一批青年作家和评论家，竭尽全力推出新人。一些被主流刊物排斥的作者在这里第一次亮相，一些从来没有被评论家提及的作者在这里获得首次专论，本人就是他关注的对象之一。当时《山花》有一个栏目，既发作者的小说又配发评论家对该作者的评论。在我连一本专集都还没出的情况下，他联系了南京的邵健先生为我写专论。我复印了厚厚一摞发表过的小说寄往南京，十天之后,那些破袋而出的复印品被几根绳子系着,又回到了我的办公桌,原因是收信人地址已经被复印品磨破。后来,邵健先生写了一篇《存在之境》发在《山花》上,那是首次有人对我的小说进行全面评价。当然,享有这种待遇的作者远远不止我一人,还有许多当时刚刚冒头的新锐。十年之后,历史已经证明,凡是何锐先生当年竭力推荐的作者,现在都还争气,大部分都成了中国创作的主力军,如果要开列名字,那会是长长的一大串。

公正地讲,任何一个作家的成功都不是靠某本杂志培养出来的,我也不能为了抬高何锐先生而忽略作家本人的劳动。好在他也没有自我吹嘘培养了谁谁谁,只是默默地或发现新人,或为即将出名的作者推波助澜,所以他把发现大作家当作自己做编辑的格言。这相当于赌博,愿望不等于事实。但是,每天要面对那么多稿件那么多作者,如果他不给自己附加一个意义,那工作将极其乏味。所以,发现就成了何锐先生的快乐。每当发现一个新人或者一篇好作品,他都会欣喜并且电告远方文友,让大家一同分享。他对自己的判断充满自信。作家们投给《山花》的第一篇稿件他基本从宽处理,但是从第二篇开始他就从严了,如果他不喜欢,就是名作家也会接到修改建议,甚至是退稿。但是作家们并不牛气,都知道何锐先生是个特别认真的人,有时还固执得可爱。他有他的文学观,你可以不赞成,但绝对不会讨厌。

1996 年,他到南宁开会,我见到了他,第一印象就是瘦。十年后,我去贵州都匀开笔会,第二次跟他相遇,瘦还是他的特点,这跟他办的杂志成反比。《山花》经过十多年的努力,已经被文学圈彻底认可,其作品质量一直稳定,杂志也越来越厚,可是何锐先生就是没胖起来,那些跟着他干活的编辑都说:"他太操心了!"接管《山花》13 年,他没有开过任何小差,言必称杂志,行必为杂志。如果把他前面当编辑的时间一起加上,那可是整整 28 年,就是爱情也不一定经得起这么久的考验,但是他却做到了对一本杂志的绝对钟情,用生死与共来形容他和《山花》的关系都不过分。他用《山花》证明:即使是在边远的外省,哪怕主编说不好普通话,同样可以办出文学的核心刊物!这是让他最自豪的地方。另一个自豪就是他拥有一万多册藏书。十几年来,他为杂志拉了几百万元的赞助,自己却不拿一分提成,仍然过着那种让人尊重的清贫的生活。如果要我选一个无私的典型,我肯定投他一票。从他身上,我看到了文学赖以生存和传承的力量,并坚信一个好编辑对文学的贡献可能胜过 100 个作家!

默默有趣

默默者启良

　　在我的印象里,韦启良老师的嗓门从来就没有高过,哪怕是在没有扩音器的大礼堂里讲课,他的声音也不高,但却字字清晰,句句精准,让整个礼堂安静得可以听到落地的针响。是什么使他的低声具有这么大的魔力?最最关键的一点,恐怕就是他不说废话。两个小时的讲座不说几句废话,再博学、再理智、再缜密的人都很难做到,但是启良老师却做到了。在河池师专(今河池学院)求学的那几年,我除了听他正儿八经地讲课,还趁机跟他聊天,他的话不多,却很受用,废话的比例不会超过百分之十,仿佛是为了节约能源。

　　后来,我被分配到家乡做高中语文老师,常常揣摸他的讲课方法,发觉他除了学问扎实、表达准确之外,还是一个心理学家。他绝对知道学生们想听什么,愿意听什么,在他的观点后面总吊着一个大大的麻袋,麻袋里装的全是精彩的材料和细节。讲茹志鹃的《百合花》时他会告诉我们,这位女作家在行军途中什么行李都可以丢下,唯独背包里那本《战争与和平》不能丢。我们到环江县城实习,对这个曾经炮制过"亩产十三万斤"稻谷的地方充满好奇,却苦于不知实情。他去探班时就告诉我们这块"放过卫星"的稻田在哪里,"亩产十三万斤"是怎么来的。这种不经意的跑题或故意地开小差,扩大了他讲课的边界,吊足了听者的胃口。能背出心理学概念的人不一定是真正的心理学家,而真正的心理学家是那些目光犀利、推己及人,敢于用全部身心去体察人情世态者。启良老师就像温度计,表面上不动声色,内心却能敏感地捕捉到世界的炎凉。正是这种能力使他的讲课无人不服,使他在讲课之余还能写出《现代名人母亲》和《大学校长列传》等等好读又耐读的著作。如果要给他的才能排序,那他首先应该是心理学家,然后才是教育家和作家。

从 1982 年我成为他的学生那天起,一直都没看见他胖起来过,就是在他当了河池师专校长的那几年,也没见他发胖,身体还是那么单薄,走路仍是那么轻慢,说话还是那么和气。曾经,我试探性地问他对某某人的看法,从他嘴里冒出来的全是夸赞的言辞,这使我大为吃惊,因为这个人的人格层次并不高。但是后来慢慢深思，才发觉他从不攻击别人的弱点，反而能从一无是处之处看到优点。同样，他也很少表扬别人，我就从来没听他表扬过他培养出来的厅级、处级干部，而冷不丁地会说一两句某某县或者某某乡的某某老师语文课上得生动，这么好的老师改行了实在可惜。他是真的惋惜，根本不考虑这个老师改行之后收入的提高，待遇的好转。他这种不亢不卑，绝不以政治和经济地位评价人的态度，就是到了 21 世纪也不改变。

曾经他被打成"右派"，我问他当时的心理感受。他说有一次站在屋顶砌房梁，看见远处一列客车鸣笛经过，而自己与那列客车却毫无关系，这就是做"右派"的感受，仿佛这个世界与他无关。晚年，他得了肺癌，手术后他胆战心惊地活了十年。这十年的感觉我没敢问他，但可以肯定他"局外人"的心态比做"右派"时更为强烈。

1986 年夏天，他在《河池日报》分别以《青山桃李忆念斯人》《学者死于讲座》深情地忆念阮儒骚和黄振宇两位老师，为失去这么优秀的同行痛惜落泪。那年的 6 月 11 日我在《河池日报》红水河副刊发表了对这两篇文章的评论，写道："与文人交往的好处是在你死的时候，有人为你立传。"现在，为教师们立传的启良老师悄悄地走了，怀念的任务就落到了我辈身上。为了当年的那一句诺言，我含泪写下这篇文章，以此纪念恩师启良。

有趣者果河

那是 1982 年夏天,我被河池师专中文系录取,写作老师叫李果河。很有意思的名字,李果,再加一条河,是一幅画的意境。这条河清澈吗?河边的李果甜不甜?胡思乱想中迎来了他的上课。第一堂,我记住了他背诵的一首山歌:

假正经

走路低头不看人

好比路边猫爪刺

不知勾过几多人

哄堂大笑,就连平时木讷的同学都笑了起来。戳穿人的虚伪,肯定能引发笑声,前提不是戳穿自己,而戳穿者往往会成为英雄,就像《皇帝的新衣》里的那个小孩。此刻,他就是戳穿者,尽管山歌是他搜集来的。知识就是这么奇妙,谁记住,谁就可以从它身上获利。

那时,他常在报刊发表文章,收到稿费了他的心情就特别好,偶尔会把稿费单高高地举起来,让我们像看月亮那样看看。他也经常参加一些笔会,会把一些省内知名的编辑、作家请到学校来,给我们讲讲课。那时候的作家既有额外收入,又被人待见,甚至被称为人类灵魂的工程师。所以,我想成为他那样的人,成为一名作家,成为一名有趣的作家。

他敢讲真话,在课堂上常有批评之声,寥寥数语击中要害。在讲解文学作品时,难免会遇到准黄色描写段落。他不回避,坦然地讲下去,仔细地分析,由于分析得过于仔细,以至于学生们都觉得他对这些段落过于偏爱,以至于同样偏爱这些段落的学生们都以为自己不偏爱了。真性情,自带流量,像我这种喜欢写作又喜欢真话的人越来越喜欢他的课。偶尔会有同学把写好的作品交给他指导,但是且慢,你在把作品交给他之前,一定要有被打击的心理准备,因为他有可能会把这篇作品拿到课堂上去分析,甚至分析得一文不值。

我害怕他的"毒舌",却又渴望得到他的指导,于是在自以为有把握时给他提交了一首诗歌。从提交的那一刻起我就开始观察他。我观察他散步,观察他打桌球,观察他讲课,观察他打喷嚏,可就是没有观察到他对我诗歌的评价。我想,他大概是忘记了。一天下午,我去找他,进门那一刻全身都绷紧了。书房没人,但我看见我的那首诗被他用红笔修改了几个地方,搁在书桌靠窗的一排书上。今天,我仿佛还能记得那一排书的颜色,桌子的颜色,以及从窗口看出去他家天井的颜色。为了不打乱他的计划,我连自己的稿件都没碰一碰,便轻轻地退出来。又过了几天,他终于记起来了,让我把这首诗投给《河池日报》副刊的编辑。一个月后,该诗得以发表。像这样的推荐,在我工作后还发生了一次。

他愿意推荐学生的作品，只要他觉得还行。他的这种习惯被我模仿，现在我也喜欢推荐学生的作品。他喜欢表扬发表过作品的学生，我第一次听到师兄凡一平的名字，就是他在课堂上说的。

我越来越敢靠近他了，那是因为他的真实。即便面对学生，他也从不隐藏他的观点。当一个人跟你说出了一些秘密后，你就不会怕他了，当然，一开始他就不是想让我们怕他。他豁达，对于那些逃课去听文学讲座的人总是肯定。只要你爱好写作，你的叛逆你的个性你的种种小毛病，在他嘴里都是优点。他当年看好凡一平就是看中他的叛逆。他当年没那么看好我，是因为我身上还没出现叛逆。他洒脱，无拘无束，敢跟漂亮的女生在校园里散步，甚至鼓励学生们谈恋爱。有时，他散步累了，会一屁股坐在水泥台阶上跟我们聊天。他不喜欢肉麻的歌曲，只要在歌厅里听到那些歌曲，他就会闪出去，等别人唱完了再进来。

他的作品和他一样，有趣，真实，毒舌，豁达，洒脱，都是真性情，是我当年看得最认真的作品，因为我相信只有我认真看了他的作品，他才会认真看我的作品。我的认真是为了换取他的认真，就像一笔交易，当年愿意跟他做，现在也愿意跟他做。

云船

写我的启蒙老师,远不比汪曾祺写沈从文那般诱人。对于未名之人,文章从来吝啬。罗建龙老师虽有二三件可书之事,却因地域限制,生命短暂,门下又无高徒,因而无人晓得。

我6岁进学堂,先生已经不再叫先生,手里既无戒尺,头上也不拖辫子,更没有之乎者也的迂相。老师20岁出头,像个大孩子,眼睛却是锥人得很。父亲求他收我,老师说太小,不收。父亲说娃虽小点儿,但在家除玩泥巴,便无事可做,能学唱到一首歌就行。老师说既然你肯出学费,那就收下。这样,我这个小小的块头,便被摆在教室的最前排,成为学生。父亲转身欲走,被我死死地牵住。老师说你娃脸皮薄,你就陪他一个早上。父亲从未进过学堂,陪我的这个早上,是父亲唯一的一次听课。

学校不远处,是一池水塘,夏日我们常去玩水。老师抓住我们之后,便让我们站在讲台前示众。全班同学的眼睛一律挑剔着我们。我衣着的破烂,颈上的黑垢,都被同学看得真切,成为他们日后的笑料。班上几个漂亮的女同学也放肆地鄙视我们,我们心里便直恨老师恶毒。到我读了三年级,老师被水淹死,我才理解他的这番良心。

在他手下,没有绝对的自由。每天都布置作业,规定背书任务,要是不做作业,不背书,就必须要你硬坐在教室里,老师拿一本书在门口陪着。如果稍有偷看的举动,老师那带刺的目光便朝我们射来。老师尽管低头读他的书,但我们无时不感到他眼睛的存在。有时天黑了才让回家,我们边走边骂,说老师不是东西。但这样几个夜晚之后,我们才知道老师一直跟在我们身后,默默地护送我们回家。

逃学仅有一次,因为村上来了耍猴的,看了大半天,才想起忘了上学。老师突然到来,袭击我们,叫我们站在各自家长面前,说一声:"爹,我错了。"父亲向来性子恶,不曾有半点儿与儿女沟通感情的想法,我也就从来没有正经跟父亲说过话。当着老师与众家长的面,说出这四个字,实在太难。别的同学都说了,几双眼睛在等我,我哭泣着结结巴巴地说了四遍,才说清楚。说完之后,我断住哭声,像是卸下一副担子,突然成了大人。后来我渐渐有了点儿胆量,敢在课堂上读书,回答问题,似乎和老师强迫我做的这一招有关。

老师要结婚,调到一个靠河的小镇。他走的时候,我家正卖了头猪。老师找我父亲商量,借了40元钱。我原以为老师是什么都懂,什么都有,哪知道他竟也缺钱。

1974年树芽还浅的时候,传来了老师死亡的消息。老师为了吃鱼,淹死在河里。当时我想老师死得很不崇高,只能在心里默默地纪念。但多少年之后,特别是文坛都熙攘着写生存状态的今天,我才知道老师是多么需要吃鱼。那一年,我正读三年级,开始学习作文,已能悟出严厉的贵重。清明节里,山区到处飘荡着白纸,大人们都去上坟,我们几个同学偷偷地撕下作业本,叠出几只纸船,躲在学校墙根,朝着老师死的那个方向烧。老师死在水里,我们用纸船去告慰他。

渐渐地,我已经隐约地感觉到乡村的孩子犹如路边的小草,自生自灭,绝没有城市里孩子的福气,有人一路看管栽培着,直到走进工作的大门。事实证明,在农村,像罗老师一样严厉要求学生的老师愈来愈少,很多聪颖的乡村孩子被淹没了。我能和少数山里孩子破例地走出山乡,每一步都走得极险,倘若错走一步,便不再有我的今天。小时候懵懂,并不介意,现在回头,却惊出阵阵冷汗。我想人之初,能得一位严师教诲,该是多么幸运。

纸船烧了几个清明,我便外出读书了。清明里,或在学堂或在单位,绝少有机会回我的母校。15年之后,我终于混出个人模狗样,能在清明回家祭祖。我突然记起我的老师来,我看见墙根下那块烧黑的印记,眼前便有了老师的音容笑貌。我久违了我的老师,心中的一片纯净,已让尘世的琐碎夺去。我仰天长叹,头上正飘着一朵白云,形如帆船,朝着老师走的那个方向驶去。真是天解人意。十几年来,同学们像撒出去的豆子,各自为生计忙碌,何曾想到过早逝的老师? 是冥冥上苍,填补了我们的疏忽。

活着,是因为有人惦记

我认识他应该是 1986 年,记不清是冬天或夏天。好像是冬天,他春节要在报社值班,所以提前回岜暮乡去看看父母亲人。那时我刚从河池师专毕业,分配到天峨中学当教师,闲时写些豆腐块投给《河池日报》。他是副刊编辑,曾经编过我的几篇小稿,但还没见过我。于是……在那天,在暮色四合之后不久的天峨县中学单身汉宿舍区,我听到了黄开杰老师响亮的喊声。他说李昌宪来了,过去坐坐。虽然开杰老师在前面加了我的名字,但我明显感到他的这一句绝对不是说给我一个人听的,几乎在向所有的老师宣布,且语带自豪。他当然有资格自豪,因为在桂西北偏远的山区小县,在这个出产名人近乎为零的地方,被李昌宪找上门来看,是一件很有面子的事。

从平房的前排绕到后排,我走进开杰老师的房间,看见他坐在面对门口的椅子上。标准的国字脸,五官端正,打量人的时候眼睛微眯，手上夹着一支燃烧的香烟，不时抽一口，烟雾从前额升上去。他的相貌没超出我的想象，也许是我曾在某处见过照片，也许是在人们的讲述中脑海里事先有了素描。但我的外貌一定不在他的意料之中，不然他为什么一直在打量我？仿佛在透视或预估我的未来。多数时间我在听他们聊。门是敞开的，中途不停地有人插入打招呼，握手，散烟，就像现在电视剧里插播广告。为顾及每个人的情绪，他也聊几句文学。临别时他鼓励我好好写。听得出，这是礼貌性的鼓励，但在一颗"扑通扑通"的文学心脏面前却具有神奇的药效。

后来，我经常给他投稿，也经常收到他的退稿信或采用信。他的信写得很认真，字迹工整，内容丰富，就像一位邻家大哥在跟你拉家常，不知不觉中你会把他当成值得信赖的人。所以，每每见面就会向他大倒苦水或大讲成绩，甚至大讲可能实现的成绩，仿佛只有他才能理解自己的挫败和喜悦。他是一位优秀的听众，哪怕你是他的小弟，哪怕你的位置比他低得多，他都会竖起耳朵倾听，并不时产生共鸣。如果用器官来形容，他是耳朵。如果用地势来比喻，他是凹地。如果用名句来描述，那他就是低到尘埃，开出花朵。

为了不伤害那些初学写作者，他常常为写退稿信而发愁。他不退稿作者就以为还有希望，于是还会写信来问他"稿件如何"。我与他在河池日报社副刊部共事的那段时间，经常看见他用这样

330

的模式写退稿信:首先是客气的称呼,然后是稿件的优点(往往浮夸),再后就是文章有瑕疵(往往瞒报),最后说:稿件拟不用,是留在这里还是退给您? 他一直用"您"。当作者看了他的回信跟他索回稿件时,他好像自己犯了错误一样,很内疚地把稿件装入大信封,同时塞进两本河池日报社的空白稿纸。在那个年代,能用河池日报社的稿纸写文章,就已经是一种荣誉了。

1997年冬天,我从天峨县搬家到河池工作。那时公路弯曲,全是泥巴路,早上出发前我拨通他办公室的座机,告诉他找几个人帮忙下车。细雨中,我和货车司机在山路上盘绕,直到傍晚才到达金城江(河池地区驻地)。当货车开进大院时,我只看见他一个人伫立在细雨中等待。虽然那时我没什么家产,却有满满一车柴火和几十块用于打柜子的杉木板和椿木板。我问他,没叫人? 他说太晚了,不好意思叫别人,我们两个够了。于是,那个晚上我俩下了整整一车的柴火和木板。我分到的房间在二楼,柴火和木板都要扛上去,每次他都扛得比我多,如果我扛得动一块厚椿木板,他就扛两块。我扛得动两块,他就扛三块。在帮助朋友的时候,他从来不节约力气。下完车,到请他吃晚饭时,我才知道他不叫人帮忙的良苦用心。因为,那时候我没什么钱,叫人越多饭钱酒钱就花销越大。所以,宁可他累一点也要帮我省钱。

对于家人,他有许多细节也让我历历在目。他的女儿七个月出生,因为早产,放在一个小小的保温箱里,他天天守着,箱内的一丁点动静都扯着他的左胸。他的眼睛一眨不眨,只有这么看着,他的表情才是安稳的。当女儿能吃一点食物时,他就用一个钵来磨米面,煮米糕。有时候我们去串门,他一边磨米面一边跟我们聊天,好像他的主业就是磨米面的。偶尔朋友邀请聚会,他总是尽可能地把家里的饭菜煮好再出来。这一抹对家人的暖意,曾遭到过大男子主义者们的多次嘲笑,但他不以为耻,反以为荣,以至于当电视连续剧《渴望》火遍大江南北的那些日子,我和几个朋友都叫他"宋大成"。为给女儿多攒一点上学的费用,他曾离家到东莞的某个报社工作。虽然那边的薪水比这边要高许多,但终受不了分离的思念,他又回到河池。他得过许多荣誉和称号,也做过单位的领导,但退休后却无法给女儿安排工作。他焦急,却不向朋友开口。他是一个轻易不向朋友开口的人,就是生命的最后时刻,他也仍然如此。

2018 年 11 月 25 日下午,我正在聚光灯下推荐几位作家的新书。空隙时,我瞟了一眼手机,看见朋友发来短信,说宪哥病危。我回信说你快派人去医院,我活动结束即去。如此淡定,是因为我对他的身体有信心。他几乎很少生病,他打乒乓球、篮球,每天晚上坚持散步。与他认识这么些年我从来没听他说过一句身体不舒服。然而,这一次,他把我彻底地惊着了。当我从聚光灯下走出来,给嫂子打去电话时,听到的却是哭声。嫂子说几个小时前,他还有说有笑的。我问病况,原来几天前半夜他心绞痛,叫了救护车,送到了某医院。医院处理之后,痛感减缓,转到另一医院。医院还没来及做心脏造影,他就走了。我问嫂子为什么住院了不告诉我,嫂子说他不让打电话,他说等做完了心脏支架手术再告诉我们。回想起来,我是有预感的,那几天我很想给他打电话(这种感觉很强烈),但因为工作忙乱,一直拖着,想等几天,可惜再无机会。我到太平间去看他,对他说,宪哥你怎么就走了?他面无表情,这是他唯一一次在听到我说话时没有反应。

墨西哥有"亡灵节",他们认为死亡不是生命的完结,而是新生活的起点,亡人到了另一个世界,他们仍然有喜怒哀乐,有吃有穿,结婚生子,和人间的唯一区别就是他们没有痛苦、烦恼和压力,也不用为柴米油盐发愁。美国电影人由此得到灵感,制作动画片《寻梦环游记》。在这部片子里,主创们重新定义了生命的终点,即:只要在现实世界中还有人惦记,那亡人就仍然活在另一个维度里。但愿我们持久的怀念,能让宪哥的生命得以继续……

"小说家的散文"丛书

（以出版时间先后排序）

图书在版编目（CIP）数据

我们内心的尴尬/东西著. —郑州:河南文艺出版社,2018.
11（2023.2重印）

（小说家的散文）

ISBN 978-7-5559-0733-6

Ⅰ.①我… Ⅱ.①东… Ⅲ.①散文集-中国-当代 Ⅳ.①
I267

中国版本图书馆 CIP 数据核字（2018）第 225927 号

我们内心的尴尬

选题策划　杨　莉
责任编辑　杨　莉
书籍设计　刘婉君
责任校对　陈　炜
责任印制　陈少强

出版发行　河南文艺出版社
本社地址　郑州市郑东新区祥盛街 27 号 C 座 5 楼
承印单位　河南瑞之光印刷股份有限公司
经销单位　新华书店
开　　本　787 毫米×1092 毫米　1/32
印　　张　11
字　　数　213 000
版　　次　2018 年 11 月第 1 版
印　　次　2023 年 2 月第 2 次印刷
定　　价　58.00 元

印厂地址　河南省武陟县产业集聚区东区（詹店镇）泰安路
邮政编码　454950　　电话　0391-2527860